P.G.Wodehouse

Masterpiece Selection

ウッドハウス名作選

春どきのフレッド伯父さん

P・G・ウッドハウス

森村たまき訳

国書刊行会

目次

春どきのフレッド伯父さん

○主な登場人物

フレッド伯父さん………第五代イッケナム伯爵フレデリック・アルタモント・コーンウォーリス・トウィッスルトン。イッケナム卿。ハンプシャーのイッケナム・ホールから時々ロンドンに出てきて甘美と光明を振り撒く老貴族。

レジナルド（ポンゴ）・トウィッスルトン………イッケナム卿の甥。ドローンズ・クラブ所属。司法試験目指して勉強中。

ヴァレリー・トウィッスルトン………イッケナム卿の姪。ポンゴの妹。ホーレス・ペンドルベリー・デヴンポートと婚約中。

ホーレス・ペンドルベリー゠デヴンポート………ダンスタブル公爵の甥で公爵位次期継承者。ドローンズ・クラブ所属。

ダンスタブル公爵アラリック・ペンドルベリ゠デヴンポート………ホーレスの伯父。癇癪持ちで興奮すると火かき棒で家具を叩き壊す傾向がある。

クロード（マスタード）・ポット………数々の胡乱な職業を転々としてきた私立探偵。婚約者の身辺調査のためホーレスに雇われた。

ポリー・ポット………マスタード・ポットの心優しく可憐な一人娘。

リッキー（アラリック）・ギルピン………ポリーの恋人。赤毛の肉体派詩人。ダンスタブル公爵の甥。ホーレスのいとこ。やきもち焼き。

第九代エムズワース伯爵クラレンス・スリープウッド………エムズワース卿。シュロップシャーのブランディングズ城城主。ブタと平穏な暮らしを愛する老貴族。

ボシャム子爵ジョージ・スリープウッド………エムズワース卿の長男。ハンプシャーに住む。顔はピンク色。

レディー・コンスタンス・キーブル………エムズワース卿の妹。ブランディングズ城の実権を掌握する屈強な美女。

ルパート・バクスター………ダンスタブル公爵の有能な秘書。以前はエムズワース卿の秘書だった。通称「有能なバクスター」。

サー・ロデリック・グロソップ………高名な精神科医。

エンプレス・オヴ・ブランディングズ………エムズワース卿の愛豚。シュロップシャー農業ショー肥満豚部門二年連続優勝。

1．春と修羅

ドローンズ・クラブのドアがひらりと開いた。身体にぴったり合ったツイード姿の若者が、階段を降りてきて西方向に歩き出した。鋭い観察力を備えた通行人ならば、彼の顔をちらりと見、カバに忍び寄るアフリカのハンターのごとく、緊迫し、張りつめた表情をそこに認めたことだろう。まさしくそのとおりだった。ポンゴ・トウィッスルトン——つまりそれこそ彼(か)の人であった——は、ホーレス・ペンドルベリー＝デヴンポートに二〇〇ポンド借りにでかける途中であったのだ。

ホーレス・ペンドルベリー＝デヴンポートに金を借りるためには、ドローンズ・クラブを出発してヘイ・ヒルを下り、バークレー・スクウェアを通り抜け、マウント・ストリートを歩いてパークレーンを上がり、前にブロクサム・ハウスがあったところに新しく建った高級フラットまで行かなければならない。ポンゴの目的地到着に長くはかからなかった。おそらくは十分ほどの後、ホーレスの従者ウェブスターが、ベルに応えて扉を開けた。

「ヤッホー、ウェブスター。デヴンポート氏はご在宅かい？」

「いいえ、旦那(だんな)様。ご主人様はダンス・レッスンご受講がためご外出中でいらっしゃいます」

「ふうむ、そんなに長いこと出かけちゃいないだろう？　どうだい？　中に入らせてもらっていいかな?」

「かしこまりました、旦那様。図書室にてお待ちいただいてよろしいでしょうか。ただいま居間はいささか乱雑でございますゆえ」

「春の大掃除か?」

「いいえ、旦那様。デヴンポート様におかれましては伯父上ダンスタブル公爵様をご昼食にご招待あそばされ、お二人にてコーヒーをお召し上がりでおいでのところ、公爵閣下がにわかに居間の家具を火かき棒にてご破壊あそばされたのでございます」


この情報がポンゴを驚かせたと述べるのは正確であろう。しかしながら、これが彼をびっくり仰天させたとまで述べたならば言い過ぎである。アラリック伯父さんの変人ぶりは、ホーレス・デヴンポートとのおしゃべりの際のお気に入りの話題であった。また彼はポンゴのことを常に同情的な聞き手とみなしていた。というのはつまり、ポンゴ自身も変人の伯父の持ち主であったからだ。ホーレスがアラリック伯父さんの話をするのを聞きながら、わがフレッド伯父さんを思うにつけ、小雨ごときに大騒ぎする誰かさんの話を聞いているノアみたいな気分になったものだ。

「公爵はどうしてそんな真似をしたんだい?」

「管見のところ、何かしら公爵閣下にとってお気障りなことがご念頭に浮かんだものと拝察いたします」


ありそうな話に思えた。またそれ以上のデータは存在しなかったから、ポンゴはそれはそれでそういうことにしておくことにした。彼は光栄にも図書室との名称を戴く小部屋に向かった。そして窓辺に歩み寄り、パークレーンを見下ろし佇んでいた。

彼の目に映ったのは陰気な光景だった。ありとあらゆる英国の春と同じく、ただいまロンドンに到着したばかりの春は、詩人が謳（うた）う霊妙なる温暖さにしたものか、冬の名残りのスキーヤー向きの何かしらでいったものか、その間抜け頭をまるきり決めかねている様子だった。数秒前には、太陽は途轍（とてつ）もなく燦々（さんさん）と輝いていたのに、いまや一種の小型ブリザードが猛威をふるっている。そしてその光景には、ポンゴを急速に意気消沈させる効果があった。

ホーレスは彼の妹のヴァレリーと婚約していた。しかしポンゴは自問した。いくら未来の義兄の願いとて、奴が二〇〇ポンドもの巨額の金をポンと出してくれるなんてことがあり得るだろうか？その答えは否定的だと彼は思った。そして陰気なため息とともに、回れ右をして、部屋の中を歩きまわりはじめたのだった。

窓辺から始めて野辺をまっすぐ抜け、ブロクサム・マンション五二号の図書室内を歩きまわろうとすると、往路の途中で書き物用テーブルのところを通過することになる。ポンゴがこの書き物用テーブルに近づくと、何かが彼の目を惹（ひ）いた。吸い取り紙の下からその紙の端がはみ出していて、そこに次のような好奇心を掻き立てる語が記されていたのだ。

署名
クロード・ポット
（私立探偵）

あたかも古風な意匠の東洋風のペーパーナイフを背中に突き立てられた准男爵が床に倒れ伏して

いるのを目にしたくらい唐突に、彼は立ち止まった。これはいったいどういうことか、すべてを知りたいという巨大な欲望が彼を圧倒した。普段のポンゴに他人の手紙を読む習慣はない。しかしながら、これなるは最善最高に良心的な人物ですら見ずにはいられぬシロモノである。

　それは物語風の体裁をとっていた。彼が精査したところ、一種の英雄伝で、その主人公――スター役ということだ、そういうものが存在するとしてだが――は、「観察対象者」として言及されていた。その個人の活動から、クロード・ポットは目が離せなかった模様である。

「観察対象者」は、どこかしらの外国に滞在中で――というのはカジノへの言及が頻繁だったからだ――明らかに快楽のためのみに生きる人々の仲間であるようだった。この「観察対象者」が貧民に善行を施したり地元の政治情勢について思慮深い研究をしている気配はなかった。彼――ないし彼女――が友達（男性一名、女性二名）といっしょに午後十一時十七分にカジノに入ってゆかない時には、彼――ないし彼女、というのはこれは傑物譚なのか女傑譚なのかを判断する手掛かりがなかったからだ――は、テニスをし、乗馬をし、ゴルフに出、三名の女性と昼食をいただき、一名の男性とモントルイユにドライブし、四名の男性と同じく四名の女性よりなる仲間とダンスをし、またこの最後の事例においては、深夜遅くまで踊り続けたのだった。ポンゴは「ライリュー風の暮らし」［気楽で贅沢な暮らしを送るの意。十九世紀末から二十世紀初頭の流行歌の登場人物から］という表現を知っていたが、この「観察対象者」がそうした性質の暮らしを送っていることは、この文書のすべての文言より明らかだった。

　しかしながらこの物語の背後にある思想がいったい何なのかについては、彼には皆目見当がつかなかった。クロード・ポットは簡潔明瞭ないい文章を書く人物だったが、彼の手になる作品は、かの詩人ブラウニングが非難されるのと同種の難解さによって、その価値を毀損されていた。

啓蒙を待ち焦がれつつ、彼は三度目の読み返しをはじめた。と、鍵の回るカチリという音が聞こえ、彼があわててその紙を元のところに戻しているうちに、ドアが開き、たいそう背が高いが、その高さに見栄え(みば)を与える肩幅の広さと手足の頑丈さとを欠いた青年が部屋に入ってきた。大自然はホーレス・デヴンポートを縦に引き伸ばしはしたものの、横に引っ張るのを忘れたのだ。もしユークリッドに出会ったとしたら、彼が友人を肘(ひじ)で小突きながらこう言う姿が想像できる。「いいか、じろじろ見ちゃだめだぞ。だがあっちからやってくるあの男は、僕が君に話してた〈直線は幅なしで長さをもつ〉ってことをまさしく証明しているじゃないか」、と。

この偉大なる縦の広がりの極北に、べっ甲ブチのメガネをかけたものすごく人のよい顔をした顔面が現れ、ポンゴはそれを見て、自分が最善を期待していることに気づいた。

「ヤッホー、ホーレス」ほぼ熱狂的な調子で彼は言った。

「ハロー、ポンゴ。来てたのか? ウェブスターは伯父さんの最新情報をもうお前に伝えたかい?」

「たった今聞いたところだ。彼の説じゃあ何かしらが親爺(おやじ)さんの気に障(さわ)ったってことだった。それで事実の説明はつきそうなのか?」

「絶対的にだ。アラリック伯父さんは実にいろんなことが気に障るんだ。まず第一に、伯父さんは今日から田舎(いなか)にでかけるところで、あのバクスターって秘書が同行してくれると思ってたんだ。伯父さんはいつも汽車に乗るときは誰かと一緒にいたがるからな」

「目の前で踊りを踊ってもらうためだな、間違いない。それでだいたいは大喜びでいる、と」

「だのに土壇場になってバクスターは、自分は大英博物館で、伯父さんがここ何年も大騒ぎしてる一族の歴史関連の仕事をするからロンドンに残らなきゃならないって言ったんだ。これがまず伯父さんの癪に障った。伯父さんはそいつを『阻止』という表題の下に来るものと考えたらしい」

「おそらくちょっぴり阻止ってとこもあるんだろうな」

「また僕のところに来る前に、伯父さんは僕のいとこのリッキーの家に寄ってきた。リッキーはまた何か別の件でうまいこと伯父さんを怒らせてくれたんだな。だからうちに着いたときにはもう途轍もなく危険きわまりない精神状態になっていた。それで昼食が始まって席に着いたか着かないかってところで、病気のカスタードみたいな見てくれのスフレが出されたんだ。緊張緩和にそいつは役立たなかった。で、コーヒーを飲み終わって汽車に乗らなきゃいけないって時間が来たら、伯父さんは僕に一緒に駅に行ってくれって言って、僕は行けないって言ったから、それで火がついたらしい。伯父さんは火かき棒を持ってやっつけ始めちゃったんだ」

「どうして一緒に駅に行ってやらなかったんだ？」

「行かれなかったんだ。ダンス教室に遅れそうだったから」

「その話を訊こうとしていた。どうして急にダンス・レッスンを受けようだなんて思い立ったんだ」

「ヴァレリーがそうしろって言ったんだ。僕のダンスは千鳥足のヒトコブラクダみたいだと、彼女は言った」

ポンゴはわが妹を責めなかった。実際、恋人を千鳥足のヒトコブラクダになぞらえるとは、妹もなかなかうまいお世辞を言ったものだと彼は思った。

「どんな調子だ？」

「進境著しいと思ってる。ポリーもそう請け合ってくれた。ポリーは僕なら明日の晩の舞踏会に行けるって言うんだ。アルバートホールでボヘミアン大舞踏会があるんだ。僕はボーイスカウトの扮装で行く。ヴァレリーを連れていって驚かせてやろうと思ってるんだ。ポリーは僕がちゃんとやれると考えてくれている」

「だけど、ヴァレリーのやつはルトゥケにいるんじゃないのか？」

「今日帰ってくるんだ」

「そうか、わかった。お前の話に紛れ込んできた、そのポリーってのは誰だ？」

「僕にダンスを教えてくれてる女の子だ。リッキーの紹介で会った。彼女はあいつの友達なんだ。ポリー・ポット。素敵な、いつだって同情心に満ちた子だ。それでこの千鳥足のヒトコブラクダ問題が浮上した時に、僕は彼女に少々レッスンをお願いできないかって頼んだんだ」

　このヒロインに対する同情の激痛がポンゴの全身を貫いた。彼自身、司法試験を目指して勉強中で、その緊張から心折れる思いする時もある。だがこのポリー・ポットに比べたら、自分など勝ち組もいいところだ。コーク氏とリトルトン氏のとりとめのない文章［サー・エドワード・コーク、サー・トーマス・リトルトン。コークの『イングランド法提要』第一巻は「リトルトン注釈」と呼ばれる］から何かしらの意味を抽出しようとすることと、ホーレス・デヴンポートにダンスを教えることの間には相当な違いがあるし、己（おの）が人生行路に後者の任務を押しつけられた人物は、ハズレくじを引いたと見なされよう。問題はホーレスがあまりにも長身だということに、ポンゴは思い至った。これほどの長さを持つ人物は、自分の脚が何しているかに数分遅れでないと気づかない。無論、必要なのは彼を半分に切って二人のホーレスにすることだ。

「ポリー・ポットだって？　私立探偵クロード・ポットの親戚か何かか？」

「娘さんだ。私立探偵クロード・ポットについてなぜ知ってる?」

ポンゴは居心地悪げにもぞもぞした。もはや遅し。自ら招いた質問だ。

「あー、実は、たった今書き物用テーブルの横を通り過ぎたら、たまたまその書類がついうっかり目に入って――」

「僕の手紙を勝手に読まないでもらいたいな」

「あー、もちろんだ。だがそれが手紙じゃないってことはわかった。ただの書類だ。だからざっと目を走らせた。その件について助言を求められることになるかもしれないとも思ったんだ。つまり僕が法律をちょっぴりかじってることは知ってるわけだし、それであらかじめ事情に通じておいた方が時間の節約になると思ったんだ」

「それで今すぐお前はヴァレリーのところに駆けつけて、ルトゥケにいる間じゅうずっと僕が探偵に見張らせてたって言いつけるんだろう」

目の眩むような光がポンゴの脳裏にひらめいた。

「なんてこった!　あれは妹のことだったのか?」

彼は唇をすぼめた――それほどきつくではない。まだ金を借りたいあてがあったからだ。とはいえトウィッスルトン家の者には誇りがあり、一族の令嬢が探偵に尾行されることには憤慨していると示すには十分なくらいのきつさでだ。ホーレスは彼の思考を正確に読み取った。

「ああ、わかってる。だがポンゴ、お前は僕の立場をわかってないんだ。ルトゥケでドローンズ・クラブ・ウイークエンドがあったんだ。愛する女性が海外の歓楽リゾート地の弛緩した空気の中で、僕が遠く離れている時にドローンズのメンバー八十七名に囲まれていると思うと、心臓にナイフをねじ込まれるみたいだった。ポリーがたまたま、自分の父親が私立探偵で、つけ鼻をつけて人を尾行してる時くらい幸せな時もないんだと言っていて、その誘惑にとても抗(あらが)えなかったんだ。ポンゴ、一生のお願いだからこのことをヴァレリーには言わないでくれ。もし彼女に欠点があるとしたら、すぐかっとなりやすいところなんだ。女性のうちで一番最高にかわいらしい人だが、興奮するとちょっぴり爆発しがちなところがある。信用してもいいな?」

ポンゴは唇のすぼめを解いた。彼はすべてを理解し、すべてを赦(ゆる)した。

「もちろんだとも、旧友よ。妹が僕からこのことを知ることはない。僕が親友……一番の親友……一番親愛なる親友の幸福を破壊するだなんて思わないでくれ、ホーレス」ポンゴは言った。つまり鉄を打つべき熱い時がわかるのが、トウィッスルトン家の者の特質なのである。「もしよかったら……できるかどうかわからないが……もしできたら……」

「クロード・ポット様」戸口でウェブスターが宣言した。

私立探偵というものは人を射抜くがごとき鋭い目とヒョウの動きを備えたタカのごとき顔貌(がんぼう)の人物だと考えていたポンゴ・トウィッスルトンにとって、クロード・ポットは完全なる驚異であった。タカにはあごがない。クロード・ポットには二つもあった。ヒョウは忍び足で歩く。ポットはよたよた歩いた。また彼の目は鋭く人を射抜くがごときものとは程遠く、どんよりと表情を欠いており、世界から自分の思考を隠そうと人生行路をしのいできた者たちによくあるように、一種のフィルムかコーティングで覆われているように見えた。

彼はずんぐり丸く、禿(は)げて太った五十がらみの小男で、競馬場の大衆席賭け屋か売れないシェイクスピア俳優に見えた。また奇妙なことに、さまざまな役を演じてきた人生行路において、彼は実際にそのどちらでもあったのだった。

「こんにちは、デヴンポート様」このガーゴイル男は言った。

「ハロー、ポットさん。いつ戻られたんですか？」

「昨夜です。今朝ベッドの中でよくよく考えまして、それで最終報告を口頭でお伝えした方が時間の節約になってよろしいかと思い当たりました」

「ああ、まだ続きがあったんですか」

「はい、旦那様。事実を報告いたします」クロード・ポットは、ポンゴをかなり厳しい目つきで見やりながら言った。「あなた様がお手すきの時に」

「ああ、いいんですよ。トウィッスルトン氏の前で存分に話していただいて大丈夫です。彼は全部知っているんです。こちらはトウィッスルトン氏、観察対象者のお兄さんです」

「友人たちにはポンゴと呼ばれています」この若者は弱々しくつぶやいた。彼はこの厳しい目つきをだいぶつらく感じていた。

探偵の厳格な態度が緩(ゆる)んだ。

「ポンゴ・トウィッスルトン様ですか？　でしたらあなたはイッケナム伯爵がよく話してらっしゃった甥御(おいご)さんに違いない」

「ええ、イッケナム卿は僕の伯父です」

「素晴らしい紳士様です。本当の意味で昔ながらの正統派でいらっしゃる。指先の先の先までスポーツマンですな」

ポンゴは、伯父さんのことは好きだったが、これほどまで誠心誠意の熱狂を共有はできなかった。

「ええ、僕のフレッド伯父さんは、まあまあな人物だと思いますよ」彼は言った。「扁桃腺の奥の奥まで頭がおかしいのを除けばですが。伯父をご存じなんですね？」

「ええ、そうですとも。ご親切にも、あたしに私立探偵家業を始める資金を貸付けてくださったのはあの方なんですよ。するとあの観察対象者はイッケナム卿の姪御さんだったんですか？　なんて奇妙な話でしょうねえ！　閣下があたしにこの事業を始める資金を提供してくださって、それで全然まったく知らないうちに、あたしはあの方の姪御さんを尾行しては、挙動をメモしてたんですからねえ。まったくおかしな話ですよ！」ポット氏は言った。「奇妙奇天烈ですな！」

「不可解ですね」ポンゴも同意した。

「途轍もない話です」クロード・ポットが言った。

「ヘンテコですね」ポンゴが示唆した。

「まったく。世界がどんなに狭いことか、これでわかりますな」

「本当に狭いですね」

これらの哲学的応答に辛抱強く耳を傾けていたホーレスが、割って入った。

「報告をしてくださるんでしたね、ポットさん」

「ひゃあ！」静粛を命じられ、クロード・ポットが言った。「おっしゃるとおりでした。はてさてデヴンポート様、要するに、残念ながらいわゆる不幸なできごとがいささか出来いたしましたことをお知らせいたさねばなりません。四月十九日、すなわち昨日でございますが、観察対象者はオテル・ピカルディにて女性二名、男性三名とごいっしょにご昼食を召し上がられた後、ゴルフクラブにおでかけあそばされ、そちらにてホッケー＝ノッカーズと申しますか、ゴルフ道具をお手に、ご友人一名とジュニア・プロとごいっしょにコースを回り始め、そこにわたくしが注意深く距離をおき、つき従うといったかたちでございました。しばらくの間、記録に値することは何も起こらず過ぎましたのですが、しかしながら十四番ホールにおきまして……あなた様がたがルトゥケのゴルフコースのことをご存じでいらっしゃるかどうかは存じませんが……？」

「知っている」

「ならば十四番ティーを過ぎますとフェアウェイ沿いに生垣のある家に面したところがございます。観察対象者がこの家の前に到着されますと、生垣の向こうに二名の男性が姿を現し、うち一名はカクテルシェイカーを手にしておりました。二名は観察対象者に向かってヨーデルを開始し、明らかに中に入って一杯やろうと誘いかけておいででした。そして観察対象者は、連れのご友人を置き去りにして生垣の小門を通り抜け、わたくしが参ります前に家屋内へと姿を消されたのでございます」

ホーレス・デヴンポートの口から、柔らかなうめき声が発された。彼は両手に顔を埋めようと考えている男の空気をまとっていた。

「あなた様の御ために、わたくしも小門を通り抜け、内側より進行中のしゃべり声とばか騒ぎの音が聞こえてまいります窓辺へと這い進んでまいりました。さらなる調査がためわたくしが身を屈めておりますと、わたくしの肩に手が置かれ、振り返りますと、男性一名を視認したのでございます。またその瞬間、観察対象者が窓より顔を覗かせ、『よくやってくれたわ、バーミー。そいつがわたしに一週間ずっとつきまとってた男よ。あなたはそいつの頭をぶっとばしてちょうだい。その間にキャッツミートは警察に電話よ。女性への性的つきまといの罪でそいつをギロチンに送ってやらなきゃ』とおっしゃったのでございます。したがいましてわたくしは、とるべき道は一つしのみと理解いたしました」

「僕には一つも考えつかない」この話を傾聴していたポンゴは言った。

「いいえ、旦那様――一つございます。わたくしは一切合切を説明し、この身の潔白を明らかにするより他なかったのでございます」

鋭い、悲痛な叫びがホーレス・デヴンポートから発せられた。

「さようでございます、旦那様。申し訳ございませんが、他にいたしようがなかったのでございます。フランス警官どもと関わり合いになりたくはございませんでした。わたくしは白状いたしました。男性の、バーミーなるお方はわたくしを、尾行屋の木偶の坊呼ばわりなさいまして、他方、男性のキャッツミートなるお方は誰かフランス語で『警察』という言葉を知らないかとおおせで、また観察対象者様は馬打つ鞭についてお話しでございましたから、わたくしは事情をすべて説明申し上げたのでございます。皆々様の頭の中に諸事実をしっかりご納得いただくにはいささか時間を要しましたが、わたくしはなんとかそれをやり遂げ、ようやくその場を解放されたのでございました。観察対象者様はかようにおおせでございました。もしまたわたくしの姿を見かけるようなことがあったら――」

「トウィッスルトンお嬢様」ウェブスターが宣言した。

「それでは、失礼いたします」クロード・ポットは言った。

ポット氏の態度物腰に、ヒョウ的なところがないといって失望した批評家は、ポンゴの妹、ヴァレリーの姿には何ひとつ文句のつけようがなかったことだろう。彼女は長身の、顔立ちの整った女性で、発熱しているらしかった。また、入室した際の彼女の態度物腰は、獲物に近づくジャングルの猛獣のそれであった。

「虫けら！」彼女はこう言って、会話の口火を切った。

「ヴァレリー、ダーリン。説明させておくれよ」

「僕に説明させてくれ」ポンゴが言った。

彼の妹はポット氏をはるかに凌駕する厳しい目を彼に向けた。

「この件にその間抜け頭を突っ込むのやめてくださらない？」

「いや、僕は自分の間抜け頭をこの件に突っ込まずにはいられないんだ」ポンゴが言った。「無気力にここに突っ立って、善良な男が誤解されているのを見過ごしにできると思うのか？　ホーレスが私立探偵クロード・ポットをお前のところに送り込んだってだけのことで、どうしてそんな大変な勢いで歯ぎしりしながらやってくるんだ？　良識があるなら、これがお前に対する賛辞だってことがわからないかなあ。どれだけこいつがお前を愛してるかわかるだろう」

「あら、そう？　ふん――」

「ヴァレリー、ダーリン」

令嬢はポンゴの方に向き直った。

「お願いですから」彼女は堅苦しく言った。「こちらにいらっしゃるお兄様のご友人に、わたくしのことを『ヴァレリー、ダーリン』と呼ばないでいただきたいってお願いしていただけないかしら。

わたくしの名前はミス・トウィッスルトンですわ」

「お前の名前は泥まみれだ」兇らしい手厳しさを込め、ポンゴは言った。「ホーレス・デヴンポートみたいに最高にいい奴を振ろうもんならな。こいつは僕の知る限り一番善良な男なんだ――大いなる愛ゆえに、ドローンズ・クラブ・ウイークエンドの間、お前を見張りたくなったって、ただそれだけの理由で」

「わたしは――」

「それでこいつのしたことは完全に正当だって、ことの成り行きが証明してくれてるじゃないか。お前はまるでハリウッドのパーティーの芸能人みたいにお楽しみだったようじゃないか。一人はカクテルシェーカーを持ってたっていう、この二人の男ってのは誰だ？」

「わたしは――」

「それとモントルイユに一緒にドライブした男ってのは誰だ？」

「そうだとも」初めて活気を取り戻し、ペンドルベリー＝デヴンポート家の者の炎少々を垣間見せながら、ホーレスが言った。「君がモントルイユに一緒にドライブした男というのは誰なんだ？」

ヴァレリー・トウィッスルトンの顔は冷たく硬かった。

「一瞬だけわたくしに話をすることをお許しいただいて、口を開くたびに邪魔していらっしゃるのをやめていただけますかしら。わたくしはこちらに議論をしに伺ったんじゃないということを申し上げようとしておりましたの。わたくしはこちらに、わたくしたちの婚約はおしまいで、またその趣旨の報告が明日の朝、『タイムズ』紙に掲載されることをお知らせに上がっただけですわ。あなたの行為に対する、ほんのわずかでも言い訳になりそうな説明は、あなたの頭がとうとうクルクルパーになってしまったってことだけですわ。そうなることは何ヶ月も前から予期してましたのよ。あなたのアラリック伯父様をご覧あそばせ。奥歯の奥までキチガイじみていらっしゃいますもの」

ホーレス・デヴンポートは絶望のどん底にいたが、しかしこの発言を聞き捨てにはできなかった。

「僕のアラリック伯父さんのことはわかった。だけど、君のフレッド伯父さんはどうなんだ?」

「伯父様がどういたしまして?」

「扁桃腺の奥の奥までクルクルパーだろ」

「わたくしのフレッド伯父さんは扁桃腺の奥の奥までクルクルパーなんかじゃありませんわ」

「いいや、クルクルパーだ。ポンゴがそう言ってた」

「ポンゴはバカよ」

ポンゴは眉を上げた。

彼は冷たく言った。「議論の品位を維持してはもらえないかな?」

「これは議論じゃないの。さきほど申し上げたように、こちらにはデヴンポート氏にわたくしたちの婚約はおしまいだとお知らせに伺っただけですの」

ホーレスの顔にはこわばった表情があった。彼は眼鏡(めがね)を外すと、不吉に落ち着いた様子で、それを拭いた。

「じゃあ君は僕に愛想つかしをするんだな?」

「ええ、そうよ」

「後で後悔するぞ」

「いいえ、しないわ」

「僕はまっすぐ悪魔のもとへ向かってやる」

「いいじゃない。とっととお行きなさいな」

「僕は向こう見ずな生活に飛び込んでやる」

「どんと行ってちょうだい」

「そしてその第一のステップは、アルバートホールのボヘミアン舞踏会にポリー・ポットを連れて行くことだと言わせてもらおう」

「まあかわいそうな子！　あなたが彼女にちゃんとお返ししてくださるよう願っているわ」

「君の言ってることがわからないな」

「うーん、翌日になったら彼女には松葉杖が必要になるでしょうねってことよ。普通に公平に考えたらあなたが支払いをすべきだわ」

沈黙があった。緊迫した息づかいの音――女性に言われ過ぎた男の息づかいである――だけが聞こえた。

「ご親切に、貴女(あなた)にお帰りいただけるようなら」氷のように冷たく、ホーレスは言った。「今すぐ彼女に電話をかけるつもりだ」

ドアがばたんと閉められた。ホーレスは電話に向かった。

ポンゴは咳払(せきばら)いをした。選択の自由があるなら、のるかそるかの運試しに選びたいタイミングではなかったが、しかし彼の必要は切迫していたし、その日もだいぶ進行していたにもかかわらず、何の商談もまとまっていなかった。また、近い将来ホーレスの予定がもっと塞(ふさ)がることはわかっていたから、今、彼は咳払いをして袖口(そでぐち)を突き出し、勇敢なるトウィッスルトン魂を召喚(しょうかん)して己(おの)が任務に向かうべく勇気を奮ったのである。

「なあ、ホーレス」

「ハロー？」

「ホーレス、我が友人よ」

「ハロー、ポリーかい？」

「ホーレス、我が親友よ」

「ちょっと待っていて。話しかけてくる奴がいるんだ。何だ？」

「ホーレス、親友よ。さっきポットが入ってきた時、言いかけていたことを思い出してもらえるかなあ。邪魔が入った時に僕が言おうとしてたのは、僕にはどうしようもない、いや、ほとんどどうしようもない事情のせいで……」

「急げ。一日かける気か」

ポンゴは前置き不要と了解した。

「二〇〇ポンド貸してくれないか？」

「だめだ」

「そうか？　よしきたホーだ。じゃあそういうことなら」ポンゴはよそよそしく言った。「とっととおさらばだ」

彼は部屋を去ると、バッフィー＝ポーソンのツーシーターを駐めてある車庫に向かい、管理人に、明日乗れるよう準備してくれと指示した。

「ご遠方へご出発ですか、旦那様？」

「ハンプシャーのイッケナムだ」ポンゴは言った。

彼は憂鬱(ゆううつ)げに言った。フレッド伯父さんに自分の財政的困難を明かすつもりはなかったからだ。だが彼には別の財源が思いつかなかったのである。

2. 女帝ブタの危機

火かき棒にて甥（おい）の家の居間に点睛の一筆を加え、タクシーでブロクサム・マンションを辞去したダンスタブル公爵は、ささやかな運動の後でずっと気分を回復し、パディントン駅に到着するとシュロップシャー州、マーケット・ブランディングズ行き二時四十五分の汽車に乗った。つまり彼は自分で自分を招待し——彼は他人が自分を招待してくれるのを待ち焦がれつつうろうろするにはあまりにも気短な精神の持ち主であった——、第九代エムズワース伯爵クラレンスならびにレディー・コンスタンス・キーブルの客人として、太古の平穏の息づくブランディングズ城にて無期限期間過ごすところであった。

数日前に彼が投函した、迫り来る彼の到着を宣言し、南側の広々した一階寝室と秘書のルパート・バクスターとともに一族の歴史に関する仕事ができる静かな居間を要求する葉書は、ブランディングズ城の朝食テーブルにおいて賛否両論の反応を獲得した。

エムズワース卿は率直に言って慄然（りつぜん）とし、この凶報を鋭い「あー、なんと。おー、まったくなんてこったじゃ！」で受け止めた。彼はうすらぼんやりなりにこの公爵を四十七年間嫌悪し続けてきた。そしてまたルパート・バクスターについては、今生（こんじょう）でも来世でも二度とお目にかかる光栄に金（こん）

輪際与りたくなかった。ごく最近まで、この有能な若者は彼の秘書であった。そしてこの人物に対する彼の態度は、落命寸前で奇跡的に回復した病人が、その恐ろしい病に対してもつ態度にいくらか似通っていた。無論、今回この恐るべき人物は、別の誰かの被雇用者という立場でこの城に寄生するわけだが、だからと言ってそこから得られる安堵はほぼ皆無だった。ルパート・バクスターと同じ屋根の下に住まうと思うだけで、彼は胸が悪くなった。

他方、レディー・コンスタンスは喜んでいた。彼女は有能なバクスターの忠実な崇拝者だったし、また、若かりし日のみぎり、彼女とダンスタブル公爵は薄暗い温室でささやきを交わし合い、またピクニックの際には他から離れて最後に帰宅するカップルだった時代もあったのだ。そこから何かしらが実を結ぶことはなかったが――それは彼が爵位を得るはるか前だったし、また彼が自らの手でもって自分の居住用にはあまりにもホットにし過ぎてしまった英国に、いくらかの冷却期間を与えんがため、ちょうどその頃、一族は彼を海外に送り出したのだ――しかし、記憶はいまだ残っていた。

エムズワース卿は異議を申し立てたが、それが純粋に形式的なものに過ぎないとは理解していた。過去においても現在にあっても常に、彼は家内において無価値な人間であった。

「あやつがここに来てから、まだ一週間くらいしか経っておらんぞ」

「もう七ヶ月は経ちますわ」

「うちは満員だとは言えんのか？」

「もちろん言えませんわ」

「前回ここに来た時」エムズワース卿は考え込むように言った。「あやつはエンプレスのあばらを傘で突っつきおった」

「んまあ、あたくし、あなたのブタを傘で突っついたからってだけのことで、一番古いお友達を怒らせるようなことはできませんわ」レディー・コンスタンスは言った。「アラリックには、居たいだけいつまででもご滞在いただければとても嬉しいってお返事しておきますわ。一階でなきゃいけないって言ってらっしゃる訳はわかりますの。あの方は火事を心配してらっしゃるんですわ。ガーデン・スイートにご滞在でよろしいわね」

かくしてブロクサム・マンションにおける昼食会の翌朝、公爵が目覚めたのは、この豪奢な居室においてであった。しばらくの間、彼は寝そべったまま、芝生に面したフランス窓に掛かったカーテンを通り抜ける陽光を見つめていた。それからベルを鳴らし、フットマンにトーストとマーマレード、中国茶をポット一つ、半熟のゆで卵二個と『タイムズ』紙を持ってくるよう指示した。テラスで日射しを浴びていたレディー・コンスタンスが、執事のビーチより、公爵閣下のお部屋まで奥方様にお越しいただければ深甚であると閣下がおおせでいらっしゃいますと知らされたのは、それからおそらく二十分ほど後のことであった。

この召集を受けて彼女がただちに覚えた感情は不安と警戒であった。昨夜ディナーの席上、公爵が長々と、悪魔的な悦びを込めて語った、甥のホーレスに教訓を叩き込んでやった話は彼女に深い感銘を与えており、また彼女はガーデン・スイートに着いてみたらば――おそらくは公爵閣下がご朝食にご要求あそばされた水準からの何かしらの逸脱のゆえに――あたりは一面の廃墟と化しているのを知ることになったという次第を予期していた。すべてが大丈夫なのを見て、彼女は大いに安堵した。公爵の火かき棒は依然潜在的脅威として控えてはいたものの、しかし今のところ活動開始してはいなかったし、彼女は藤色のパジャマ姿のベッド内占拠者を、家内の家具を打ち壊してはいない客人にたいして女主人が感じる静かな愛のまなざしもて見つめた――またそこには、かつて彼女のうなじに愛の言葉を吹きかけた男に対する、決して失うことのない愛情が含まれていた。

「おはよう、アラリック」

「おはようじゃ、コニー。いったい全体あの口笛吹き男は誰じゃ？」

「何をおっしゃってらっしゃるの？」

「あの口笛吹きの男のことじゃ。口笛を吹いている男じゃ。起きてからずっとわしの部屋の窓の外で『うるわしのロッホローモンド』を口笛で吹き続けておる」

「うちの庭師の誰かだと思いますわ」

「ああっ！」公爵は静かに言った。

ポンゴ・トウィッスルトンはクロード・ポットのような私立探偵が存在しうることに驚いたが、もしダンスタブル公爵に紹介され、さんざん話に聞かされたあの悪名高き居間破壊者はこちらですと知らされたら、また同様にびっくり仰天するはずである。公爵は殺人犯には見えなかった。初めて見る者をいささかハッとさせるダンスタブル鼻を除けば、ホーレスのアラリック伯父さんに見るからに恐ろしい、威圧的なところはまったくなかった。禿頭（とくとう）……口ひげの白い滝……顕著な青い目……なかなかよさそうなご老体だと、人は言うことだろう。

「あたくしに会いたいとおっしゃられた理由はそのことですの？」

「昼食が終わったらすぐ、駅に車を回して欲しい。ロンドンに戻らねばならん」

「でもあなた、昨夜いらしたばかりですわ」

「昨夜どうしたかなど問題ではない。今朝のことじゃ。『タイムズ』に目を走らせておったら、何を見たと思う？　甥のホーレスが婚約を破棄しおった」

「何ですって！」

「聞こえたじゃろう」

「だけど、どうして？」

「いったい全体どうしてわしに知りようがある？　どうしてかわからんから、わざわざ行って聞いてこようというんじゃろうが。婚約が破棄されたという時に『タイムズ』は特派員による長文レポートを掲載したりはせん。ただ『ジョージ・なんとかかんとかとアメリア・かんとかなんとかとの間に予定された結婚は行なわれない』と書くだけじゃ」

「お相手はイッケナム卿の姪御さんじゃなかったかしら？」

「今でも姪じゃ」

「あたくしレディー・イッケナムは存じ上げてますけど、イッケナム卿にはお目にかかったことがありませんの」

「わしもじゃ。だがイッケナム卿の姪じゃあ、似たようなもんじゃろう」

「とても変わった方だと伺ってますわ」

「キチガイじゃ。今時は誰も彼もがキチガイじゃ。わしのようなごくわずかな者を除いての。時代精神というものなんじゃろう。クラレンスを見よじゃ。とっくの大昔に精神障害認定を受けとるべきじゃった」

「ただ夢見がちで心ここにないだけの人とは思われませんの？」

「心ここにない、クソじゃ。あいつはキチガイじゃ。ホーレスもそうじゃ。わしのもう一人の甥っ子のリッキーもそうじゃ。わしの助言を聞くがいい、コニー。甥は持つもんじゃあないぞ」

レディー・コンスタンスのため息は、その言葉を聞くのは遅すぎたと言っているようだった。

「あたくし、一ダースも甥がおりますのよ、アラリック」

「全員キチガイか?」

「時々そう思いますわ。あの子たちって、途方もないことをしでかしてくれるようなんですもの」

「わしの甥ほど途方もないことはしでかすまい」

「あたくしの甥のロナルドは、コーラスガールと結婚しましたのよ」

「わしの甥のリッキーは、詩を書いとる」

「あたくしの甥のボシャムは、前に路上で男から金塊を買ったことがあるんですの」

「その上今度はスープを売りたがっとる」

「ボシャムがですの?」

「リッキーじゃ。あやつはスープを売りたいそうじゃ」

「スープを売りたいですって?」

「頼むからコニー、わしの言うことをいちいちスイスの山の山びこみたいに繰り返すのはやめてくれんか。わしはあやつがスープを売りたがっとると言った。昨日会いにいったんじゃ。そしたら図々しくも、よろしかったらオニオンスープ・バーを買うのに五〇〇ポンドいただけませんかと頼み込んできおった。もちろん一ペニーたりともやらんと言ってわしは拒絶した。あやつは泥んこみたいに気分を悪くしとった。とはいえこれからわしと話をした後のホーレスよりはマシじゃろうが。

わしはあやつの内臓をえぐり取ってやるつもりじゃ。では車の手配を頼む」

「だけどこんなに素敵な日にロンドンに行かなければならないだなんて、残念ですわ」

「わしが行きたくて行くとは思っとるまいな？　行かねばならんのじゃ」

「バクスターさんにホーレスに会いに行っていただくわけにはまいりませんの？　あの方、まだロンドンにいらっしゃるんでしょ？」

「ああ、いる。職務怠慢、責任逃れの四つ目玉の罰当たり息子めが。それでわしが背中を向けた瞬間に、どんちゃん騒ぎのパーティーにでかけるつもりでロンドンに留まっておるのじゃと、わしは確信しとる。あやつの頭に叩き込んでおけるようなら言っておくが、いやはや、あやつが汚い顔をここに見せた瞬間に、クビにしてやる。だめじゃ。バクスターをホーレスに会いに行かせるわけにはいかん。いくら知恵が足りないとはいえ、わしの甥っ子を、クソ忌々（いまいま）しい下（した）っ端（ぱ）の取り調べなんぞに服させるわけにはいかん」


　ダモクレスの剣のごとくブランディングズ城上に吊るされた火かき棒のことを思わなければ、反論したいとレディー・コンスタンスが感じた点はいくつかあった。彼女はルパート・バクスターがどんちゃん騒ぎにでかけるような人物であるというほのめかしに憤慨した。彼女は彼の顔を汚いとは思わなかった。更にまた、彼がクソ忌々しい下っ端呼ばわりされるのを耳にするのは、彼女にとっては苦痛であった。しかし、余計なことを言わずにいるべき時というものはある。彼女は思慮深い沈黙を維持したが、ほどなく一つの提案とともに、その沈黙から抜け出した。

「そうでしたわ！　ボシャムが今朝ロンドンに行くんですの。ホーレスにあの子をうちに連れてきてもらえませんこと？　そうすればあなたは余計な手間も不便もなく、ホーレスとお話ができるじゃありませんか」

「この部屋に入ってきてから初めてあんたが口にした、まともな分別のある言葉じゃの」公爵は満足げに言った。「そうじゃ。ボシャムにあやつを引きずり出して、生きていようが死体だろうが構わんからここに連れてくるよう言ってくれ。さてと、わしはあんたと話して一日中過ごしとるわけにはいかんのじゃ、コニー。起きねばならん、起きねばならん。クラレンスはどこじゃ？」

「ブタ小屋だと思いますわ」

「まさかあやつは、まだあのブタをうっとり眺めとると言うんじゃあるまいな？」

「兄はブタに完全に夢中ですわ」

「ブタに完全にイカれとる、じゃろうが。わしがどう思っとるか知りたいようなら言うが、あやつの全ての問題の根本はあのブタじゃ。あやつの人生に大変な悪影響を及ぼしておる。また、あのブタを早いこと始末すべく何かしら手だてを打たんことには、ある日突然髪の毛に麦わらを突き立てて、自分はポーチドエッグだと言いだすことになるぞ。卵と言えばじゃが、ここに一ダース持ってこさせてくれ」

「卵ですって？　だけど朝食はお召し上がりになられたでしょう？」

「もちろん朝食はいただいたとも」

「わかりましたわ。もっと召し上がりたいのね」レディー・コンスタンスは宥和的に言った。「どう調理させましょう？」

「どうも調理してもらいたくはない。卵が食べたいんじゃない。わしは卵が投げたいんじゃ。あの口笛吹き男に、厳しい教訓を与えてやるつもりじゃ。そら聞こえる！　またあいつじゃ。歌っておる」

「アラリック」レディー・コンスタンスは言った。彼女の声には懇願の色があった。「どうしても庭師に卵を投げつけないといけないんですの？」

「そうじゃとも」

「わかりましたわ」レディー・コンスタンスはあきらめたように言い、危険地帯から歌い手を避難させることにより迫り来る惨事を回避しようと向かった。

その場を去る彼女の想いは、長い、長い想いだった。


さてとその頃エムズワース卿は、自分が惹きおこしている心配事は知らぬまま、キッチンガーデン脇の草地にいて、彼の卓越した雌ブタ、シュロップシャー農業ショー肥満ブタ部門二年連続シルバーメダル受賞、エンプレス・オヴ・ブランディングズの住まう快適なブタ小屋にもたれかかっていた。この高貴なる生き物は、敬愛に満ちた彼の目のもとで遅い朝食を終えようとしていた。

第九代エムズワース伯爵は立ち直りの早い男だった。ルパート・バクスターが彼の人生に再び入り込みそうだと知った鋭い苦痛を克服するのに、長くはかからなかった。今朝、バクスターのことは忘れ去られ、彼は潔白な良心、家族の不在、気の合う仲間、そして素晴らしい天気に由来する完全なる幸福を満喫中であった。すなわち、たまたま彼には妹のコンスタンスに隠し立てすることは何もなく、エンプレスとの霊的交わりを傷つけにくる破壊勢力は存在せず、また、このお気に入りの場所においてはほぼ常にそうであるように、天気は素晴らしくよかったのである。すでに見たように、ロンドンにおいて春は気まぐれで移り気であったが、しかしその春とて、ブランディングズ城にその種のことを何かしら仕掛けてこない程度には物事を弁えていた。

エムズワース卿の唯一の不安は、この黄金の孤独が永続し得ないという心配であった。またこの不安には十分根拠があった。耳障りな叫び声が眠たげな静寂を粉砕し、振り返ってみると、クロード・ポットなら述べたであろうように、彼は一名の男性を視認した。彼の客人である公爵が、草地を横断し彼に向かって歩いてきたのだ。

「おはよう、クラレンス」

「おはよう、アラリック」

エムズワース卿は唇に歓迎の笑みを無理やり浮かべようとした。彼の生まれ育ち——そして、レディー・コンスタンスから時折発せられるおよそ一万五千の言葉たち——が、主人は仮面を被らなければならないと彼に教えていた。追いつめられた雄ジカみたいな気分にならずにいるためには、最大限の努力が必要だった。

「ボシャムをどこかで見なかったか？」

「いいや、見てはおらんが」

「あやつが出発する前に一言言っておくことがあるんじゃ。ここで待ちぶせて、でかけるところを捕まえるつもりじゃや。今日あやつはロンドンに行って、ホーレスをここに連れてきてくれるんじゃや。あやつの婚約が解消されたでな」

こう聞いてエムズワース卿は困惑した。彼の跡とり息子のボシャム卿は、地元で開催されるブリッジフォード・レースのため当城に滞在中だが、結婚してもう何年も経つと彼は確信していた。彼はこのことに触れた。

「ボシャムの婚約ではない。ホーレスのじゃ」

再びエムズワース卿は途方に暮れた。

「ホーレスとは誰かの？」

「わしの甥っ子じゃ」

「甥御殿は婚約しておったのか？」

「婚約しとった。相手はイッケナムの姪じゃ」

「誰じゃと？」

「甥の婚約相手じゃ」

「イッケナムとは誰かの？」

「彼女の伯父（おじ）じゃ」

「ああ」エムズワース卿はパッと顔を輝かせて言った。その名は彼の記憶の琴線（きんせん）に触れたのだ。

「ああ、イッケナムか？　もちろんじゃ。イッケナム、確かにそうじゃとも。わしはイッケナムを知っておる。弟のギャラハッドの友人じゃ。二人いっしょにナイトクラブから放り出されておったはずじゃ。イッケナムがうちに来るのか、うれしいの」

「来ん」

「来ると言ったろうが」

「わしは言っとらん。ホーレスが来ると言ったんじゃ」

その名前はエムズワース卿には聞き覚えのないものだった。

「ホーレスとは誰かの？」彼は訊いた。

「二秒前に言ったはずじゃ」常に手放したことなき辛辣さを込めて、公爵は言った。「わしの甥じゃ。この関係にその後変更があったと信じる理由はない」

「ああそうか」エムズワース卿は言った。「ああ、そうじゃ。確かにそうじゃ。おぬしの甥御殿じゃった。ふむ、気持ちよくご滞在いただけるよう心掛けねばいかんの。おそらく甥御殿はブタに興味がおありじゃろう。アラリック、おぬしはブタに興味があるかの？　わしの愛豚、エンプレス・オヴ・ブランディングズは知っておるの？　夏に来た時に会っとるはずじゃが」

　彼は身体をずらして、遮るものなくこの至高の生き物の姿が客人に見えるようにした。

　公爵は手すりまで進み、短い沈黙がそれに続いた――エムズワース卿の側には敬虔な、公爵の側には厳粛な沈黙が。彼は胸ポケットから大型のメガネを取り出し、この銀メダル受賞豚を、あら探しをしてやろうというような、あからさまに無礼な精神で精査した。

「ひどいもんじゃや」ずいぶん経って、公爵は言った。

　エムズワース卿は激しく跳び上がった。聞き間違いでないとは信じられなかった。

「なんと！」

「このブタは太り過ぎじゃ」

「太り過ぎじゃと？」

「だいぶ太り過ぎじゃ。見るがいい。でくでくに膨らんでおる」

「いやしかしアラリック、太っていてこそ美しいんじゃ」

「ここまで太り過ぎてはだめじゃろう」

「いいや、断言する。エンプレスは太っているがゆえに、二年連続銀メダルを受賞したんじゃ」

「馬鹿を言うな、クラレンス。ブタにメダルが何になる？　論点回避をしたってだめじゃ。あのブタを表す言葉はただ一つ――醜悪じゃ。こいつを見とるとわしのホレイシア伯母を思い出す。クリスマス・ディナーをいただきながら卒中で死んだんじゃった。二杯目のプラムプディングを食べる途中で卒倒し、二度と口をきかなかった。このブタは伯母さんに生き写しじゃ。それでどういうことになると思う？　おぬしはこいつの腹を毎日これでもかこれでもかこれでもかと一杯にして、それで週末に運動なんかこれっぽっちもさせとらんのじゃろう。このブタに必要なのは、毎朝どしどしギャロップで走らせて、でんぷん質の食べ物を控えることじゃ。そしたらいくらかスタイルも良くなるじゃろうて」

　エムズワース卿は感情の昂りの折には常にそうなるように、鼻から跳び上がって落っこちていた鼻メガネを拾い上げた。彼はそれを不安定に掛け直した。

「おぬしはどうやら」深く動揺させられた時には、彼とてひどく皮肉になれるのだ。「わしが愛豚をダービーに出走させたがっているとでも思っておるようじゃな」

　公爵はじっと物思いにふけっていた。ブタにメダルをやるとかいうナンセンスには我慢がならなかったし、かわいそうなコニーにとって、なんと悲しいことだろうと考えていたのだ。しかし、この言葉を聞くと彼は鋭く目を上げた。不随意的な震えに襲われ、彼の態度は枕頭の看護者的優しさを帯びた。

「わしならせんな、クラレンス」

「何をせんのじゃ？」

「このブタをダービーに出走させることじゃ。勝たんじゃろうし、さんざんな大手間が全部無駄になることじゃろう。おぬしがすべきなのは、このブタを人生から追い出すことじゃ。わしがどうするかを教えてやろう。いいか、聞くんじゃクラレンス」主人の肩をぽんぽん叩きながら、公爵は言った。「わしがこのブタを連れていってやる――残らず全部じゃ。ああ、そのつもりじゃとも。このブタをわしのところに送らせるんじゃ――うちの連中には電報で知らせてやる――そうしたらほんの数週で、見違えるような別ブタになっとるはずじゃ。賢く、勇敢で、目はキラキラと輝いての。おぬしも別人になっとるはずじゃ。もっと利口になって、頭のイカれ具合もおさまるじゃろう。ありとあらゆる点で向上しとるはずじゃ……ああ、ボシャムが来た。おい、ボシャム。ちょっと待て、ボシャム。一言話があるんじゃ」

　相手が去ってからしばらくの間、エムズワース卿は豚小屋の手すりに力なくもたれたままでいた。太陽は明るかった。空は青かった。優しいそよ風が、水桶の上でぴくぴく動くエンプレスの尻尾を優しくなでた。しかし彼には、この天国はどんよりした霧で曇らされたように見えたし、東風が地上を吹き抜けているように思われた。自分の名を呼ぶ声に気づくまでにはだいぶ時間がかかったが、ついにその声が聞こえると、彼は猛烈な努力で身体をしゃんとさせ、妹のコンスタンスを見た。

　彼女は彼に耳が聞こえなくなったのかと訊いていた。彼はいいや耳が聞こえなくなったのではないと言った。

「んもう、あたくしもうずっと大声で叫び続けているんですのよ。いつかあたくしの話を聞いてくださる日が来ればいいんですけど。クラレンス、あたくし、アラリックのことでお話があって参りましたの。あの方のことがとても心配なんですの。とても様子が変ですわ」

「変じゃと？　わしもあやつは変じゃと思う。コニー、知っとるか？　あやつはついさっきここに来て――」

「あの方、あたくしに庭師に投げつけてやるから卵を持ってくるようにっておっしゃったんですのよ」

これほど緊張した時でなければ、彼女の言葉にエムズワース卿はショックを受けたことだろう。善良な英国領主は自らを被雇用者たちに対しイン・ロコ・パレンティス、すなわち父親のごとき立場にあるものと見なすようになる。そして訪問客らが彼らに向かって卵を投げつけ始めた時には憤慨する。しかし今、彼は鼻メガネを落っことしすらしなかった。

「それであやつがわしに何と言ったと思う？」

「あの方、正気じゃありえませんわ。庭師たちに卵を投げつけたがるだなんて」

「あやつは正気じゃありえん。わしにエンプレスをよこせと言うようではの」

「そうおっしゃられたんですの？」

「そうじゃ」

「だったらもちろん」レディー・コンスタンスは言った。「差し上げなきゃいけませんわ」

今回エムズワース卿は鼻メガネを落っことしたし、完全に落っことし切った。それは嵐の中の木の葉のように紐の先まで吹っ飛んだ。信じられないというように、彼は目を瞠った。

「何じゃと！」

「やっぱり耳が聞こえなくなったのね」

「耳は聞こえとる。わしが『何じゃと！』と言ったのは『何じゃと？』という意味ではなく『何じゃと!!』という意味じゃ」

「いったい全体なんの話をしてらっしゃるの？」

「わしはお前のこの途方もない発言の話をしておる。わしはあの恐るべき公爵がエンプレスをよこせと言ったとお前に言ったんじゃ。それでぞっとしておびえて、それで、あー、ぞっとする代わりに、お前は『もちろん差し上げなきゃいけませんわ』と言いおった。まつげ一本動かさずにじゃ！　いやはやなんたること。いったい全体お前は一瞬でも考え――」

「それじゃあお兄様は、アラリックが火かき棒を持って城内を暴走する危険をあたくしが冒すとでも、一瞬だって思われますの？　甥のホーレスが駅まで来て見送ってくれないってだけの理由でホーレスの家の居間の家具を全部叩き壊したというなら、こういう場合にあの方、どうなるとお思いですの？　あたくし、自分の家をブタなんかのために破壊尽くされたくありませんわ。個人的には、あたくしあの惨めったらしい動物を追い払えるなら、ありがたいって思いますわ」

「お前は『惨めったらしい動物』と言ったな？」

「ええ、『惨めったらしい動物』と言いましたとも。アラリックがあたくしに、あのブタはあなたの人生に非常な悪影響を及ぼしていると考えていると話してくれましたわ」

「あの無礼者めが！」

「それにあたくしの意見も全く同じですの。いずれにしても、そんなこと議論したってしょうがありませんわ。あの方があのブタを欲しがってらっしゃるなら、差し上げるしかありませんもの」

「ああ、そうか、ああそうか、そうかそうか」エムズワース卿は言った。「おそらく次にはこの城が欲しいと言いだすんじゃろう。それでお前はあやつにくれてやるわけか。もしこの城が欲しいなら、心配せずに欲しいと言うがいいとあやつに言ってやってくれ。それではわしは図書室に行って少々読書をしようと思うでの。アラリックがうちの本を全部梱包して発送しようと決める前にの」

見事な退場の弁であった——辛辣で——痛烈で、皮肉だった——しかしそうつぶやきながらエムズワース卿の胸に満足の高揚が押し寄せることはなかった。彼のハートは悲しみの重みにたわんでいた。幾百もの戦闘より得られた経験から、彼は妹のコンスタンスがいつだって自分の考えを押しとおすことを知っていた。人は怒鳴り立て、格闘し、天に向けて両手を差し上げ、拳を握って振りたてるやもしれない。しかし最終的には、いつだって結果は同じである——コニーは欲しいものを手に入れるのだ。

十分ほどの後、図書室の冷涼な孤独の裡に座り、愛読書『ウィッフルの豚の世話』に関心を集中しようと無益に努力しながら、エムズワース卿の胸には、悪意に満ちたこの世の中で自分は一人ぼっちで無力だという思いが込み上げてきた。彼の人生を破滅に追い込もうとするこの危機にあって、何より彼が必要としていたのは友人……味方……同情的な助言者であった。だが、頼れる者は誰がいよう？　ボシャムは役に立たない。彼の執事、ビーチは同情的だが、建設的な思考者ではない。そして弟のギャラハッド、一族の女性たちに対抗できる一族中唯一の男性メンバーは、旅行中だ……

エムズワース卿はハッとして飛び上がった。思いついたことがあった。ギャラハッドのことを考えながら、突然彼の友人、たった今公爵が話していた手ごわいイッケナム卿のことを思い出したのだ。

ギャラハッド・スリープウッド閣下は高い道徳水準の持ち主である。認証の印章をポンと押す前にはよくよく人物を見定め、ものを言う前にはよくよく言葉を選ぶ男である。もしギャラハッド・

スリープウッドが、この男は並外れた傑物(ホットスタッフ)だと言うならば、彼はその言葉を無頓着(むとんちゃく)にではなく、最も深い意味で使っているのだ。そして一度ならず何度も、エムズワース卿は彼がこの称賛の言葉をイッケナム伯爵フレデリックに対して用いるのを聞いてきたのである。

鼻メガネの奥の彼の目に新たな明かりが灯(とも)った。彼は計画を練り策を巡(めぐ)らしていた。そこの棚に立っている『デブリッツ貴族銘鑑』が、この驚嘆すべき人物の住所を彼に教えてくれることだろう。また、彼に電話をかけて会談を段取り、ロンドンにでかけて彼の面前に諸事実を並べ助言を求める以上に簡単なこともあるまい。彼ほどの人物ならばエンプレス救出がために百くらいのアイディアをすぐさま考え出してくれるだろう……

彼の双眸(そうぼう)の輝きが消えた。ロンドンにでかけることを簡単であると格付けした点で、自分が間違っていたことに気づいたのだ。このいやらしい公爵が家内に逗留する限り、自分の外出を、たとえ一泊であれコニーが許す望みは皆無(かいむ)である。訪問客がある際には、燃え盛るデッキに立つ少年［エフリミア・ヘマンズの詩「カサビアンカ」］が持ち場を離れられる見込みの方が、ブランディングズ城の当主のそれより大きいくらいなのだ。

苦悩のあまり取り落としてしまった『ウィッフル』を、彼は力なく手に取ろうとし、その魔法のページが阿片(アヘン)のごとき効果をもたらしてくれることを期待した。と、その時、大変な勢いでレディー・コンスタンスが室内に飛び込んできたのだった。

「クラレンス！」

「へっ？」

「クラレンス、あなたアラリックに、あなたのブタをダービーに出走させるつもりだっておっしゃったの？」

「いいや、そんなつもりはないと言ったんじゃ」

「だったらあなたの言うことを誤解したのね。あの方、あなたがそう言ったっておっしゃるの。それで脳の専門家を呼んできてあなたの観察をしてもらえってあたくしにおっしゃるのよ」

「あのクソ忌々(いまいま)しい厚かましい野郎めが！」

「だからあなた、今すぐロンドンに行かないといけませんわ」

　エムズワース卿の力ない手から、再び『ウィッフル』が落ちた。

「ロンドンに行く、じゃと？」

「そうよ、お願い、クラレンス。面倒をかけないでちょうだい。ロンドンに行くのがどれほどいやかなんてお話はなさらなくて結構よ。ですけどこれは生きるか死ぬかの重大なことなの。アラリックが到着して以来、あたくしどなたか優秀な脳の専門家に観察していただくべきだって感じてましたの。ですけど、どうやったらあの方のお気障(きざわ)りにならずに、それができるか思いつかなかったんですわ。これですべて解決だわ。あなた、サー・ロデリック・グロソップはご存じでいらっしゃる？」

「一度も聞いたことはないの」

「その分野では一番いいお医者様ってことなんですの。レディー・ギンブレットが、妹さんのところの問題児に奇跡を成し遂げてくれたっておっしゃってらしたわ。あなたに今日の午後ロンドンに行って、その方を連れてきていただきたいんですの。明日、あなたのクラブで昼食をご馳走して状況を全部説明してくださいな。費用はいくらかかっても問題じゃないと請け合って、一緒にうちに来ていただかないといけないとおっしゃって。かわいそうなアラリックのこと、どうするのが一番いいか教えていただけるわ。何か簡単な治療が必要なだけならよろしいんですけど。二時の汽車に乗っていただかないといけないわね」

「わかった、コニー。お前が言うならそうしよう」

ドアが閉まった時、エムズワース卿の顔には奇妙な表情があった。それは奇跡の受け手側に自分がいることにたった今気づいた男の顔であった。立ち上がって書棚に向かおうとする彼の膝は少し震えていた。そこには赤と金色の『デブリッツ貴族銘鑑』が、嵐に翻弄された船乗りを導く灯台の明かりのように輝いていた。

ベルに応え、執事のビーチが図書室に姿を現した。

「はい、お殿様？」

「ああ、ビーチか。わしのために長距離電話をかけてもらいたい。電話番号はわからんが、住所はハンプシャー、イッケナム、イッケナム・ホールじゃ。イッケナム卿と直接話がしたい」

「かしこまりました、お殿様」

「それで電話が繋がったら」神経質な様子で肩越しにちらちら見ながら、エムズワース卿は言った。

「わしの寝室に回してくれ」

3. イッケナム再訪

バッフィー＝ポーソンが好調に走ってくれれば、ロンドンからハンプシャーへの旅路は長くはかからない。ポンゴ・トウィッスルトンは良好なタイムで正午数分前にイッケナム・ホールに到着した――実を言うとそれは、遠く離れたシュロップシャーのエムズワース卿がブランディングズ城の図書室にて、『ウィッフルの豚の世話』を読もうと座ったのと、ほぼ同じ時刻のことであった。

私設車道の途中の、シャクナゲの木が急カーブを目隠ししているところで、彼は反対方向に向かうイッケナム・ホールのロールスロイスともうちょっとで正面衝突しそうになった。荷台に積まれた荷物を一瞥し、伯父と行き違いになったのではないかと彼は恐れた。しかしすべてはこともなしであった。館に到着すると、彼は正面階段に立つ伯父の姿を目にした。

第五代イッケナム伯爵フレデリック・アルタモント・コーンウォーリス・トウィッスルトンは、長身痩軀、粋な口ひげと頭の回転の速さと進取の気性をうかがわせる目をした、威厳に満ちた人物だった。実際の年齢で言えば、彼はもはや青春の盛りを過ぎていた。ただいま陽光と暴風雪を交互に送り込んでは英国中を騒がせているこの春は、彼の頭上を通り過ぎてはそれを鉄灰色に変えてきた数多くの春の一つであった。しかし長の年月が彼からすらりとした体型を奪えなかったのと同様に、それは彼の勇猛果敢な精神を矯(た)めることもできなかった。青年めいたウエストラインと共に、彼は今だに明るい熱情と、新鮮で自然のままの、やや酩酊(めいてい)気味の大学生的なものの見方を維持していた。とはいえこの人の最善の姿を目にしたければ、誰より先に彼自身が認めるように、彼をロンドンで見なければならなかったのだが。

イッケナム伯爵夫人ジェーンが賢明にも、わが夫の人生の黄昏(たそがれ)はこの田舎(いなか)の邸宅においてのみ過ごされるべしと判断し、夫がロンドンにこっそりでかけるようなことがあったら、切れ味鈍いナイフにて身体の皮を生剝(いきはぎ)にしてやるとまで申し向けたのはこの理由であった。また、もしただいま階段に立ちながら、好ましき彼(か)の人の顔が内なる炎に輝いているように見えたとすれば、それは彼女がたった今遠く離れた場所にしばらく滞在しようと出かけたということの表れであった。彼は妻を熱愛しており、かつて聖職者の「汝はこの者の妻となるか?」に「はい」と答えた者中で一番最高にかわいらしい人であるという確信は一度たりとも揺らぐことはなかったが、しかし彼女の不在が、男をサビつきより防ぎ、現代思想の最新展開に触れさせてくれるロンドンの空気を呼吸することを容易にする、という事実を否定することはできない。

甥(おい)の姿を見てイッケナム卿の陽気さは増大した。彼はポンゴが大好きだった。彼といっしょに、彼の最も幸福で、最もためになる時間が過ごされてきたのである。数ヶ月前、二人でドッグレースに行った日のことは、今なおこの青年の夢に現れては彼を苦しめていた。

「いやあ、ハロー、坊や」イッケナム卿は叫んだ。「君に会えて嬉(うれ)しいなあ。車を駐(と)めて、中に入りたまえ。なんて朝だろうなあ！ 暖かく、香り高く、爽(さわ)やかで、しかし人を爪先立ちさせる身を切るような冷気もある。昨晩地元の映画館で西部劇を見たんだが、その中で登場人物が自分のことを、元気と活力満々でわくわくしていると言っていた。俺もまさしくそう感じているんだ。春のパン種が血管内でふつふつと発酵中で、俺は何が来ようと準備万端だ。ところで君は、ボスに会い損ねたな」

「車で出ていったのはジェーン伯母さん？」

「ホワイト大酋長様だ」

この情報を聞いてポンゴはほっとした。彼はこの伯母を尊敬し敬慕していたが、しかし幼少期より彼女には、いささか恐怖を喚起させせられるところがあったし、まただいまの財政危機状況で彼女に会わずに済んで彼はうれしかった。多くの伯母さん叔母さんたちと同じく、この伯母は第六感とでもいうべきものに恵まれており、彼の顔を一目見たら、こいつは二〇〇ポンド赤字だと確実に言い当てるにちがいないのだ。そこからこの難局が競馬場における予想の失敗に起因するものだという告白までは目と鼻の先である。彼の最近の活動を彼女が発見したら、どんなことになるかは考えたくなかった。

「ジェーンはドーヴァーまで車で行って午後の船に乗るんだ。南フランスで療養中の母親の世話をしに行った」

「それじゃあ伯父さんは一人ぼっちなんですね？」

「君の妹のヴァレリーがいる他はな」

「なんと、なんてこった。妹もここにいるんですか？」

「昨夜着いたんだ。鼻の穴から炎を吹き出してる。あの子の婚約破棄については聞いてるだろう？失意の妹を慰めようと思ってここに来たんだな？」

「えー、必ずしもそうじゃありません。実を言うと、ここだけの話、僕は今この瞬間妹に会うのは気が進まないんです。今回の騒動では、僕はどちらかというとホーレス側についてるんで、僕らの関係は冷え込んでるんです」

イッケナム卿はうなずいた。

「そうか、そう言われて思い出したがあの子は君のことを不快な部類の虫けらとか何とか言っていた。感情的な娘だな」

「ええ」

「だが俺にはあの子があんなことで大騒ぎをするのがわからんのだ。婚約破棄なんて何でもないってことは誰だって知っている。思い出したが、君の伯母上は俺を世界一幸せな男にしてくれる前に、六回婚約を破棄したんだぞ。ああなんて女性だろう！　望みうる限り、最高にかわいらしい、最高に誠実な妻だ。母上の療養がうまくいって早く帰ってきてくれるといいなあ。だが、あまり早すぎてもいけない。なあポンゴ、ブラッドハウンド犬といっしょに氷を渡ってヴァレリーを追っかけるようにってホーレスが依頼した探偵が、ポットの奴だったとはなあ。マスタード・ポット、奴のことを皆そう呼んだもんだった。あいつとは何十年来の知り合いなんだ」

「ええ、彼がそう言ってました。貴方（あなた）が彼に探偵業を始めさせたんだって」

「そのとおりだ。マスタードってのは多芸な男なんだ。あいつがやったことのないってことはそうはないんじゃないかなあ。舞台に立ってたこともあったはずだ。それから大衆席賭け屋になった。それからクラブを経営した。執事をクビになったこともあるんじゃないかと思う。とはいえ大自然が奴にかくあるべしと本当に意図したのは、悪徳商法のペテン師だと俺はいつだって思ってきた。

そいつは俺が人生で一度はやってみたい職業なんだが、なかなかそこまで手が回らなくてな」

「バカを言わないでください」

「バカな話じゃない。老人の白日夢をバカにするもんじゃないぞ。ペテン師の次なる餌食について新聞で読む度に、俺は自分でやってみたくてたまらなくなるんだ。なぜってこの世の中にあんな手口にやられるほどの間抜けが存在するってことが信じられない。それでポンゴ、いくらだ?」

「へっ?」

「金をむしりにきたんだろう。いくらだ?」

かくも物分かりのよい伯父の知性は、甥を喜ばせたはずである。しかしポンゴは黙ったままだった。その瞬間が訪れたところで、彼の生来性の悲観主義が再び実力を発揮しだしたのだ。

「えー、かなり多いんです」

「五ポンドか?」

「もうちょっと多いんです」

「一〇ポンドか?」

「二〇〇ポンドです」

「にひゃく、何だって? いったい全体どうやったら、それほどの大穴に落っこちようがあった?」

「助言してくれる人たちに引きずられて、リンカーンでちょっと失敗しちゃって、それからハーストパークで取り戻そうとしたらまた失敗して、それでその結果、結局ジョージ・バッドって名前の賭け屋に二〇〇ポンド借りをこさえちゃったんです。ジョージ・バッドはご存じですか?」

「一度も聞いたことはないな。俺が競馬場で有名人だった頃、ジョージ・バッドはまだゆりかごの中で、ピンク色のつま先をちゅうちゅう吸ってたんだろう」

「それが今はピンク色のつま先をちゅうちゅう吸ってはいないんです。強面なんですよ。ビンゴ・リトルが去年の冬に借りをこしらえて、それでもしかして返せないかもしれないってそっと打ち明けようとしたら、そのバッドは、お返しになれるといいですねえ、って言って——」

「今時の賭け屋はそんなふうに思うんだな。俺の時代の連中はみんな——」

「——なぜなら、迷信深いようでバカバカしいんですが、誰かが自分に金を返さないと、いつも何かしらひどく不幸な事故がそいつに起こるんだって言うんですよ。何か運命の仕業らしいって。それからバカでかくて筋骨隆々のアーブっていう男を呼び出して、ビンゴの目の前にちらつかせたんです。そのアーブが昨日、僕のところにやってきました」

「そいつは何て言った？」

「何も言いませんでした。力持ちの、寡黙な男ってことみたいです。ただ僕を見て、うなずいただけでした。ですからもしなんとかなるようでしたら、フレッド伯父さん、僕に——」

　イッケナム卿は残念そうに首を横に振った。

「なんともはや、坊や。君が齧ろうとしているスネは、冷たいわけではないんだが、助ける力がない。うちの財務省に大組織改革があったんだ。不幸にもごく最近、君の伯母さんが一家の財政を引き受けて、自分で管理することに決めたんだ。それで俺にはタバコ、自尊心、ゴルフボールとかそれくらいを維持するのに必要な小遣いしか自由にならなくなった。出せるのは一〇ポンドまでだ」

「ああ、なんてこった！　アーブは水曜日にまた電話してくるんです」

甥の肩をぽんぽん叩くイッケナム卿の目は、溢れんばかりの同情と理解に満ちていた。幾十年の時間を飛び越え、安全安心ジミー・ティムズの名の下に商売するかつての馬券売りをだまくらかして怒らせてやろうという動機から、大きな黒い口ひげを唇の上にぺたりと貼りつけた二十代の熱情的な若者だった己が姿を、彼は思い浮かべていた。

「君がどういう気持ちでいるか俺にはわかるんだ、坊や。カンタベリー大司教以下、誰もがそういう経験を通り過ぎてきた。三十六年前のちょうど今時分、シドっていう名の筋肉隆々の男から逃げ出すために、俺は窓をよじ登って雨樋をするすると伝い降りていた。シドは当時俺の債権者だった賭け屋に雇われた、そのアーブとほぼ同じ執行権限を有する男だった。俺はうまいこと逃げ切ったんだが、あれはオルモル時計が数センチずれて的が外れたおかげだと思ってる。なすべきことはただ一つだ。ホーレス・デヴンポートに金を借りるんだ」

ポンゴの唇を苦い笑みが飾った。

「ハッ！」彼は短く言った。

「もうやってみたってことか？　それで失敗したんだな？　そりゃあ残念だ。とはいえ、絶望することはない。きっと話の仕方が悪かったんだろう。俺ほどの存在感と威厳ある人物に如才なく持ちかけられたら、あいつだって頑固じゃあいられなくなるはずだ。俺にまかせろ。あいつのアバラにうまいこと食い込んでやる。春どきにこの俺様に成し遂げられることに限界はない、文字通り、まったくないいんだ」

「だけど伯父さんはロンドンに来られないでしょう」

「ロンドンに来られない？　君の言ってることがわからんな」

「ジェーン伯母さんは、伯父さんがロンドンに行ったら、身体中の皮を剝ぐって言ってらしたんじゃないですか？」

「彼女流の突飛な言い方で、確かにそういう趣旨のことを言いはした。だが、妻は南フランスに向かっている途中だという事実を、君は忘れているようだな」

「それはそうですが――貴方を見張るようにヴァレリーをここに滞在させているんでしょう」

「君の言いたいことはわかる。その話をするならするが、妻の留守中、ヴァレリーが俺を優しく見守ってくれるだろうって思いは、ことによるとあったのかもしれない。だが喜んでくれ。ヴァレリーは長逗留はしない。あの子はロンドンに、君の車で帰るんだ」

「何ですって？」

「そうだとも。あの子はまだそのことを知らない――実を言うと、ここに何週間か滞在するつもりだと言っていたと思う――だが、あの子は君の車の助手席に座ることになる」

「どういう意味です？　妹を追い出すつもりですか？」

「なんともはや、坊や！」ショックを受け、イッケナム卿は言った。「もちろんそんな真似はしないさ。しかし俺様流のやり方があるんだ。ああ、あの子が来た」娘らしい人影が館の角を曲がってくるのを見て、彼は続けて言った。「かわいいヴァレリー、ポンゴが来たよ」

ヴァレリー・トウィッスルトンは立ち止まって通りすがりのカタツムリを見ていた――冷たく、厳しい目で、あたかもそれがホーレス・デヴンポートであるかのように。目を上げると、彼女はその冷ややかな目を自分の兄に向けた。

「そうみたいね」彼女は冷淡に言った。「ここで何してるのかしら」

「君をロンドンに連れ帰りに来てくれたんだよ」

「わたし、そんな気はまったくないわ――」

「君がここにいて私の孤独を慰めてくれるくらい」イッケナム卿は続けて言った。「嬉しいことはないんだ。だが、ポンゴは――また私も同じ意見だと言わねばならないんだが――こんなふうに逃げ出すのは大間違いだと考えている」

「何をするですって?」

「残念ながら、ああいうことが起こった後で君がロンドンを去ったという事実に対する人々の解釈は、そうなるということだ。世間がどんなものかは君もわかっているだろう。連中はせせら笑う。連中はあざ笑う。後ろに回って陰口を言う。もちろん君の本当の親友は違うだろう。優しく哀れんでくれるだけだ。彼らは君のことを、傷を負ってねぐらに這い戻った動物みたいに見ることだろう。そして理解し、同情してくれる。だがもう一遍言うが、私の意見では、君は間違ったことをしている。我々トウィッスルトン家の一族は、難局に際し、常に上唇をしっかり堅くしてどこ吹く風の平気の平左でいることを誇りにしてきたんだ。だからもし私が君の立場なら、いつもどおり行きつけの場所に出入りして、陽気に笑って、伊達姿でいようとする……何だ、コッグス?」

館から執事が姿を現した。

「あなた様宛に、長距離電話でございます、お殿様」

「すぐに行く。それじゃあよく考え直すんだよ、お嬢さん」

しばらくの間、ヴァレリー・トウィッスルトンからは蒸気が漏れるような、もの柔らかな音がしていた。それは今止まり、鋭い、不快なカチカチ音と共に彼女の歯は噛み合わされた。

「荷物をまとめるから十分待ってて、ポンゴ！」彼女は言った。「長くは待たせないわ」

彼女は館内に飛び込んだ。そしてポンゴは深い尊敬の念を込めて、タバコに火を点けた。フレッド伯父さんという人物をよしとしたわけではないが、しかしその手際を賞賛せずにはいられなかったのだ。

イッケナム卿が戻ってきて、辺りを見回した。

「ヴァレリーはどこだ？」

「二階で荷物をまとめてます」

「そうか、行く気になったんだな？　賢明だと思うぞ。今の電話はエムズワース卿からだった。君は一度も会ったことはないはずだが、どうだったかな？　シュロップシャーのブランディングズ城に住んでいる。直接知り合いというわけではないんだが、俺の一番の大親友の兄さんなんだ。明日クラブで一緒に食事がしたいと言っている。ちょうどよかった。ホーレスとの商談は午前中に済ませよう。十二時にドローンズ・クラブで君と会う。それじゃあ中に入って一杯飲もう。ああなんたることと。明日はロンドンに行かれると思うと嬉しいなあ。サーカスに連れていってもらう子供みたいな気分だ」

伯父に続いて喫煙室に向かうポンゴの感情はもっと複雑だった。伯父の手腕でうまいことホーレス・デヴンポートを財産分与運動に参加させることができるかもしれないと思えばもちろん心躍った。だが伯父さんをロンドンで野放しにすることを思うと、眉をひそめずにはいられなかった。イッケナム卿が帝都の爽快な空気を共に呼吸しようと提案するときはいつも、これから起こることどもを不安のまなざしにてうち眺めている自分に、彼は気づくのであった。

ドローンズの思慮深いメンバーがかつて、こう約言したことがあった。

「ポンゴのフレッド伯父さんの問題はさ」彼はこう言ったのだ。またドローンズ・クラブはこんなふうに健全で洞察に満ちた意見が聞ける、今日びほぼ唯一の場所である。「少なくとも六十歳にはなってるんだが、ロンドンに着くと自分の精神年齢、うら若き二十二歳ってところか、になっちまうってことなんだ。彼はポンゴを公開の場に引きずり出し、公衆の面前で、高く、遠く、大きく跳び上がってみせるような厄介なところがある。お前が『過剰』って言葉の意味を知ってるかどうかは知らないが、ポンゴのフレッド伯父さんがロンドンにいるとき必ずやらかすのがそいつなんだ」

カクテルを啜るこの青年の顔は、いささか色冴えず、心配げであった。

4．賭博師

科学的に対処すれば、ホーレス・デヴンポートが自ら黄金を差し出すよう仕向けられるだろうというフレッド伯父さんの説に、それを聞いたとき、そしてその日のそれ以降の時間、ポンゴ・トウイッスルトンは大いに感銘を受けていた。おかげで車を運転してロンドンに戻る間ずっと、彼は楽観的な気分でいられた。しかし、翌朝目覚めた時にはもう、そのアイディアは不健全で非実用的だと思われてきた。

いかなる任意の者に対しても、二〇〇ポンドもの金額を無理やり出させる望みなどありはしないと彼は思った。彼の財政不安の唯一可能な解決策は、経済支援者リストを作って一般大衆を募ることだ。彼はドローンズを覗いて投資家感情を精査してみようと決意した。そして到着したところで、資金調達の成功を予感させる気配を察して嬉しく思った。

ルトゥケでの年に一度のドローンズ・クラブ・ウイークエンドから戻ったメンバーたちを迎える喫煙室の空気は、常に陽気さと賑わいに満ちているわけではない――ここはイェルサレムの嘆きの壁かと間違えかねない年は幾度もあった――しかし、今日は幸福の歓喜に満ち満ちた精神が横溢していた。大陸カジノのシェマンドフェールの卓に君臨する小型の神々は、バーで大騒ぎしているエッグ氏、ビーン氏、クランペット氏たちの多くに対してごくごく親切であったようだ。そして彼らの大手柄の話にじっと耳を傾けていたポンゴは、ここにいるメンバーたちからもう数一〇ポンドの資金を調達しようと決意した。と、タバコの薄煙の向こうに、見覚えのある顔が見えたのだった。部屋の反対側の一番隅の椅子に、クロード・ポットが座っていた。

ポンゴが彼のところに行って話をしようと思ったのは、ここでポットが何をしているのかというたんなる好奇心でも、不慣れな場所で心細いのではないかという心配からだけでもない。これなる私立探偵の姿を見て、彼からささやかな寄付を獲得し、ボールを転がし始めることが可能ではないかとの思いが、ふわふわ漂うアザミの冠毛のごとく彼の脳裡に浮かんだのである。彼は部屋を横切り、ポット氏に向かって手を伸ばした。

「なんと、ハロー、ポットさん。どうしてこちらにいらっしゃったんですか?」

「おはようございます、旦那様。あたしはデヴンポート様とごいっしょして伺ったんですよ。あの方はただいま電話室にて電話中でいらっしゃいます」

「ホーレスの奴がこんなに早起きだとは知らなかった」

「まだおやすみでないのですよ。あの方は昨夜ダンスにおでかけされたんです」

「ああ、もちろんそうだった。アルバートホールのボヘミアン舞踏会だ、思い出した。またお目にかかれて嬉しいです、ポットさん。この間お会いした時はだいぶ急いでお帰りでしたから」

「ええ」クロード・ポットは瞑想に耽るように言った。「観察対象者とはその後どうなりました?」

「あんまりうまくはいってませんね。だいぶ怒鳴り散らされました」

「そうじゃないかと思っておりましたよ」

「とっとと出ていってよかったですね」

「そう思いましてね」

「とはいえ」ポンゴは心の底から言った。「お帰りにならなければいけなくなって、とても残念でした。僕たちはとても気の合う仲間になったはずですからね。何か飲み物は飲まれますか？」

「いいえ、結構ですよ、ミスターT」

「タバコか何か？」

「いいえ、結構です」

「椅子でも何か？　ああ、もうお座りでしたね。あのぅ、ポットさん」ポンゴは言った。「考えていたのですが」

バーのおしゃべりの声が突然高くなった。本クラブの退屈男、百万長者のウーフィー・プロッサーがいかにして自分が銀行に七度も電話をかけるに至ったかの御物語を、新たな来訪者たちのために繰り返していたのである。そしてポット氏の双眸に、死んだ魚の腹の燐光の輝きのごとき鈍い光がともったのだった。

「いやはや！」彼は言った。瀕死のラクダにサハラ砂漠の思慮深いハゲタカが向けるような目をウーフィーに向けながらだ。「今朝はここに、ずいぶんと金がうなっているようですねえ」

「そうですね。金の話をすればですが――」

「今こそ、帽子ステークスですって？」

「帽子ステークスにうってつけの時なんですがねえ」

「帽子ステークスをご存じでいらっしゃらないんですか？　パブリックスクールじゃあ、大切なことは何にも教えてくれないようですな。こういう仕組みです。誰かを選んで、ここではあたしとしましょうか、帽子レースの賭けの胴元になります。ゴール地点はどこでもいいんです——向こうのドアってことにしましょうか。あたしの言ってることはおわかりですかね？　そこのドアを通って入ってくる最初の人物がどういう帽子をかぶってるかを賭けるんです。例えば旦那は、一〇ポンド賭けてみようと思われるかもしれません——」

ポンゴは話し相手の袖から埃を払い落とした。

「あー、だが僕は一〇ポンド持ってないんです」彼は言った。「で、まさしくそのせいで今こう言おうと——」

「——シルクハットにね。それで最初に入ってきた男がシルクハットをかぶっていたら、旦那が全部取るんですよ」

「ああ、わかった。面白い。うまくできてますね」

「だけど今時はみんなホンブルク帽をかぶるから、なかなか帽子ステークスができないんですよ。賭けようって者がなかなか集まらない。ありゃりゃりゃですよ」

「ありゃりゃりゃですねえ」ポンゴは共感を込めて同意した。「服装とか何かにしなきゃいけないってことですね？　で、一〇ポンドというお話をされてましたが、その件についてなんですが……もし前にお聞きになったことがあるようでしたらおっしゃってください……」

夢想のうちに沈み込もうとしているらしかったクロード・ポットは、黙考を中断して跳び上がった。

「何とおっしゃいました？」

「一〇ポンドというお話をされてましたが、って――」

「服装ですよ！」あたかも観察対象者が部屋に入ってくるのを見たかのように、ポット氏は突発性の跳躍で椅子から立ち上がった。「こいつはびっくりだ！」

彼のような体型の者としては目を瞠るような速さで、彼はドアに向かい、数秒後に突進して戻ってきた。そしてバーに集合していたエッグ氏、ビーン氏、クランペット氏たちが衝撃を受けたことに、ありとあらゆるクラブのエチケットに違反し、どこかの無作法者が演説を始めたのだった。

「さあさあ紳士各位！」

どよめきは消え去り、驚きの沈黙がそれに続いた。その沈黙を縫って、大衆席賭け屋時代の情熱と活気に満ちたクロード・ポットの声が響いた。

「紳士の皆さま、スポーツマンの皆さま。よろしければご親切に一瞬だけご寛恕を願いますよ。紳士の皆さま、スポーツマンの皆さま、あたしは紳士とスポーツマンは一目見たらわかるんですよ。そしてこの部屋に入ってらっしゃってから皆さまの話を聞くとはなしに聞いておりましたところでは、ここにいらっしゃる皆さまは全員、ささやかなスポーツの興奮にはいつ何時でも参加しようという紳士の皆さま、スポーツマンの皆さまでいらっしゃる」

「スポーツの興奮」という言葉は、常にドローンズ・クラブのメンバーの心の琴線に触れずにはいられない。冷たい非難の雰囲気の中に、何かしら熱情と共感に似たものが忍び入ってきた。この無作法者の小男がどういうわけでこの喫煙室に這いずり込んできたものかには依然当惑していたものの、この場の一同に当初あった、こいつの耳をつかんで追い出してやれという衝動は和らぎ、彼の言うことをもっと聞きたいという友好的な欲望へと変わっていた。

「紳士の皆さま、あたしの名はポットと申します——王侯のスポーツの後援者の皆様方にはいささか知られた名前だった時代もあったと、あえて申し上げましょう。競馬場の賭け金受付業務の現役を退きはいたしましたものの、紳士の皆さま、スポーツマンの皆さまにお楽しみいただくささやかな賭け事は今でも時折喜んでご提供申し上げるところでございます。またただいまのような機会は滅多にはございません。さてさてここに一同に会しましたるあたくしどもは——皆さまはお金を、あたしは賭けのネタを持ち合わせております。したがいまして紳士の皆さま、ささやかな賭け事の興奮を共にいたしましょうと申し上げるわけなのでございます。紳士の皆さま、まもなく服装ステークスの出走開始でございます」

ドローンズ・クラブのメンバーに、午前中に一番活発に頭が回るという者はほぼ皆無である。困惑のつぶやきが交わされた。一人のビーン氏は言った。「あいつはなんて言ったんだ？」また、一人のクランペット氏はつぶやいた。「何ステークスだって？」

「あたしはこちらにおいでの友人、トウィッスルトン氏に、帽子ステークスをどうやるものかを説明申し上げていたところです。服装ステークスもまさしく同一の原理に則って行われるものであります。ただいま廊下の電話室内に紳士様がお一人いらっしゃいます。またあたしはたった今ページボーイに、そのドアの下に楔を押し込んでおくようにと指示いたしました。したがいましてその方がそこに確実に留まり、皆様方にお賭けいただける時間はたっぷりとご用意しております。ひゃあ！」不快な考えに思い当たり、クロード・ポットは言った。「どなた様もその方を外に出したりはなさいませんでしょうな？」

「もちろんだとも！」聴衆たちは憤慨して叫んだ。仲間のメンバーが電話室に捕らわれになるというごく稀有（けう）な機会に、理不尽にもそいつを解放してやるなどと考えると、胸が悪くなったのだ。

「それではよろしゅうございます。さてと、紳士の皆さま、皆さまにお考えいただきたき簡単な質問とは――電話室においでの紳士様が何をお召しでいらっしゃるかでございます。換言いたしますれば、その方は何を着ているか、でございます。かくして服装ステークスとの名称が冠されるのでございます。あれやもしれず、これやもしれません。日曜日の競馬場に向かう服装やもしれませんし、サーペンタイン池にちょっぴり浸かって水着姿でいらっしゃるやもしれません。あるいは救世軍に入隊されたかもしれないですねえ。ご参考までに、ブルーのサージに九対四、ピンストライプのグレーのツイードに四対一、ゴルフ上着にプラスフォアーズに十対一、体操用のベストと短パンに百対六、バッキンガム宮殿で着ているような宮廷服に二十対一、その他すべてに九対四。それで、もしよろしければ」すぐ隣にいたエッグ氏に向かって、ポット氏は言った。「ご親切にあたしの集金係をお引き受けいただけませんかね？」

「それで僕が賭けられなくなるってことはないだろうな？」

「もちろんですとも。ご自分の心の赴（おもむ）くまま、何ものをも恐れずに」

「ヘリンボーンのチェヴィオット織の室内着にいくら出す？」

「ヘリンボーンのチェヴィオット織の室内着には六対一でございますよ。よろしければ現金にてお支払い願います。信用できないという意味ではなく、ただ法律による許可を得ておりませんもので。ありがとうございます。さあさあ、気高きスポーツマンの皆さま。その他すべてに九対四でございますよ」

かくして賭け率が提示されると、一同の最後の抑制が取り払われた。商いは活況を呈し、ほどなく熱心な顧客たちに取り囲まれてポット氏の姿は完全に見えなくなった。

最初に投資した者たちの中には、ポンゴ・トウィッスルトンもいた。ホールポーターのデスクに急ぎ駆けつけ、この世で所有する最後の一〇ポンドの小切手を書き終えると、ただいま彼は勝ち馬に賭け、まもなく金を手に入れる男の穏やかな満足に満ち、バーにもたれかかっていた。

というのはこの一部始終の一番最初から、これまで気まぐれであった運命が、善良な人物を倒伏したまま放っておいてもしょうがないととうとう決心し、彼に何かしら皿に盛って手渡してくれたのだということが、ポンゴには明々白々でわかったのである。賭けに勝とうと思ったら、必要なのは情報である。そしてそれを彼はたっぷり持ち合わせていた。この場にいる者の中でただ一人、彼は電話室の中にいる紳士が誰かに気づいていた。そして彼には後者の所有する服装に関する内部情報を知っているという、更なる有利があった。

たとえばこれが当代のブランメル、キャッツミート・ポッター＝パーブライトのような男だったら、ある任意の朝に彼が着ているであろうスーツを当てようとしたら、何時間も推測を巡らすことになるかもしれない。しかし、ホーレス・ペンドルベリー＝デヴンポートなら話はまるで違う。彼は着慣れた服をボロボロになるまで着続ける。またこの彼の特異気質が、ルトゥケに旅立つ直前、先般までの婚約者に抜本的手段をとらせるに至らしめたのである。

ホーレスのフラットにてポンゴがその持ち主とおしゃべりしていた瞬間に、ヴァレリー・トウィッスルトンはその地を急襲し、また恋人の抗議の叫びを無視し、彼のほぼ全衣装をかき集めるとタクシーにて持ち去り、救済に値する貧民に与えてしまったのだった。この不幸な男を裸にしてはおけなかったから、彼女は着たきり雀のヨレヨレのグレーのフランネル・スーツと、彼が婚礼の日のために取っておいたモーニングを保持することは許した。しかしその他すべては取り上げたし、どこの洋服屋でもそんなすぐに新しい服を供給することはできないだろうから、持てる限りのすべてを突っ込んで大丈夫だとポンゴは感じた。ほぼ全財産を一対十でグレーのフランネルに、そして念のためモーニング・スーツに少額をつぎ込み、それで彼は結構ご安泰のご身分となった。

そして今ポンゴはカクテルを啜り、勝ち分はジョージ・バッドの借りになっている途方もない金額には届かないだろうが、少なくとも借りの幾らかは支払えるだろうし、たとえ一時的にでもアーブの黒い影を彼の人生から追い払ってくれることだろうと考えていた。と、頭蓋骨の付け根に強打を食らったかのように、自分が決定的に重要な点を見過ごしていたことに、突然彼は気づいたのだった。

クロード・ポットとの会話の最初の言葉が思い返されてきた。そして彼は、ポット氏が、ホーレスが電話室にいると知らせた上で、後者はアルバートホールのボヘミアン舞踏会に参加して、まだ一睡もしていないと付け加えたことを思い出した。そして出走合図のベルの音のように、彼の耳にホーレスの言葉が鳴り響いた。「僕はボーイスカウトの格好で行く」と。

ポンゴの目の前で喫煙室がゆらゆら揺れた。彼は今、クロード・ポットがなぜこれほど情熱的に、洋服ステークスを始めようというアイディアに飛びついたかを理解した。胴元総取りになることが、彼にはわかっていたのだ。どんなに賢く、どんなに想像力豊かなドローンとて、朝のこんな時間に電話室にボーイスカウトがいるなどとは思いもしないだろう。

彼は苦悩の悲鳴を放った。最後の土壇場に、富へと至る道が彼に示されたのだ。そして現金に限るという条件ゆえに、彼はその事実を利用する立場にないのである。と、その時バーの反対側に、ウーフィー・プロッサーの姿が見えた。そしてどうしたら迅速果敢な行動によって、資産を破滅から救えるかをポンゴは理解したのだった。

最初から服装ステークスに対するウーフィー・プロッサーの態度は、ウォール街のオオカミが数ペニーを奪い合う少年たちを見やるように、軽蔑的で尊大だった。大衆席賭け屋のバカ騒ぎはウーフィーの興味を惹かなかった。彼はそれとは関わり合いにならず、またポンゴがバーをすべるように動いて話しかけてきた時にも、ポンゴと関わり合いになろうとはしなかった。彼の上着の袖をつかみ、熱を込めてそれを握りしめたところでようやく、ポンゴは彼をその場に固定できたのだった。

「なあ、ウーフィー――」

「ダメだ」ウーフィー・プロッサーはぶっきらぼうに言った。「一ペニーだってダメだ！」

ポンゴは取り乱して数ステップ、ダンスを踊った。ポット氏が営業中のテーブルの周りはすでに落ち着きはじめ、今にも賭けは閉め切られそうな勢いだった。

「だが、お前にいい儲け話に乗ってもらいたいんだ」

「ああそうか？」

「本命だ」

「そうか？」

「ガチガチの鉄板の本命なんだ」

ウーフィー・プロッサーはこれ見よがしに冷笑した。

「俺は賭けない。何ポンドか勝ったからって、それが何になる？　去年の夏のルトゥケのカジノテーブルで俺は――」

ポンゴはエッグ氏、ビーン氏、クランペット氏たちを蹴散らして、クロード・ポットのもとに急いだ。

「ポットさん！」

「さて、旦那様？」

「賭け金に制限はあるのかい？」

「いいえ、旦那様」

「大きく賭けようって友達がいるんだ」

「現金のみですよ、ミスターT。それが決まりだってことを思い出してください」

「ナンセンスだ。こちらはプロッサー氏だぞ。彼の小切手なら受け取れるだろう。プロッサー氏のことは、聞いたことがあるはずだ」

「おや、プロッサー様ですか。ええ、それなら特別です。プロッサー様のためなら、掟も曲げるといたしましょう」

ポンゴがバーまで跳ぶように走ってゆくと、ウーフィー氏がもはや尊大でも軽蔑的でもないことに気づいた。

「お前、本当に何か知ってるのか、ポンゴ？」

「ああ、知ってるに賭けてもらっていい。五〇ポンド貸してくれるか？」

「よしわかった」

「それじゃあボーイスカウトに有り金全部賭けるんだ」ポンゴは小声で言った。「電話室の中にいる男がホーレス・デヴンポートだっていう、厩舎直送情報を持ってる。また僕はたまたま、奴が昨夜仮装ダンスパーティーにボーイスカウトの格好で行って、まだ着替えてないことを知っている」

「何と！　本当か？」

「完全公式情報だ」

「じゃあボロい大儲けだ！」

「めちゃくちゃボロい大儲けだ」熱を込めてポンゴが断言した。「何も恐れず、僕についてこい。それで今言った額は僕が賭けるってことを忘れるなよ」

　興奮した目で、彼は自分の財政的支援者が地元の上客賭け屋に向かう姿を見ていた。そしてこの緊迫した瞬間に、ページボーイがやってきて、イッケナム卿がホールで彼を待っていると報せたのだった。彼は浮き足立って伯父に会いにいった。彼の足はほぼまったく地面に着いていなかった。

　イッケナム卿は近づいてくる甥の姿を興味深げに見た。

「おやおやおや」彼は言った。

「おやおや」ポンゴは言った。正式な挨拶などしている暇はなかったから、心ここになくだ。「聞いてよ、フレッド伯父さん。有り金全部、僕に渡して欲しいんだ。賭けの締め切りに間に合うかもしれない。伯父さんの友達のクロード・ポットが、ホーレス・デヴンポートといっしょにここに来てるんだ」

「マスタードをドローンズに連れてくるだなんて、ホーレスはいったい何をやってるんだ。むろん素晴らしい男だが、多感な青年たちの集いの輪に野放しにしていいような人物じゃない」

　ポンゴの態度は苛立ちを隠し切れなかった。

「ことの倫理性について論じてる時間はないんですよ。ホーレスが彼を連れてきて、彼がホーレスを電話室に閉じ込めて、奴がどんな服を着てるかについて賭けを始めたってだけで十分なんです。いくら出せます？」

「マスタード・ポット相手に賭けるだって？」イッケナム卿は優しくほほえんだ。「なしだ、甥っ子よ。なしだ。君が奴のことをもっとよく知るにつれ、人生が教えてくれる厳しい教訓の一つは、マスタードから金は取れないってことだ。幾百の者どもがそれを試みた。そして幾百のつわ者どもが破れ去ったんだ」

ポンゴは肩をすくめた。彼は最善の努力をしたのだ。

「一生一度ってチャンスを逃してるんですよ。僕はたまたまホーレスが昨夜ボーイスカウトの格好でダンスに行ったのを知ってるんです。また僕はポット本人の口から直接、奴が家に帰って着替えてないってことを聞いているんです。ウーフィー・プロッサーが僕に五〇ポンド貸してくれたんですよ」

イッケナム卿の表情から、彼が本当にショックを受けていることは明らかだった。

「ホーレス・デヴンポートがボーイスカウトの格好でダンスに行っただと？　どんなにか恐ろしい姿だったろうなあ。俺にはそんなことは信じられない。真偽を確かめねば。ベイツ」ホールポーターのデスクに歩いて行くと、イッケナム卿は言った。「デヴンポート氏が入ってきた時、お前はここにいたのか？」

「はい、伯爵様」

「どんな格好だった？」

「恐ろしいお姿でした、伯爵様」

ポンゴには伯父が論点を外しているように思われた。

「確かに」彼は言った。「ホーレスくらい背が高くて細身の男は、ボーイスカウトのコスチュームを着てダンスパーティーなんかに行って見世物になるより、もっと賢ければよかったのにってところは認めますよ。ニッカーボッカーを履(は)いて、脛(すね)をむき出しにして――」

「ですが、あの方はさようにはなされませんでした、旦那様」

「なんだって？」

「デヴンポート様はダンスパーティーにボーイスカウトの格好でいらっしゃったのではございません。あなた様に反論申し上げることをお許しいただけますならば。どちらかと申しますと、アフリカ風のいでたちであったと存じます。あの方のお顔は真っ黒に塗られ、槍(やり)をお持ちでいらっしゃいました。お通りの際、不快のあまりわたくし具合が悪くなりました」

ポンゴはデスクにしがみついた。体重百キロ超えのホールポーターが、彼の目の前でゆらゆら揺れた。

「黒塗りだって？」

廊下の動静が彼らの注目を集めた。小委員会に伴われたクロード・ポットが電話室に向かっていた。彼がドアの下から楔(くさび)を外し、扉を開けると、中から人の姿が現れた。

大自然は折々に奇々怪々な者の姿を造形してきた［『ヴェニスの商人』一幕一場］。しかしただいま電話室の中よりビュンと音立てて飛び出し、廊下をビュンと音立てて通り抜け、デスクのところの小集団の横をビュンと通り過ぎ、クラブのドアを突進して通り抜け、ビュンと音立てて階段を降り通りがかりのタクシーに乗り込んだ者ほど奇怪な者もそうはなかったろう。

この人物の顔色は、先にホールポーターが述べたとおり、深い黒だった。その長い胴体は同じく薄暗い色相の布をゆったりとまとい、ヒョウの毛皮が掛かっていた。頭上高く聳(そび)え立っていたのはダチョウの羽のヘッドドレスで、右手にはズールー族のアセガイ槍が握られていた。それはべっ甲ぶちのメガネを掛けていた。

デスクに後じさったポンゴは、自分が優しい手に腕を握られていることに気づいた。

「方位を変えろ、ホーだ、坊や。どうだ？」イッケナム卿が言った。「ここに君が留まる意味はない。またこの瞬間にウーフィー・プロッサーと面談したら、苦痛と困惑で一杯だろう。ホーレスについて行こう――あいつは家に帰るようだ――そして奴の不規則走行について聞き取りをしようじゃないか。ウーフィー・プロッサーにいくら借りたと言ってたか、話してくれ。五〇ポンドだったか？」

ポンゴは暗くうなずいた。

「それじゃあ事実を整理しよう。君の財産はゼロだ。ジョージ・バッドに二〇〇ポンド借りがある。今はウーフィーにも五〇ポンド借りがある。もしウーフィーに支払わなけりゃ、奴はおそらく委員会に報告して君を路上に放り出すだろう。そこには間違いなくブラスナックルをしたアーブが待ち構えている。さあて」イッケナム卿は感慨深げに言った。「君が人生全開で生きていないとは誰にも言えなくなってきたぞ。俺みたいな田舎者にも、こいつはだいぶ刺激的だ。脈動する物事のど真ん中にいる気がするってもんじゃないか」

二人はブロクサム・マンションに到着し、ウェブスターより、デヴンポート様はご入浴中でいらっしゃいますと知らされた。

5. 廃墟と荒廃

十分ほど後パジャマとガウン姿で図書室に入ってきたホーレスは、ドローンズ・クラブの電話室から飛び出してきた身の毛もよだつ人物よりははるかに魅力的だったが、しかし依然として明らかに苦痛に苛まれてきた男の姿ではあった。バターを塗って擦られ、石鹸と水にて洗われた彼の顔はバラ色に輝いていたものの、しかしそれはやつれた顔であったし、また激しい苦痛に彼の目は暗い色を帯びていた。

二人の訪問客中の年長者を見て、ホーレス・デヴンポートの目に警戒の色が忍び入った。傷つけられた娘の男性親族が、乗馬鞭を持って青年を訪ねてくる話を彼は聞いたことがあったのだ。

しかしながらイッケナム卿の態度は彼を安堵させた。頭が弱いと思ってはいたものの、イッケナム卿はいつだってホーレスが好きだったし、また彼のうらぶれた顔に心動かされてもいた。

「やあ元気かい、青年よ？　今朝こちらに顔を出したんだが、君は留守だった」

「ええ、ウェブスターから聞いています」

「またドローンズで君をついさっき見かけた時には、時間が押していたようで会話する気分じゃないようだった。俺は君とヴァレリーとの不幸な喧嘩について話がしたいんだ。あの子は諸事実について、かなり包括的な目撃証言をしてくれた」

ホーレスは何かぎざぎざしたものを呑み込んだかのようだった。

「あ、そうなんですか！」

「ああそうだ。昨夜あの子とおしゃべりしてね、そこでたまたま君の名前が出た」

「ああ、そうなんですか？」

「ああ。実を言うと、あの子は君のことをよくよく考えている。直視しなきゃならない――ヴァレリーは腹を立てている」

「はい」

「だが、だからって君が心配しちゃあだめだ」イッケナム卿は陽気に言った。「そのうちあの子も考えが変わるさ。その点は確信している。俺くらいの歳になれば、女の子が男のことをギョロ目の間抜け野郎呼ばわりして、自分の一番の願いは、そいつを煮えたぎった油の中に落とし込んでのたうちまわる姿を見ることだって語るのは最高に素敵な兆しだってことが、君にもわかるようになるさ」

「彼女はそう言ったんですか？」

「ああ言った。あの子はそう断言していた――俺の思うところ、つまり愛は未だ消えやらずってことだ。俺からの助言だが――一日か二日、あの子に頭を冷やす時間をやって、それから花を贈り始めることだな。あの子はそいつをバラバラに引き裂くだろう。そしたらもっと贈るんだ。あの子はそれをずたずたに引きちぎるだろう。さらに供給を送り込むんだ。そのうちやがて、君が諦めずにがんばれば、毎日少量服用を続けることで効果が出てくるのがわかるはずだ。五月の第一週のどこかくらいには完全なる和解を予測している」

「わかりました」憂鬱げにホーレスは言った。「ええ、結構ですね」

イッケナム卿はいささか苛立ちを覚えた。

「君は喜んでいないようだが」

「いえ、喜んでますよ。ええ、そりゃあもう」

「だったらどうして相変わらずまな板の上の死んだ魚みたいな顔をやめない？」

「えー、実は今、別に心配していることがありまして」

過去二十分間維持してきた沈黙を、ポンゴが破った。このアパートメントに入って以来、彼は生きた石から切り出されたかのように、腕組みをして座っていたのだ。

「え、そうなのか？」彼は叫んだ。「実は僕にも今ものすごく心配していることがあるんだ。このクソ忌々しいペンドルベリー゠デヴンポート、お前は例のボヘミアン舞踏会に、ボーイスカウトの格好をして行くとはっきり、具体的に言ったんじゃなかったか？　おいこら。どうだ、言ったのか言わなかったのか？」

「ああ、言った。憶えているとも。だけど気が変わったんだ」

「気が変わっただと！　ひゃあ！」固く噛み締められた歯と歯の間から、また発言に強調を加えるためにクロード・ポット流の強烈な語彙を借用しながら、ポンゴは言った。「気が変わったそうですよ。クソ忌々しい気が変わったそうですよ。はっはっは。ひゃあ！　ひゃあ！」

「どうした。何があった？」

「いや、なんでもない。お前はただ、僕を完全に完膚なきまでに打ちのめし破滅させたって、それだけのことだ」

「ああそうなんだよ、親愛なるホーレス君」イッケナム卿が言った。「残念ながら君のせいでポンゴはひどく落胆させられたんだ。ポンゴが外人部隊に入隊するとなったら、その責任は君にある。君はこの子に、自分はあるコスチュームを着て仮装パーティーに行くと厳粛に確約した。そして実際には別の服を着ていった。英国人らしい態度ではないな」

「だけど、どうしてそんなことが問題なんです？」

「君が何を着ているかについて、クラブの喫煙室で賭けがあったんだ。そしてかわいそうなポンゴは、内部情報と信じた事項に基づきボーイスカウトに全部突っ込んで、ひどい目に遭ったんだ」

「えっ、それは本当にすまなかった」

「今更すまながられたって遅い」

「つまりさ、わかるだろ。ポリーがズールー族の戦士の格好で行った方が面白いって思ったんだ」

「明らかに風変わりでなかなか不健全な趣味の女の子だな。『病的』って言葉が口をついてくる。そのポリーってのは誰だ？」

「ポットの娘さんです。ボヘミアン舞踏会に僕といっしょに出かけたんです」

イッケナム卿は驚きの叫び声を放った。

「おチビのポリー・ポットじゃないだろうな？　なんてこった。時の経つのは速いことだなあ。ポリーがダンスにでかける年頃になっただなんて。ごく子供の時のあの子なら知ってるんだ。うちに来て、イッケナムで休日を過ごしていったもんだった。とても素敵な子で、誰からも愛された。もうすっかり大きくなったのか？　そうかそうか、誰も小さくなったりはしないからなあ。あの子に最後に会った時、俺はまだ五十代前半の若造だった。それじゃあ君がポリーを舞踏会に連れていったのか、そうか」

「ええ、そうなんです。最初はヴァレリーといっしょに行くつもりだったんです。ですが愛想つかしをされたので、僕は代わりにポリーと行くって言ったんです」

「もちろん、それであの子も思い知るだろうと思ったんだな？　見事な、挑発的なジェスチャーだ。で、ポットもいっしょに行ったのか？」

「いいえ、彼は行きませんでした」

「じゃあどうして奴は君といっしょにドローンズにいたんだ？」

「えー、実はですね、彼はマルボロー街に僕の罰金を支払いに来てくれて、それでその後なんとなく流れていったんです。飲み物か何かをおごろうと思ったんでしょうね」

かすかな興味の湧き起こりが、石のようになったポンゴの顔を波立たせた。

「お前の罰金ってのは何のことだ？　昨日の晩、警察に捕まったのか？」

「そうだ。仮装パーティーでちょっとした不快事があって、僕が捕まった。リッキーのせいだ」

「リッキーとは誰かな？」イッケナム卿が訊ねた。

「僕のいとこです。アラリック・ギルピンです」

「詩人なんです。赤毛の、ガタイのいい男です。そのポリーをホーレスに最初に紹介したのがそいつなんです」追加の脚注を補ってポンゴが口を挟んだ。「彼女はこいつに、ダンスのレッスンをしてくれてたんですよ」

「それでどういうわけで君は不快事に巻き込まれたんだ？」

「えー、こういうことなんです。リッキーは、僕は知らなかったんですがポリーと婚約していたんですね。それと、もう一つ僕が知らなかったのは、あいつは彼女が僕にダンスのレッスンをしていることを面白く思ってなくて、それで、僕が彼女をボヘミアン舞踏会に連れて行くって彼女が言うと、行くことをはっきり禁じたんです。だからそこに僕らが二人でいるのを見つけて……つまり、お二人が到着した時、あいつ、その辺にいませんでしたか？」

「うろついてる男は見なかったが」

「あいつは今日うちに来て、僕の首をへし折るって言ってるんです」

「詩人が人の首をへし折って回ってるとは知らなかったな」

「リッキーはへし折るんです。あいつは一度コヴェントガーデンで呼び売り商人三人相手に一人で戦ったことがあって、五分で全員のしちゃったんです。あそこへは牧歌詩のひらめきを求めてでかけていったんですが、連中がちょっかいを出してきたもんですから、連中の脳天をぶん殴って芽キャベツの山の上に倒しちゃったんです」

「亡きテニスン卿の家庭生活とはなんと違うことか。だが君はボヘミアン舞踏会での災難について話してくれていたんだったな」

ホーレスは一瞬、考え込んだ。彼の思いは荒波の過去へと馳（は）せられた。

「えー、始まって二、三時間したくらいのところで、ことは起こったんです。ポリーはどこかに行って、友達たちと話してました。それで僕はタバコを吸って、くるぶしを休めていたんです。と、そこにリッキーが現れ、近づいてきて話し始めました。あいつによると、友達が最後の最後にチケットを譲ってくれて、それで自分もちょっとのぞいてみようかなと思ったと、それでフォントルロイ小公子風スーツを借りてやってきたんだって言ってました。その時は完全に大丈夫だったんです──実際、ものすごく愛想がよかったんです。あいつはオニオンスープ・バーを買うために、僕から五〇〇ポンド借りようとしてました」

　イッケナム卿は首を横に振った。

「まったく君は俺を深い穴ぼこの中から引っ張り出してくれることだなあ。滅多にロンドンに出てこない我々田舎者は、現代文明の最新展開に疎くなってるんだ。オニオンスープ・バーってのは何だ？」

「オニオンスープを売っているところです」ポンゴが説明した。「ピカディリーサーカス辺りにはこの頃たくさんあるんですよ。一晩中開いていて、ボトルパーティーからよろめき出てきた大衆にオニオンスープを売るんです。ものすごく儲かるんだと思います」

「リッキーもそう言ってました。アメリカ人の友人が何年か前にコンヴェントリー街で一軒始めて、それで彼によると一年に二千ポンドくらい利益が上がるんだそうです。それで彼はリッキーにその店を五〇〇ポンドで譲りたいそうなんです。で、リッキーは僕にその金を貸してもらいたがってるんです。で、あいつの話がものすごく雄弁で説得力を帯びてきた時に、突然言葉を止めて、するとあいつが僕の肩の向こう側をにらみつけているのがわかったんです」

「言わなくていい」イッケナム卿が言った。「俺が当ててやろう。ポリーだな？」

「本人じきじきでした。それで状況が完全に変わったんです。あいつはそれまで僕の腕をさすって、僕たちがいつもどれだけ仲良しだったかって言って、それで僕の父親の屋敷で一緒にネズミ捕りをした日々のことを憶えているかって訊いてたんです。それがパッと言葉を止めて。オレンジ色になって、次の瞬間、ひどい罵倒を始めたんです……僕を罵(ののし)って……ポリーを罵って……あいつの性格の裏の側面を明らかにしてってことです。それで、アルバートホールみたいなところでそういうことを始めるとどうなるかはおわかりですよね。人が周りに集まってきて、あれこれ言い始めました。それでまああれやこれやで、僕はちょっと動揺して、ああいうことをしてしまったのは僕が動揺していたせいだったんだと思うんです。もちろん大間違いでした。今なら自分でもわかります」

「何をしたんだって？」

「僕のアセガイ槍(やり)であいつを突いちゃったんです。いえ」ホーレスは言った。「そんなつもりはなかったんですよ。何かちゃんとした計画があったとかそういうんじゃなかったんです。あいつを近づかせないようにしたってだけです。だけど、距離を測り損ねて、次の瞬間気づいたらあいつは腹をなでさすっていて、そして目をいやらしくギラギラさせて、僕に近づいてきたんです。それでもう一回突きを入れたんですが、するとますます事態は白熱して。で、僕が逮捕されることになったのは、あいつがうまいことアセガイ槍をよけて、僕の顎(あご)にきつい一発を食らわせてきたせいなんです」

イッケナム卿は、自分が原因結果の因果関係を整合的に理解できていないことに気づいた。

「だが、どんな扁平足の警官だって、そいつが顎にきつい一発を食らったからって、身柄を取ったりはしないだろう。事実関係がねじ曲がってやしないかな。よくよく聞いてみれば、マルボロー街に連れていかれたのはリッキーだったって話になるんじゃないか」

「いえ、つまりきつい一発を食らって僕はちょっと頭がくらくらして、それで自分が何をしてるのかよくわからなくなっちゃったんです。何もかもがうすらぼんやりして、それででたらめな方向に闇雲に槍を振り回したのが問題の起こりだったんだと思います。で、しばらくして気がついてみると、僕はマリー・アントワネットの衣装を着た女性を突っついていたんでした。ものすごく驚きましたよ。実を言うと、しばらくの間茫然自失でした。槍が何かしら柔らかいものに当たっているのはわかったんですが、それにリッキーがこんなにふにゃふにゃでこんなに高い声が出るのにも驚いていたんです。それで気がついてみたら、そいつはリッキーじゃなくって、女性だったんです」

「気まずいな」

「かなり気まずかったです。その女性と一緒にいた男性が警官を呼んだんです。それでもっと気まずいことに、その頃にはリッキーは辺りのどこにもいなくなってました。事態が始まったばっかりのところで、つまみ上げて追い出されたらしいです。ですから警官が到着して、僕が挑発もされてないのにアセガイ槍を振り回して暴れ狂っているのを見て、僕が泥酔してないってことを納得させるのは難しかったです。実を言うと、納得してもらえませんでした。治安判事はその件で今朝ずっと不機嫌でした。ところで、リッキーが外をうろついてないのは確かなんですね？」

「彼の姿は見なかったが」

「それじゃあ僕は服を着て、ポリーに会いに行ってきます」

「どういう動機で？」

「えーと、コン畜生です。彼女にリッキーのところに行って、彼女に対する僕の態度は終始あくまで誠実で適切だったって説明してくれるよう頼みたいんです。今現在、あいつは僕のことをある種の……異性に対してものすごく悪魔みたいだった男って、誰でしたっけ？……ドナルドなんとかでした」

「ドナルド・ダックか?」

「ドン・ファンです。そいつのことが言いたかった。今すぐリッキーに、僕はドン・ファンじゃなくてポリーとおかしなことは何もしてないって納得させられないと、最悪の事態になるんです。昨夜のあいつの様子をご存じないんだ。完全に口から泡を吹いてました。今すぐ会いに行かなきゃ」

「それで二人でいるころに奴がやってきたらどうするんだね?」

ドアに向かう途中だったホーレスは、急停止した。

「考えてませんでした」

「だめだな」

「彼女に電話したほうがいいとお思いってことですか?」

「まったく違う。こういうデリケートな交渉は、電話なんかじゃできないんだ。目に口ほどに物を言ってもらわないと……それに手にも身ぶりでも訴えかけてもらわないと……明らかに君は外交官にことを委ねなければならない。それでここにいるポンゴ以上に優れた外交官がいるだろうか?」

「ポンゴですって?」

「そりゃあもう立て板に水の雄弁家だ。ああ、君の考えていることはわかっている」イッケナム卿は言った。「少しばかりの金を貸すことを君が断ったせいで、彼にはいくばくかの冷淡さがわだかまってるんじゃないかと、君は案じている。いやいや、ポンゴはだからって君を助けないような器の小さい人間じゃあない。それはそれとして、仕事のお礼に、君は当然喜んで彼の必要とするわずかばかりの金額をそっと渡してくれることだろうな」

「だけどこいつは、二〇〇ポンド欲しいって言うんですよ」

「二五〇ポンドだ。この子はいつも物をはっきり言わないところがある」

「ですがそれ、恐ろしく大変な金額ですよ」

「君ほどの大金持ちにとっての、安全の値段だぞ？　君は俺の嫌いなケチ根性をあらわにしている。そういうものとは、戦うんだ」

「だけど、なんてこった。どうして誰も彼も僕に金を借りようとやってくるんです？」

「なぜなら君に金があるからだ、青年よ。チャールズ二世にノーが言えなかったご婦人をご先祖に持った罰だ」

ホーレスは納得ゆかぬげに、唇を噛(か)んだ。

「どうしたら持たずに済んだものか、僕にはわからないです――」

「いや、もちろん君の好きにすればいいんだ。そのリッキーという奴について話してくれないか。なかなか恐るべき人物のようだな？　頑丈で？　ガタイがよくて？　筋骨隆々(りゅうりゅう)？　十人力の力持ちだと？」

「まったくそのとおりなんです、フレッド伯父(おじ)さん」

「かてて加えて嫉妬(しっと)深くて気が短いようだな。不快な組み合わせだ。誰かに大怪我させた段になって、我に返って頭を冷やして誰より真っ先に後悔する野郎と見た。だが頭を冷やすのが十分くらい遅すぎるんだな。俺の若い頃ブリッキー・ボストックって名前の奴がいて、ある女の子に関する誤解のせいで男を殴って何週間も気絶させた。自分がしでかしたことに気づいた時のあいつの後悔する様ときたら、見るも痛ましかった。相手の男が重体の間ずっと病院の外でうろうろして、木の葉(こ)のように震えていた。だが、俺は奴に言ったんだ。『今頃になって木の葉のように震えて何になる？　お前が木の葉のように震えるべきだったのは、お前があいつの喉元に手を当ててジュースを搾り取ろうとした、その時だったんだぞ』ってな」

「二五〇ポンドで了解だ、ポンゴ」ホーレスは言った。

「ありがとう、友よ」

「いつポリーに会いに行ってくれる？」

「昼食を食べたらすぐにだ」

「彼女の住所を渡そう。ものすごく知的で、理解の早い女性だって思うはずだ。だが強力に売り込んでくれ」

「僕にまかせろ」

「そして彼女には、無駄にする時間はまったくないってことを特に印象づけてくれ。最悪でも今夜までにはリッキーにすべてを説明してやってほしい。それじゃあさてと」ホーレスは言った。「僕は服を着てきた方がいいな」

ドアが閉まった。イッケナム卿は腕時計をちらっと見た。

「おっと」彼は言った。「行かにゃあならん。シニア・コンサーヴァティヴ・クラブまでエムズワース卿に会いに行かなきゃならない。じゃあ、ひとまずさらばだ、坊や。すべてがうまく行ってよかったなあ。おそらくポット家で会うことになるだろう。昼食の後で向こうに行ってポリーに会いたい。あの子によろしく言っといてくれ。それとマスタードに丸め込まれてトランプなんかに手を出しちゃだめだぞ。実に愛すべき、いい奴なんだが、ペルシアン・モナークスと奴が呼ぶゲームに人を引っ張りこもうとする傾向がある。あいつがクラブを経営していた時、あそこはすべてをなめ尽くす炎みたいな場所になっていた。あいつの周りは四方八方、すべて廃墟と荒廃ばかりって有様だったなあ」

6．二人の伯爵

話を物語る際のエムズワース卿の手法は、重要でない箇所はすべて何度も繰り返し、登場するさまざまな人々の性格描写を延々と提供するため合間合間に語りの本筋を離れるというもので、彼の客人がエンプレス・オヴ・ブランディングズに関する諸事実を完全に掌握(しょうあく)できるまでに、昼食はほぼ終わっていた。

「イッケナム君、君ならどう助言してくれるかの？」

イッケナム卿は考え込み、チーズストローを食べた。

「適切な方法でただちに何かしらの手段がとられねばならないことは明白だ。だが問題は『どんな手段で？』だ」

「まさしくそのとおり」

「ここに」説明の便宜のためナイフ、ハツカダイコン、パン一切れを用いて、イッケナム卿は言った。「二匹のブタ、一人の妹、一人の公爵がいる」

「そうじゃ」

「公爵はブタが欲しい」

「そのとおり」

「公爵に渡すべきだと妹は言う」

「まさしくさよう」

「間違いなくブタは、この一件とは全面的に関係無用でいたいことだろう。それではよし、と。いかなる結論に到達することかな?」

「わからんの」エムズワース卿は言った。

「すべての状況はこのブタにかかっているという結論に到達する。ブタを排除すれば、陽光が見えてくる。『なんと、ブタがおらんじゃと?』と公爵は言う。そして当然ながらしばらくは落胆するが、その後は別のことに関心を移す――何に移すかはわからない。だが何であれ何かしら公爵が関心を持つようなことにだ。何ダースもあるに違いない。すると簡単な問題が残るだけになる――いかにして、俺が『プラスブタ』状態と呼ぶ現状から、『マイナスブタ』状態へと転換できるかだ。答えは一つしかない、親愛なるエムズワース。ブタは安全な場所に輸送され、公爵が忘れるまで隠匿しておかねばならない」

エムズワース卿は問題に直面した時にはいつもそうなるように、下あごをだらんと落としたままでいた。

「どうやって」彼は訊いた。

イッケナム卿は同意するように彼を見やった。

「そう言われると思っていた。君のカミソリのごとく切れる頭脳は、まっすぐ核心に切り込んでくることだろうと。いいや、難しいことじゃない。君は夜陰に共力者といっしょに――一人は押し、一人は引っ張る――ブタを車に乗せて我が一族の邸宅へと送り出せばいいんだ。そこで彼女は、君の方で再び迎え入れる用意が整うまで、お気に入りの子供みたいにもてなしを受ける。無論シュロップシャーからハンプシャーまでの道のりは長いが、しかし時折車を止めて休んでは力の出るふすまがゆや、どんぐりを軽く一杯やったりはできるはずだ。唯一決めなければならないのは、誰に共犯の仕事を頼むかだ。ブランディングズ城で信用できる者は誰がいる？」

「誰もおらん」エムズワース卿はただちに答えた。

「ああそうか。そいつは厄介だな」

「貴君が来てはくれんかと思っておるのじゃが？」

「喜んで。またそう提案したいと思っていたところだ。だが不幸にも俺はイッケナムに在留せよとの妻の厳命に服している。言っておかなければならないんだが、妻は強力な中央集権政府の正当性を信じている」

「だが今貴君はイッケナムにおらんではないか」

「そのとおりだ。ボスが留守で、ただいまズル休みのまっ最中なんだ。だが、妻がお友達のレディー・コンスタンス・キーブルについてしょっちゅう話すのは聞いているし、もし俺がブランディングズ城に行くとすると、レディー・コンスタンスは遅かれ早かれ必然的にその事実を彼女に明かすことになるだろう。おそらく手紙の中の何気ない一言、あなたの頭痛の種にようやく会えてなんて嬉しかったことでしょう、彼の滞在がどれだけこの城を明るく活気づけてくれたことか、ってやつだ。言ってる意味はわかるだろう？」

「ああ、まったくな。まったくそのとおり、なんてこったじゃ」

「俺の家庭内での評判はすでに低いし、無断外出の事実の告発は、そいつをさらに落っことすだろう。そこからの回復は不可能だ」

「わかった」

「だが、思うんだが」レディー・コンスタンス役を務めていたハッカダイコンをいただきながら、イッケナム卿は言った。「解決策はある。どんな時にも道はある。我々はこの件をマスタード・ポットの手に委ねるとしよう」

「マスタード・ポットとは誰かの?」

「俺の大切な親友だ。あいつの儲けになるっていう事実を強調すれば、大喜びでブタを輸送してくれることはかなり確かだ。マスタードはいつだって銀行口座にいくらか付け足す準備万端でうずうずしてるんだからな。昼食が済んだら奴の家を訪ねて、旧交を温めるつもりだ。いっしょに来て打診してみるかい?」

「実に結構なアイディアじゃや。ここから遠いところにお住まいかな?」

「いや、ごく近くだ。スローン・スクウェア辺りだ」

「こう訊いたのは、わしは三時にサー・ロデリック・グロソップと会う約束があっての。コニーはそやつと昼食をいっしょにするよう言ったんじゃが、そんな真似は金輪際したくない。脳みその専門家、サー・ロデリック・グロソップはご存じかな?」

「そう大昔でもない時代に、公開ディナーで隣に座ったことがあるくらいの知り合いだ」

「才能豊かな人物と聞いておる」

「奴も俺にそう言った。自分のことをずいぶんとほめ称えていた」

「コニーはわしに、そやつをブランディングズ城に連れてきて公爵を観察させるようにと望んでおる。約束の時間は三時じゃ。じゃがわしはそのポットという男に会いたくてたまらんのじゃが。時間はあるかの？」

「ああ、もちろんだとも。この閉塞状況を正しく脱出する方法もわかったと思う。マスタードを家内に連れ込むって問題だったら、俺も躊躇したかもしれない。だが今回の場合、奴には地元の宿屋に泊まって、外部者の犯行に専念してもらえばいいんだ。夕食に誘う必要すらない。考えられる唯一の危険は、奴が貴君のブタに仲良くトランプしようって誘った挙句に、最後のジャガイモ一個まで丸裸にかっぱいじまうことだ。とはいえ、危険には向き合わねばならないからな」

「もちろんじゃ」

「冒険なくして、得るものなしだ、どうだ？」

「まさしくさよう」

「それじゃあコーヒーを飲み終わったらでかけていって奴に会おう。うちの甥っ子のポンゴが向こうに行ってるはずだ。いい息子だ。気に入るはずだ」

　ポンゴ・トウィッスルトンはクロード・ポットの住まいに、エムズワース卿と彼の客人がシニア・コンサーヴァティヴ・クラブを出発したのとちょうど同じくらいの時間に到着した。そしてほぼ即座にポット氏から一〇ポンド借りようとした。つまり、ポンゴがリッキー・ギルピンをなだめた暁には、ギャンブル負債の融資を引き受けようとホーレス・デヴンポートが請け合ってくれてはいたものの、ポンゴには自らが置かれた財政的破綻状態を忘れることはできなかったし、たとえいくばくなりとも必要な資金獲得に至りうる言葉や行為を怠(おこた)らずにいることを自らに課していたのである。

しかしながら、スローン・スクウェア、ウィルブラハム・プレイス六番在住の探偵が、傑出した出し渋り屋、かのウーフィー・プロッサーをしてすら敬意を示して帽子を上げさしめずにはおられぬほどの、不可借金民であることを速やかに彼は理解することになった。ポローニアスのレアティーズへの言葉［『ハムレット』一幕三場］、尚、これはシェークスピア作品に親しんでいるとはおよそ思われぬ驚くほど多くの人々が知っているようなのだが、その引用で始め、ポット氏は、金を貸すことに自分は常にビロードを逆撫(な)でするような感覚を覚えるのだと述べ、また、いずれにせよポンゴに金は貸さない、なぜなら自分は彼との友情をあまりにも大切にしているからとまで言ったのだった。二人の友達の間に不和を生じさせる最も確実な方法は、一方の友人がもう一方の友人と債権債務関係になることであるのだと、ポット氏は説明した。

したがって数秒後、やや緊張した雰囲気の中に、エムズワース卿とイッケナム卿は登場する次第となった。そしてまた、長年離れ離れであった後者とクロード・ポットとの相互の好意のやり取りは、一時的に陰鬱(いんうつ)さを取り払ってはくれた。しかしエムズワース卿の提言を聞き終えたポット氏が、エンプレスを豚小屋から連れ去ってイッケナム・ホールへと搬送することについて遺憾(いかん)ながら一切関与することを辞退した時、暗雲は再びそのどす黒みを増したのであった。

「あたしにはできません、エムズワース卿」

「えっ？　なぜじゃ？」

「あたしの職業の尊厳と相いれません」

イッケナム卿は彼の高慢な態度に反感を覚えた。

「そんないやらしい態度はよせ、マスタード。何が職業の尊厳だ！　そんな気取った話は聞いたことがないぞ」

「人には自尊心ってものがあるんです」

「自尊心に何の関係がある？　ブタをくすね取るのに何も不名誉なことなぞありゃあしない。もし状況が違ったら、俺が喜び勇んでやったところだ。それで俺様はハンプシャー一の高慢男なんだぞ」

「いえ、ここだけの話なんですが」尊大さを脱ぎ捨て、正直になってクロード・ポットは言った。「もう一つ理由があるんです。あたしは一度ブタに噛まれたことがありましてね」

「本当か？」

「本当なんですよ。で、それ以来あたしはブタが怖いんです」

エムズワース卿は今回は特別ケースなのだと慌てて指摘した。

「貴君がエンプレスに噛まれることはあり得ん」

「おやそうですか？　そういう決まりをどなたか作られたんですかね？」

「彼女は仔羊のようにおとなしいんじゃ」

「あたしは一度仔羊に噛まれたことがあるんです」

イッケナム卿は驚いた。

「何とまあお前さんは驚いた過去の持ち主のようだなあ、マスタード。興奮の連続また連続だ。いつか俺に、これまで噛まれたことのないものについて話してくれなきゃいけないぞ。さてと、お前がこの仕事を引き受けないなら、もちろんそれで決まりなんだろう。だがお前には失望したよ」

　ポット氏は少したため息をついたが、市民的不服従の態度から一歩も引くつもりがないことは明らかだった。

「この件には別の角度から接近しなきゃいけないようだな。グロソップに三時に会うなら、エムズワース、もう行かなきゃいけないぞ」

「へっ？　ああ、そうか。そのとおりじゃ」

「お帰りですか、エムズワース卿？」ポット氏は言った。「どちらにおでかけです？」

「ハーレー街で約束がある」

「ごいっしょ致しましょう」ポット氏は言った。彼はこの夢うつつな貴族をペルシアン・モナークスをいっしょにプレイするのに理想的な人物として目星をつけており、親交をより確固たるものにしたいと願っていたのだ。「そっちの方で人と会わなきゃならないんですよ。いっしょのタクシーで参りましょう」

　彼は愛情込めてエムズワース卿をドアまでエスコートし、そしてイッケナム卿は考え込み、立ち尽くしたのだった。

「お手上げだ」彼は言った。「疑問の余地なくお手上げだ。マスタードをあてにしてたんだが。とはいえブタに嚙まれたことがあるんじゃ、連中と関わり合いになるのに偏見を持ったって仕方がない。だが、いったい全体どうやったらブタに嚙まれようがあるっていうんだ？　そんな間柄になりようなんか、ないじゃないか。まあ、それはそれでいい。で、ポリーはどうした？　あの子の気配がないようだが。でかけてるのか？」

ポンゴが物思いから脱した。

「ご自分の部屋です。ポットがそう言ってました。着替えているか何かしてるんだと思います」

イッケナム卿はドアのところに行った。

「アホーイ！」彼は叫んだ。「ポリー！」

どこか離れたところから、憂鬱なポンゴにさえ銀鈴を振るがごとき麗しき声と認識できるような声がした。

「ハロー？」

「こっちにおいで。君に会いたいんだ」

「どなた？」

「古き良きイッケナム第五代伯爵、フレデリック・アルタモント・コーンウォーリス・トウィッスルトンだ。君のフレッドおじさんを忘れたのかい？」

「まあ！」その銀鈴を振るがごとき声は叫んだ。廊下をパタパタ走る足音がして、キモノをまとった人影が部屋に飛び込んできた。

「フレッドおじさま！　まあ、また会えて嬉しいわ！」

「まったくお互い様だ、嘘偽りなし。ああかわい子ちゃん、大きくなったなあ」

「だって、六年ぶりよ」

「そうか、なんてこった」

「おじさま、相変わらずハンサムね」

「ますますハンサムだろう。君はますます可愛くなったなあ。で、いったい君の脚はどうしたんだい？」

「まだ付いてるわ」

「ああ、だが最後に会った時は二メートル半くらいあったろ。仔馬の脚くらいにさ」

「難しい年頃だったのよ」

「もうそうじゃないんだな、いやはや。幾つになったんだい、ポリー？」

「二十一歳よ」

「これまたなんてこったただ、お嬢って、元気活力満タンの俺の友達なら言うことだろうな。君はべっぴんさんだ！」

イッケナム卿は彼女の手を撫でさすり、腕を彼女の細腰にまわして優しくキスをした。ポンゴは自分でもそう思いついていたらよかったと思った。彼は陰気に、いつもこうなんだと思った。二人で共にした冒険の数々において、キスしたり手を撫でさすったり細腰に腕をまわしたりする機会が幾ばくかでもあったら、先回りして割り込んできて、それらに対処するのは常に如才のない伯父であった。ポンゴは謹厳に咳払いした。

「ああ、ハロー！　君がいたのを忘れていたよ」イッケナム卿はすまなそうに言った。「ポリー・ポット嬢……俺の甥の――まあ、これだけのもんだが――ポンゴ・トウィッスルトンだ」

「はじめまして」

「はじめまして」ポンゴは言った。

彼は少ししゃがれた声で言った。つまり、彼はまたもや一目で恋に落ちたのである。ポンゴ・トウィッスルトンのハートはいつだって、玄関マットに「ようこそ」とはっきり書かれた開け放たれたドアであった。それで次に誰が入ってくるかは知る由もないのだ。過去数年間に短い間隔をおいて、彼はおよそ二十名に及ぶさまざまなガチョウの群れというか、換言すれば女性たちの各種取り合わせと一目で恋に落ちてきた。だが目を丸くして真鍮のドアノブを見つめるダチョウのように目を瞠ってこの女の子を見つめながら、この子が最高だとポンゴには思われてきた。彼女には他のハートの間借り人たちとは違う何かがあった。

彼女が小柄だという事実のせいではない。これまでの一個連隊には背が高くほっそりしている傾向があった。彼女の目が灰色で穏やかだからではない。彼の以前の好みはむしろ黒くきりっとしてキラキラ輝く方向に向かっていた。彼女の人柄――親しみやすさ、純真さ、他の男たちが熱狂するような、口紅を塗った洗練の不在、そうした何かだ。癒し系のお嬢さんだ。自分の困りごとを打ち明けられる女性だ。その膝に頭を預け、なでてくれとお願いできる女性だ。

もちろん彼はそうしたわけではない。彼はただタバコに火を点けた。

「お座りに……なりませんか?」彼は言った。

「わたしが本当にしたいのは」ポリー・ポットは言った。「横になって、眠ることだわ。もうくたくたなの、フレッドおじさま。わたし、ダンスに行って、一晩中起きてたのよ」

「お嬢ちゃん、昨夜の出来事についてはすべて知っている」イッケナム卿は言った。「それで俺たちはここに来たんだ。ホーレス・デヴンポートの名代だ。君の恋人の非友好的な態度のせいで、彼は警戒と失望の只中にある」

娘は笑った――青春特有の、陽気な、心の底からの笑いだ。フレッド伯父さんとこれほどつきあう前の時代には、自分だってあんなふうに笑ったことがあったのをポンゴは思い出した。

「昨夜のリッキーは最高に素敵だったわ。あの人がホーレスの槍をかわそうと、ぴょんぴょん跳ね回ってたところを見せたかったわ」

「彼はホーレスの首をへし折ると言っている」

「ええ、そんなようなことを言ってたのは憶えてるわ。リッキーには人の首をへし折りたがるところがあるの」

「それで我々は君に、彼とただちに連絡を取って、その必要はない、なぜならホーレスの君に対する態度は常に紳士的で、敬意に満ちており――要するに最後の一滴までプリュー・シュヴァリエというか勇敢な騎士だったと請け合ってもらいたい。君が婚約しているこの公共の脅威男が、サー・ギャラハッドのことを聞いたことがあるかどうかは知らないが、もしあるようなら、ホーレスの爪の垢をちょちょいと煎じて飲んでたら、この汚れなき騎士のハートはますますもっと純粋になっていたことだろうって趣旨を伝えるんだ」

「まあ、でももう全部大丈夫なのよ。わたし、リッキーのことはちゃんとなだめたし、彼もうホーレスを許してるわ。ホーレスはずっと心配していたの？」

「そう言っても過言じゃない。ホーレスはずっと心配している」

「わたし、ホーレスに電話して、心配する必要はないって言うわ。そうした方がいいでしょ？」

「絶対にダメだ」イッケナム卿が言った。「ポンゴが君のエージェントとしてこの件一切をとり仕切る。理由の説明は面倒だからくどくどしくしないが、だがそうすることが決定的に重要だっていう俺の言葉を信用してもらっていい。ポンゴ、君はとっとと出て行って、ホーレスの頬にバラ色を取り戻してやったほうがいい」

「そうします」

「小切手を受け取るのは早ければ早いほどいい。とっとと行くんだ。俺はここに残ってポリーと旧交を温め合うとするよ。この子には説明してもらう義務がある。俺が背中を向けた瞬間に、でかけていってボルネオの首狩り族の困った性質をすべて持ち合わせているらしきゴロツキの若造と婚約したようだ。君の恋人について話してくれないか、ポリー」ドアが閉まると、イッケナム卿は言った。「君はタフな男が好みみたいだな。そいつをどこで見つけた？　悪魔島でか？」

「彼、ある晩父を連れ帰ってきてくれたの」

「君の父さんがそいつを家に連れてきたってことか？」

「ちがうわ。父はうまく歩けなくって、リッキーが運んできてくれたの。どうやら父は誰かの恨みを買って路上で襲われたみたい――なぜかはわからないけど」

イッケナム卿にはおおよその理由はわかった。トランプを一組手にしたら、クロード・ポットはどんなに穏やかな仔羊だって激怒させられることを、彼はよくよく承知していた。実際、ポットがかつて仔羊に嚙まれた理由がそれだったというのは、説得力ある説である。

「そしたらリッキーがたまたま通りかかって、飛びかかって父を助けてくれたの」

「相手は何人いたんだ？」

「何千人もいたはずよ」

「だがそいつは構わず立ち向かったんだな？」

「ええ、そうよ」

「そして連中の首をへし折ったんだな」

「そうだと思うわ。彼、目の周りに青あざをこしらえていたの。わたしはステーキ肉で冷やしてあげたわ」

「ロマンティックだ。君は一目で恋に落ちたのかい？」

「ええ、そうよ」

「甥っ子のポンゴもいつもそうなんだ。多分それが一番いいんだろう。時間の節約になる。そいつの方も一目で君に恋したのかい？」

「ええ、そうよ」

「俺はそのボースタル少年院小僧のことが、だんだん気に入ってきたぞ。いずれはブロードモア犯罪性精神病院に入院することになるんだろうが、しかし趣味はよかった」

「でも、そんなふうには全然見えなかったの。彼、ただ座って大丈夫な方の目でわたしをにらみつけてたわ。それでわたしが話しかけたら、うなり声をあげたの」

「無作法なイボイノシシ野郎だ」

「全然そうじゃないの。恥ずかしがりだったの。それから彼、だいぶよくなったわ」

「で、よくなってみたら、いい奴だったんだな？」

「そうよ」

「そいつが君に求婚するところを見たかったなあ。何か新味のあることを思いつきそうな男だ」

「そうなの。彼、わたしの手首をつかんで、もう少しでへし折りそうな勢いで、それから結婚してくれって言ったの。わたし、するわって言ったわ」

「ふーむ、もちろん君は自分のことは一番よくわかってるんだろう。君の父上はどう思ってるんだ？」

「父は賛成してないの。リッキーはわたしにはふさわしくないって言うのよ」

「なんてご分別のあることだ！」

「それに父は押せばわたしがホーレスと結婚するかもだなんて、とんでもないことを考えてるの。もちろんリッキーが一文無しだからってだけの理由でよ。だけどわたしは気にしないわ。彼、とっても素敵なの」

「それがモ・ジュスト、というか適語だと君は思うのかい？」

「ええそうよ。ほとんどの時は、彼って完璧に素敵なの。だけど、やきもちを焼かずにいられないんだわ」

「ふむ、わかった。俺としては承諾を与えなきゃいけないところだな。幸いあれ、我が子らよ。それで結婚生活に役立つ助言を一つおしえてやろう。そいつの目を見るんじゃない。そいつの膝を見るんだ。膝を見れば、殴りかかる準備をしてる時にはすぐわかる。で、奴が殴ってきたら、機敏に身をこなして柔軟に切り抜けるんだ」

「でも、いつになったらわたし、結婚生活ができるのかしら？　彼、詩ではほとんど一銭も稼げてないのよ」

「とはいえ、オニオンスープを売る才能はあるかもしれない」

「だけど、どうやってスープバーを買うお金を作ったらいいの？　彼の友達だって、いつまでも待ってくれるわけじゃないのよ」

「君の言いたいことはわかるし、俺に手助けができたらよかったんだが、かわいい子ちゃん。だが君の必要としてるような額の金はかき集められない。そいつは全く金を持ってないのか？」

「お母さんが遺してくれたお金が少しあるわ。でも資本金には足りないの。彼、伯父様から借りようとしてるのよ。ダンスタブル公爵はご存じ？」

「ホーレスから話を聞いてるだけだ」

「恐ろしくいやな老人らしいわ。リッキーがオニオンスープ・バーを買うために五〇〇ポンド欲しいって言ったら、怒り狂ったんですって」

「奴は結婚したいって言ったのか？」

「してないわ。言わないほうがいいだろうって思ったんですって」

「俺は反対だな。奴はダンスタブルにすべて話して、君の写真を見せるべきだった」

「彼、危険は冒さないの」

「いいや、奴はみすみす好機を取り逃がしたと俺は思う。もちろん一番いいのは、君が誰かを知らせないままダンスタブルに会って、奴を弦楽器みたいに弾きこなしてやることだ。なぜってわかってるだろう、君ならできる。君は自分がどんなにかわいらしい、チャーミングな娘かをまるでわかってないんだ、ポリー。驚くはずだ。君がたった今、入ってきた時、俺は唖然とした。君が欲しがるものなら何だって、王国の半分だってくれてやったはずだ。それでダンスタブルの反応が俺と同じじゃない理由がわからない。公爵だって優しき感情には抗えないんだ。どうにかしてあいつの生活の中に君をそっと滑り込ませるよう、段取れないものかなあ……」

彼はイラっとして、顔を上げた。ドアベルが鳴ったのだ。

「客人か？　これから集中して考えるには二人きりでいる必要があるって時に。くたばれって言ってきてやる」

彼は廊下を進んだ。甥のポンゴが玄関マット上に立っていた。

7. それゆけ、ブランディングズ城

ポンゴの様子には極度の興奮が顕著だった。彼の目は見開かれ、ドアが開き切る前から、困りごとのことをまくしたてだしていた。彼の態度物腰に、たった今満足のゆく金銭取引を終了した青年の気配は皆無(かいむ)だった。

「フレッド伯父(おじ)さん、あいつ、いなかったんですよ！　ホーレスのことです。フラットにです。出ていっちゃったんですよ」

「出ていった？」

「ウェブスターが、あいつはたった今、紳士様と出ていったと言ってました」

イッケナム卿は、甥(おい)っ子の当然の無念の思いは理解したものの、この一件を軽く扱おうとした。

「悪い仲間と昼食後に軽く公園をドライブしようとしただけだろう。帰ってくるさ」

「だけど帰ってこないんですよ、コン畜生(ちくしょう)だ！」タランテッラらしきものの開始のステップを披露しながら、ポンゴは叫んだ。「肝心のところなんですが、あいつは荷物をどっさり持ってたんです。何週間も留守かもしれない。それで水曜日までに支払いが済まないと、ジョージ・バッドは僕にアーブをけしかけてくるんですよ！」

イッケナム卿は、思ったより事態が深刻であることを理解した。

「ウェブスターは、奴がどこに行ったか言ってたか？」

「いいえ。わからないそうです」

「坊や、君自身の言葉ですべて話してくれ。どれほど些細な細部も省略せずに」

ポンゴは知る限りの事実を整理した。

「えーと、何かの缶詰で質素な昼食をとったホーレスが、ウェブスターにリッキーがその辺に潜んでないか見てくるように言って、もしいなかったらガレージに行って車を取ってきてくれ、ちょっと頭痛がするからドライブをして気を紛らわしたいって言ったんです。眉毛のすぐ上のあたりが痛いって」細部を省略するなという命令を考慮し、ポンゴは付け加えて言った。

「わかった。それで？」

「ウェブスターが戻ってきて車が表に停まっておりますがリッキー様はおいでになりませんと報告して、するとホーレスは『ありがとう』と言いました。それからホーレスは玄関ドアに向かいドアを開けました。つまり逃走の準備行為ということですね。すると、玄関マットの上に、ちょうどその男がドアベルを押そうと手を挙げていたんです」

「どういう種類の男だ？」

「ウェブスターはピンク色の男と描写していました」

「今日のパークレーンはピンク色の男でだいぶ混雑してるようだなあ。今朝、俺もそういうピンク色男とちょっとおしゃべりしたんだ。たぶん何か会合でもあるんだろう。そいつの名前は何だって？」

「名前のやり取りはなかったんです。ホーレスは『やあ、ハロー』と言い、その男は『ハロー』と言い、そしてホーレスが『僕に会いにきたのかい？』と言い、その男は『そうだとも』と言い、そしてホーレスは『こっちに来てくれ』とか何かそんなようなことを言って、それで二人で図書室に入っていったんです。そこで二人は十分くらい話をして、それからホーレスがベルを鳴らしてウェブスターを呼んで荷物をまとめて車に積むよう言ったとウェブスターは述べています。それで彼が荷物をまとめて車に積んで、ホーレスのところに戻っていって『お荷物をまとめ、お車に積載いたしました、ご主人様』と言うと、ホーレスは『よしきた、ホー』と言って飛び出していって、後にそのピンク色男が続いたんです。ウェブスターは彼のことを、まるで破滅に向かってゆくかのような、青白く不安げな顔をしていたと述べています」

イッケナム卿は考え込んだ。ただいまの語りの構成および話しぶりは見事に明快で、ブロクサム・マンション五二号の若主人様の長期不在の蓋然性に関する疑問の余地を一切残さぬものだった。

「ふーむ」彼は言った。「うーん、こういうことが起こったのが今だってのはちょっと厄介だなあ、甥っ子よ。なぜなら俺は事態を考量して、どうするのが最善かを決定できる状態にないんだ。ただいまこの瞬間、俺の脳みそは一杯だ。俺はポリーといっしょに、方法と手段に関する議論に没頭しているところだ。かわいそうに、彼女は困っている」

ポンゴ・トウィッスルトンの内なる立派で騎士道的な部分すべてが、盛大に湧き上がってきた。彼はホーレスの消滅という驚くべき衝撃に、しばらく動揺しているつもりだったが、しかしただいま彼は自分のことを忘れた。

「困ってるですって？」

彼は深く憂慮していた。いつもなら、一目ぼれした際の彼の一次的衝動は、愛するその人を手に入れ、彼女を石炭の袋みたいに取り扱いたいという欲望であった。しかしこの女性が彼のうちに喚起した愛は、やさしき、騎士道的な愛であった。彼女の魅力はトウィッスルトン家の者すべてに潜在する洞穴暮らしの野蛮人ではなく、ポンゴの繊細な部分に訴えかけたのである。彼は彼女を厳しい世の中から守ってやりたかった。彼は彼女のために騎士道的奉仕を提供したかった。彼女は、そのひたいに優しくキスし、それから夕暮れの中に消え去ってゆく自分の姿が目に浮かぶような種類の女性だった。そして彼女が困っているとの思いは、ポンゴをナイフのごと切りつけたのである。

「困っているですって？　なんてこった！　どうして？　何が問題なんです？」

「よくある、昔ながらのおなじみの話だ。我々の多くと同じく、彼女は現金を切実に必要としている。しかしそいつをどこで手に入れられるものかわからないんだ。彼女の恋人は大いに儲かるオニオンスープ・バーを買おうという、輝かしい機会を手にしている。それができれば二人は結婚できるんだ。彼は購入価格に足りる資金を出してくれる誰かを探しているんだが、見つからない。あのパーティーでの不幸な出来事のせいで、彼はホーレスの協力をもらい損ねた。もう一人、彼が接近したダンスタブル公爵は、同じく冷淡だった。君が来たとき俺はポリーに、唯一の解決策は彼女がダンスタブルに会って奴を夢中にしてやることだって話し始めてたところだった。それでそいつをどう実現したものかって考えていたんだ。君の新鮮で若い知性こそ我々が求めているものかもしれん。こいつはポンゴだ、ポリー」再びこの娘に向かって話しだし、イッケナム卿は言った。「こいつに何かアイディアが浮かぶかもしれない。こいつは三年前にもうちょっとでいいアイディアを思いつくところだったんだ。いずれにしても、こいつは君の目的を支援したいと望んでいる。そうだな、ポンゴ?」

「ええ、もちろんです」

「じゃあ、俺が言ったとおり、ポリー、解決策は君が公爵に会うことだ。だがリッキーの婚約者として会っちゃダメだ――」

「どうしてダメなんです?」新鮮で若い知性のあるところを見せながら、ポンゴが言った。

「なぜなら公爵はわたしを、ふさわしいと思わないからよ」ポリーが言った。

「いいかい」イッケナム卿は彼女の手を優しく叩きながら、こう請け合った。「俺にとって君がふさわしいなら、君はクソ忌々しい、出目金野郎の公爵にとっても十分ふさわしいんだ。だが問題はあいつはうまいこと手なずけなきゃいけない野郎だってことだ。それに出だしをしくじるのは致命的だ。君は見知らぬ他人としてあいつに会わなきゃならない。君は奴の生活にいつのまにそっと入り込んで、君が誰だかわかる前に夢中にしてやらなきゃならない。奴には『なんとまあ、かわいらしい娘さんじゃ! 甥っ子のリッキーの嫁にまさしくふさわしい』と、独り言を言ってもらいたい。するとそこに君がハートを預けた類人猿がやってきて、自分もそう思うって言うんだ。全部ごく簡単だ。だがいったい全体どうやって君は公爵の生活にいつのまにそっと入り込んだらいいんだろう? どうやって関係を構築すればいい?」

ポンゴはしかめ面で当該問題に集中していた。彼は己が頭脳の精華がこの女性を別の男と結婚させるための方法を考えるために供されているとの思いに激しい苦痛を覚えはしたが、しかし、そうした苦痛とともに、彼女を助ける機会が与えられたと思うことには快い満足感があった。彼はシラノ・ド・ベルジュラック【十七世紀の剣術家、作家。エドモン・ロスタンの同名の戯曲に、愛する人のために自らは身を引き恋文の代筆をする軍人として描かれた】のことを思い出していた。

「難しいですね」彼は言った。「第一に、公爵はどこかにでかけています。ホーレスが僕に、自分が駅まで同行して見送るのを拒んだせいで、親爺さんは居間を火かき棒でめちゃめちゃにしたって言ったのを憶えてます。もちろん彼は家に帰っただけかもしれない。彼の屋敷は確かウィルトシャーにあったはずですが」

「ちがう。俺は奴がどこに行ったか知ってるんだ。あいつはブランディングズ城にいる」

「伯父さんの友達のエムズワース卿のところじゃない？」

「そうだ」

「うん、それじゃあ」すべての困りごとを解決すべく、鍛錬されたリーガルマインドがここに存在するのはなんと幸運なことかと思いながら、ポンゴは言った。「エムズワース卿に言ってポットさんを招待してもらえばいいんですよ」

イッケナム卿は首を横に振った。

「残念ながら、ことはそれほど単純じゃあない。君はブランディングズ城におけるエムズワースの立ち位置について不正確な知識しか持ち合わせていない。彼が昼食をいただきながら俺に話してくれたところじゃあ、大雑把に言ってこういうことだ。独身の、説明なしの女の子を偉大な人間的魅力でもって自宅に招待できる男もいるかもしれないが、エムズワース卿はそういう仲間じゃない。彼には妹のレディー・コンスタンス・キーブルがいて、彼女が訪問客リストの改訂権を握っているんだ」

ポンゴは伯父の言わんとするところを理解した。友人のロニー・フィッシュが、レディー・コンスタンス・キーブルのことを批判的精神を込めて語るのを聞いたことがあるのを思い出したのだ。また、ロニーの見解は彼女と遭遇したことのある彼の友人の輪に大いに支持されたところであった。「もしエムズワース卿がポリーを招待したら、レディー・コンスタンスは到着後五分以内に彼女を追い出すだろう」

「ええ、そうでした。彼女は人間のかたちをした悪魔みたいなものなんでした」ポンゴが同意した。「僕は一度も会ったことはないんですが、三人の別々の情報源から――ロニー・フィッシュ、ヒューゴ・カーモディー、モンティ・ボドキンですが――強靭（きょうじん）な男ですら、彼女と会うのを避けようとウサギみたいに逃げ出すんだって聞いています」

「まさしくそのとおり。それで……ああ、なんてこった。またベルが鳴った！」

「わたしが出るわ」ポリーが言い、玄関ドア方面に姿を消した。

彼女の不在を奇貨として、イッケナム卿は本状況の根本的困難性を指摘した。

「わかるだろ、ポンゴ、本当の問題はマスタードの奴だ。もしポリーに人前に出せるような父親がいたら、すべては簡単なんだ。エムズワース卿は独身女性に招待状を出せないかもしれないが、それでも彼ですら、友人とその娘さんを滞在させるくらいのことはできるだろう。だがあの子の父親みたいな奴には、それは実行不能だ。俺はマスタードの悪口は金輪際（こんりんざい）言いたくない――生まれながらの紳士だ――だが奴の最大の崇拝者だって、奴が娘さんにとっての社交資産だとは言い張れまい。マスタードは――この事実から逃れる術（すべ）はない――まさしく本人そのものらしく見える――でんぷん質の食べ物を長年食べ過ぎてきた、引退した大衆席賭け屋ってことだ。たとえあいつがアドニスだったとしても、俺だったら洗練された英国の邸宅内に奴を野放しにはしない。無論、奴を中傷する意味で言ってるんじゃないぞ。俺の一番古い友達の一人だ。それでも、そういうことなんだ」

謎を一掃すべき時は来たれりと、ポンゴは感じた。廊下からは声が聞こえてきたが、ポリーがいつのまにそっと彼の生活に入り込んできて以来彼を悩ませていた疑問を問うだけの時間はあった。

「いったい全体、どうしてああいう男が彼女の父親になれたんですか？」

「奴は彼女の母親と結婚した。人生の事実はわかるだろう？」

「奴は彼女の継父だってことですか？」

「俺の言い方が曖昧だった。奴は後に彼女の母親となる女性と結婚した、と言うべきだった。彼女も実に素敵な女性だった」

「だけどどうしてそんな素敵な女性がポットと結婚したんです？」

「どうして誰かは誰かと結婚したがるんだ？　どうしてポリーは殺人傾向のあるらしき現代詩人と結婚したがる？　どうして君は過去に会った四十六人の女性たちと結婚したくなったんだ？　だが、シーッ！」

「へっ？」

「『シーッ！』と言ったぞ」

「ああ、シーッ、ですか」ポンゴは言った。またもや彼の言いたい趣旨を理解してだ。ドアが開き、再びポリーが姿を現した。

彼女はエムズワース卿といっしょだった。彼は最高最善の姿ではないようだった。

第九代エムズワース伯爵はストレス状態にある時にはいつも、古臭いメロドラマに出てくる、悪漢が家の抵当を流そうとしていると知らされた老夫妻に似て見える傾向のある人物だった。彼は今、あたかも誰かが彼の内臓の大部分を抜き取ったかのように、バラバラに崩壊した気配をまとっていた。剝製のオウムからおがくずがこぼれ出た時も、同じように見える。彼の鼻メガネは斜めにゆがみ、彼のカラーは留め具を離れていた。

「水を一杯いただけるかの？」追いかけられて熱くなった雄ジカのように、弱々しく彼は頼んだ。

ポリーは心配そうに水を取りに急いだ。そしてイッケナム卿はこの貴族仲間を興味津々で見つめた。

「何かあったのか？」

「ああイッケナムよ、恐ろしいことが起こったんじゃ」

「全部話してくれ」

「コニーに何と言ったものか、わしにはわからん」

「何についてだ？」

「コニーは怒り狂うじゃろう」

「どうして？」

「また彼女は気分を害した時には家中を途轍もなく居心地悪くできる女性なんじゃ。ああ、ありがとう、お嬢さん」

エムズワース卿はグラスの中身を嬉しそうに飲み干し、いくらか趣旨分明になった。

「親愛なるイッケナムよ、わしが脳の専門家サー・ロデリック・グロソップとの約束があって貴君と別れたことは覚えておいでじゃろう。妹のコンスタンスからは、ダンスタブルを観察するためそやつをブランディングズ城に連れてくるようにと厳しい指示があった。彼女はダンスタブルの行動に不安になっておる。奴は火かき棒で家具を打ち壊し、庭師たちに卵を投げつけるんじゃ。それでコニーはグロソップを連れてくるようわしを送り出した」

「そして――？」

「なんたることじゃ、あやつは来ない！」

「だがどうしてそんなに慌てなきゃならん？　脳の専門家を連れて来られないからって、レディー・コンスタンスは君を責められはしまい。忙しすぎてロンドンを離れられないというならな」

エムズワース卿はそっとうめき声を発した。

「あやつは忙しすぎてロンドンを離れられないのではない。来るのを拒んだのは、わしがあやつを侮辱したからだと言うんじゃ」

「侮辱したのか？」

「そうじゃ」

「どうやって？」

「いや、わしがあやつを『ニキビ小僧』と呼んだのが始まりじゃ。あやつはそれが気に入らなかった」

「言ってることがよくわからんが」

「このサー・ロデリック・グロソップが誰じゃったと思う、イッケナム。わしが学校時代から知っとる奴じゃった。いやらしい、上から目線の男で、顔中に数え切れないほどたくさんニキビがあった。わしが会いに行くと、あやつは『ずいぶん久しぶりだなあ』と言った。それでわしは『へっ？』と言い、あやつは『お前はわしを覚えておらんのか？』と言った。それでわしは『へっ？』と言って奴の顔をよくよく見た。そして言ったんじゃ。『なんと！　なんたること！　ニキビ小僧ではないか？』と」

「胸打つ再会だな」

「あやつの顔が紅潮し、友好的な態度が消えたのが思い出される。人を見下すようなあの優越意識に、わしはいつだって反感を覚えたものじゃった。またあやつはぶっきらぼうに、わしが来た用件を言えと言った。わしはダンスタブルがエンプレスを欲しがっている件についてすべて話した。するとあやつはひどく侮辱的になったんじゃ。あやつは自分は多忙な人間で、無駄にする時間は少しもないとかなんとか言い、『ブタごとき』とあやつが述べるものに関する『このバカげた騒動』をこれ見よがしにあざ笑ったんじゃ」

エムズワース卿の表情は暗くなった。心の傷が今だにずきずき傷んでいるのは明らかだった。

「それで、わしはニキビ小僧ふぜいがこんな仕打ちをすることに我慢がならなかった。うぬぼれた間抜けでいるのはよせとわしは言った。するとあやつはわしのことをバカなよぼよぼ老人呼ばわりしたと思う。いずれにせよ何かしらそんなような性質のことを言った。一言言えばそれが次の言葉の引き金になり、最終的にわしは賢明というよりはいささか度を越して歯に衣着せぬ物言いをしたと告白しよう。わしはあやつの名前に関連したスキャンダルがあったのを思い出したんじゃ——ハウスパーティーの夕食で食べ過ぎて具合が悪くなって吐いた一件じゃった——それでまあ、軽率にもわしはこの話を持ち出した。そしてその後すぐ、あやつはベルを鳴らしてわしに出てゆけと、こういうことがあったからには、何があろうと自分はブランディングズ城に行くことはないと言ったんじゃ。それで今わしはコンスタンスに何と言って説明したものかと考えておる」

イッケナム卿は明るくうなずいた。彼の目にはキラキラした輝きが宿っており、ポンゴはそれを視認するのに困難を覚えなかった。これまで数々の場面で、とりわけドッグレース場を訪れた際、伯父の行動が警察の注目を惹(ひ)きつける直前に、彼はこのキラキラを目撃していた。彼にはそのメッセージが読み取れた。それは何らかのよろこばしいひらめきが、イッケナム卿の脳裡(のうり)に浮かんだことを意味する。そしてそれは自分がはるか遠くにいたらよかったのにという願いとともに、彼の身体に強烈な震えをもたらした。よろこばしいひらめきがイッケナム卿の脳裡に浮かぶ時、賢明な人物は最寄りの防弾シェルターに飛び込むのである。

「それは実に興味深いことだ」

「恐ろしいことになった」

「逆だ、これ以上の幸運は起こりようがない。俺には今、陽光が見える」

「へっ?」

「貴君は俺たちがたった今していた話し合いの時ここにいなかった、親愛なるエムズワースよ。さもなくば、貴君の稲妻のごとくすばやい頭脳は、俺の言うことにすぐさま飛びついていたはずだ。要するに、現在の状況はこうだ。ポリー嬢が……ところで君たちは知り合いじゃなかったな？ こちらはポリー・ポット嬢、クロード（「マスタード」）・ポットの一人娘さんだ——こちらはエムズワース卿だ」

「はじめまして」

「俺が言ってたのは、ポリーがブランディングズ城に行き、そこでダンスタブルに会って奴を夢中にさせることが決定的に重要だってことだった」

「なぜじゃ？」

「彼女と奴の甥っ子との結婚計画に、あいつの許可が欲しいんだ。その甥は若いならず者で、名前をリッキー・ギルピンという」

「そうか」

「そして貴君が到着した時に我々が直面していた障害は、彼女をどうやってブランディングズ城に連れてゆくかって問題だった。貴君は彼女を一人で招待するような立場にはないと我々は思ったし、マスタードの奴を同行させるべきじゃない理由は多岐（たき）にわたるが、詳しく立ち入る必要はない。今やすべては単純だ。君にはサー・ロデリック・グロソップを連れていく差し迫った必要がある。彼女には立派な父親を持つ差し迫った必要がある。俺が両方の役目を引き受けよう。明日、適当な汽車で、サー・ロデリック・グロソップが君といっしょにブランディングズ城に向かって出発する。令嬢と秘書を同行してな――」

「ちょっと！」ぶっきらぼうに、ポンゴが言った。

イッケナム卿は少々驚いた様子で、彼を見た。

「君はまさかロンドンに残るって言うんじゃないだろうな、坊や？　水曜日にアーブの訪問があると言ってたじゃないか？」

「あっ！」

「そうだ。君はどこかに逃げ出して身を潜（ひそ）めていなきゃならない。それでブランディングズ城くらいの天国は見つけようがないだろう？　だがおそらく君は、俺の従者として行きたいと思っているのかな？」

「いいえ、まったくそんなことはありません」

「それじゃあ大変結構だ。秘書でいこう。俺の言わんとしていることはわかってもらえたな、エムズワース卿？」

「いいや」エムズワース卿は言った。彼には人が言わんとしていることがわかったためしはない。

「もういっぺん計画をおさらいしよう」

イッケナム卿はもういっぺんおさらいし、今度はエムズワース卿の目にうすぼんやりした知性の明かりが灯ったように見えた。

「ああ、そうか、わかった。そうか、貴君の言わんとしていることはわかったように思う。だが貴君に――」

「そんな真似ができるのかって？　親愛なるエムズワースよ。去年ヴァレー・フィールドの郊外でのある日の午後のできごとにおいて、俺はメイフェッキング・ロード、『シーダーズ』にオウムの爪を切りにきた鳥類販売店の店員のみならず、『シーダーズ』の所有者であるロディス氏、そして近所の住人Ｊ・Ｇ・バルストロード氏全員の役を演じたのだと、ここにいるポンゴが話してくれることだろう。それでもし要請されてたら、間違いなくオウムの真似だってものすごく達者にやっていたはずだ。今回の仕事は俺くらい才能に恵まれた男には児戯にも等しき簡単さだ。貴君はいつブランディングズ城に戻るつもりだ？」

「今日の午後五時の汽車に乗りたいと思っておる」

「それなら我々の計画とぴったりだ。君は五時の汽車で帰り、サー・ロデリック・グロソップが明日、秘書といっしょに到着すると宣言するんだ。それと彼のチャーミングな娘さんも連れてくるよう招待したとな。何時の汽車がいいかな？　二時四十五分？　最高だ。俺たちはそれに乗って到着する。ポンゴ、君ですらこのシナリオに穴は見つけられまい」

「もしお聞きいただけるなら、僕に言えることはこうです。貴方は断然頭がおかしいし、すべてがうまくいかず、僕たちは全員スープの中に着水することでしょう」

「そんなことはまったくない。こいつの話を聞いて、君が怖がってなきゃいいんだが、ポリー」

「怖がってるわ」

「こいつの話を真(ま)に受けちゃだめだ。ポンゴのことをもっと知れば」イッケナム卿は言った。「こいつがいつもこんな調子だってことがわかるだろう――陰気で、憂鬱(ゆううつ)で、いつも疑心暗鬼で不安で一杯なんだ。シェークスピアはこいつをお手本にハムレットを書いた。一杯飲めば気分がよくなるさ、坊や。俺のクラブに行って軽く一杯やろうじゃないか」

8．パディントン発マーケット・ブランディングズ行き急行列車

二時四十五分の急行――パディントン発マーケット・ブランディングズ行き、一つ目の停車駅はオックスフォード――は、プラットホームにパディントン駅の汽車特有の、育ちのよい控えめな雰囲気をまとって停車していた。そしてポンゴ・トウィッスルトンとイッケナム卿はその横に立ち、ポリー・ポットを待っていた。雑誌売り場の上の時計は三十八分を指していた。

悲観主義者と楽観主義者の違いを知らない者は、この甥(おい)と伯父(おじ)の顔をじっと見れば有益な指標を一つ二つ見つけられたはずである。時間の経過はこれから始まる冒険旅行に対するポンゴの不安を和らげるのに何一つ役立たなかった。また、表情豊かな彼の顔には、未来を展望する憂慮が明瞭(めいりょう)に示されていた。運命が彼の活動を一族の長(おさ)のそれと結びつけた時はいつもそうなるように、彼は樽(たる)入りしてナイアガラの滝の上を浮かんでいる男のような気分だった。

他方、イッケナム卿は陽気で自信に満ちていた。彼は帽子を小粋(こいき)な角度にかしげ、長らく上流階級一族の足音をこだまさせてきた品格に満ちたこの駅を、是認のまなざしにてうち眺めていた。

「帝都を遠く離れハンプシャーに住まい」彼は言った。「運がよければウォータールー駅経由でこの街に入ってくる俺みたいな男には、パディントン駅のもたらす洗練された平穏さには何かひどく

心安らぐところがある。ウォータールーじゃあ、何もかもがてきぱきばたばたせわしないし、人だってさまざまだ。ここにはのんびりした平和が広がり、行き交うのは最高の人たち——バセットハウンド犬とつきあい慣れた教養ある男性や、テイラードスーツを着て馬みたいに見える女性ばっかりだ。隣のドアのところの男を見ろ。間違いなく支配階級の息子で、ロンドンでの静かな行楽の後、狩猟と射撃と釣りの生活に戻ろうっていうんだ」

彼が言及した人物は隣の車室の窓から身を乗り出し、パディントン駅の光景を銀縁メガネ越しに見渡している浅黒い青年だった。ポンゴはこいつはちょっと嫌な奴だなと思い、そう言った。その憤慨した口調に、イッケナム卿は素早い、とがめるような一瞥を彼に向けた。クリスマスに帰省する生徒みたいな気分でいた彼は、自分の周りは幸福な笑顔に満ちていて欲しかったのだ。

「君は楽しんでいないようだな、ポンゴ。君にはホリデー精神を持つよう心がけてもらいたい。ヴァレー・フィールドに出かけたあの日、君はあの場の人気者だった。君は甘美と光明を振り撒くのが嫌いなのか?」

「甘美と光明を振り撒くという言葉で貴方が言いたいことが、他人の家に押しかけて——」

「そんな大声を出すんじゃない」イッケナム卿が警告するように言った。「駅じゅう聞き耳だらけなんだからな」

彼は甥を従えてプラットホームを歩き、後者が時折衝突するさまざまな旅行客に対しては魅力的で愛想のよい態度で謝罪した。そのうちの一人、堂々たる風貌の恰幅のよい男性はイッケナム卿を見て、もう少しで誰だったか思い出すんだがなあとためらうように一瞬立ち止まった。イッケナム卿はにこやかにうなずいて通り過ぎた。

「誰だったんです？」ポンゴはさえない様子で言った。

「まったくわからん」イッケナム卿は言った。「どこかで会ったような気がうっすらするんだが、誰だかわからないし調査する気もない。たぶん昔一緒に学校に行った誰かで、何年か年少だったりするんだろう。君も俺くらいの年頃になれば、こういう再会は避けるようになる。学校で一緒だった男で一番最近会った奴は、何年か年下だったんだが、長くて白い髭をして歯がなかった。そいつは人生にこれから乗り出そうとしてる元気一杯の若者っていう俺の自画像を汚したんだ。ああ、ポリーが来た」

　彼は柔軟な足取りで前進し、その娘を温かい抱擁で包んだ。これが最初ではないことだが、この人が女性にキスするのはやりすぎだとポンゴは思った。今の状況なら、父親のごとくうなずくだけで十分だったろう。

「やあ、お嬢さん、やっと来たね。出てくるのに何か問題があったのかい？」

「問題？」

「君の父上が、君がどこにでかけるのかって知りたがると思ったんだが。だがきっと君は学校の友達を訪問するって、率直で正直な話をしたんだろうね」

「わたし、おじさまのところに数日滞在するって言ったわ。もちろんお父様はわたしがイッケナムに行くって思ったかもしれないけど」

「そうだね。思ったかもしれない。だが本当の事実を明かしたって仕方がない。マスタードの奴には奇妙な、清教徒じみたところがあるんだ。さあて、すべてうまく行ったようだ。君は最高に素敵だよ、ポリー。もし公爵に人間的な感情がわずかだってあるなら、間違いなく君にぞっこん夢中になるはずだ。君は晴れやかな春の精を思わせる。他方、ポンゴはそうじゃない。何かポンゴを不安にしていることがあるんだが、俺にはそれが何か、見当もつかない」

「ハッ！」

「『ハッ！』なんて言うんじゃない、坊や。君はブランディングズ城みたいに素敵な場所にでかけると思うと、喜びのあまり飛び跳ねているべきなんだ」

「そうしてるべきなんですか？　レディー・コンスタンスはどうするんです？」

「彼女がどうした？」

「彼女は向こうで僕らを待ち構えてるんですよ、そうじゃありませんか？　それでまた、なんてお仲間なんでしょうね！　ロニー・フィッシュは彼女のことは実物を見るまでは信じられないって言ってました。ヒューゴ・カーモディーは彼女の話をするとき、日焼けの下で青ざめるんです。モンティ・ボドキンは彼女は満月の晩に人身御供を捧げてるんじゃないかって、強く疑ってます」

「ナンセンスだ。連中は大げさに言ってるだけだ。おそらくは昔ながらの、優しい、かわいらしい顔の、ミトンをしたレディーだろう。陰気な見方をする己が傾向性と、君は戦わなきゃならない。どこからそういう悲観主義をもらってきたものか、想像もつかないんだ。俺の側の一族からじゃないな。うまくいかないわけがない。俺には骨でわかるんだ。これが我が大勝利の一つとなることを、俺は確信している」

「ドッグレースの日みたいにですね」

「ドッグレースの日のことをくどくどしく言うのはやめて欲しいな。あの時あの警官は拙速過ぎたと俺は常に主張するところだ。今日びの警官隊には、神経症タイプの連中が送り込まれてるんだな。

さあ、ブランディングズ城でゆっくりとささやかな休日を過ごそうと思うなら、我々は席に着くべきだ。ホーム端の駅員が緑の旗を振ろうとそわそわしだしたようだ」

彼らは車室に入った。メガネの若者は依然、窓から身を乗り出していた。彼らが彼の脇を通り過ぎる時、彼は鋭い目で彼らを見た――実際、ごく鋭かったから、この人物はこれら三名の乗客に何かしら疑わしいところを見つけたのかと思われたくらいだ。しかし、そうではなかった。エムズワース卿の元秘書で、現在ダンスタブル公爵の秘書を務めるルパート・バクスターは、常に人々を鋭い目で見たのである。それはたんなるいつもの習慣に過ぎなかった。

その瞬間に彼が実際に考えていたのは、二人の男のうち年長の方は感じのいいご老体で、若い方は胸のうちに何かしら抱えているようで、娘さんはかわいい娘だということですべてだった。また、以前どこかで彼女を見たことがあるという漠然とした思いがした。だが彼はこの思考の道筋を追いかけようとはしなかった。かぶっていたいささか近寄りがたい黒帽子を旅行帽にかぶり換え、彼は席に座って目を閉じ背にもたれた。そしてただいま、ルパート・バクスターは眠りに落ちたのだった。

隣の車室では、イッケナム卿がいささか瑣末（さまつ）な詳細に対応していた。

「到着前に解決しておかねばならないのは」彼は言った。「名前の問題だ。一瞬で適切な名前を考えつくくらい難しいことはない。ドッグレースの日、自分用に『ジョージ・ロビンソン』を選び出し、それからポンゴに身を寄せて、お前はエドウィン・スミスだってささやけたのは警察に着く寸前だった。それで俺はあの間じゅうずっと、名前としてはこの二つはだめなやつだったたって思っていたんだ。今回はもっと上手くやらなきゃいけない。俺はもちろん自動的にサー・ロデリック・グロソップってことになる。ポリー、君はグウェンドリンがいい。『ポリー』ってのは君の立場にある女性としては、十分権威があるとは言えない。だがポンゴはどうしたものかなあ」

　ポンゴは歯をむき出して苦く笑った。

「僕のことなら心配しませんね。僕が呼ばれるのは『この男』ですから。レディー・コンスタンスなら執事に向かって『タルミージャン〔雷鳥の意〕』って呼ぶでしょうが――」

「タルミージャンは悪い名前じゃないぞ」

「『タルミージャン、チャールズとハーバートを呼んでこの男を放り出してちょうだい。必ず何か尖(とが)ったものの上に着地するようにするのよ』」

「またいつもの悲観主義か！　誰か映画スターの名前を思い出すんだ、ポリー」

「フレッド・アステア？」

「ちがう」

「ワーナー・バクスターは？」

「バクスターは最高にいいんだが、使えないんだ。公爵の秘書の名だ。エムズワースがそいつの話をしてくれた。一家に二人バクスターがいたら混乱するだろう。ああ、もちろんだ、わかった、グロソップだ。サー・ロデリック・グロソップは、俺の見るところ二人兄弟の片われだ。それでよくあることだが弟の方は兄貴のようには成功した人生を送らなかった。彼は副牧師になった。田舎(いなか)の教区で長年ぼんやり過ごしていたが、亡くなった時遺したのは『古代および現代の賛美歌』の本一冊とバジルって名前の息子だけだった。それでサー・ロデリックは後者を押し付けられたようなかたちで、それで転んでもただじゃあ起きない精神でそいつを自分の秘書にしたんだ。これはよくできた、辻褄のあった話だ。この話なら君がレディー・コンスタンスと私室でパイプとウイスキーをいただきながらおしゃべりする時のネタになるだろう。君が彼女の私室に入れてもらえたとしての話だが。秘書というものの社会的身分について俺はあまり詳しくない。連中は上流階級の面々と交際するのか？　それとも家事使用人のところに押し込まれるのか？」

ポンゴの陰気な目に熱情の光がよぎった。

「家事使用人といっしょに押し込まれるだなんて、僕はやってられませんよ」

「ふん、君が上流階級の皆さんとおつきあいできるよう頑張るとしよう」イッケナム卿は疑わしげに言った。「だがもしそれが間違いで、レディー・コンスタンスが柄つきメガネを君に向けたからって俺を責めないでくれよ。とはいえ、俺の小さい頃によく知ってた柄つきメガネと比べたら、今時のなんてまるで比べ物にならない。ある日グロヴナー・スクウェアをブレンダ伯母さんと愛犬パグのジャバウォーキーと一緒に歩いていたら、警官がやってきて後者は口輪をはめなきゃならないと言った時のことを思い出すなあ。伯母さんは言葉で返事はしなかった。ただ柄つきメガネをケースからさっと抜き出してそいつを見た。警官はのどを詰まらせたようにハッと息を呑み、手すりの上に仰向けに倒れたんだ。あたかも何かとんでもなく恐ろしいものを見たかのような、見開いた目の中のすさまじい恐怖の表情の他には、何の痕跡もなしにだ。医者が呼びにやられ、そいつはなんとか意識を取り戻したんだが、決して元の姿に戻ることはなかった。彼は警察隊を去り、やがて食料品販売業へと漂着した。かくしてサー・トーマス・リプトンが誕生したわけだ」

彼は言葉を止めた。彼の発言中、車室のガラス扉を覗き込む顔があった。そして今、恰幅のいい堂々たる風貌の、セントポール寺院のドームのごとき丸い禿頭の男が入ってきた。彼は入り口扉に縁取られ、立っていた。彼の態度は威厳に満ちていたものの、優しげだった。

「ああ」彼は言った。「やはり貴君じゃったか、イッケナム。たった今ホームで君だと思っての。わしのことはご記憶でおいでかな？」

　帽子なしの彼の姿をただいま見たところで、イッケナム卿は彼が誰かを思い出し、再び出逢えた幸福な巡(めぐ)り合わせを喜んでいるかのようだった。

「もちろんだとも」

「入らせていただいてよろしいですかな？　親しい会話をお邪魔するようなら結構じゃが」

「もちろんお入りください。われわれは柄つきメガネの話をしていただけなんですよ。この語の最も深く最も完全な意味で、今日びあれは存在しなくなったという話をしていたところです。どちらにおでかけですか？」

「わしの直接の目的地はシュロップシャーにあるマーケット・ブランディングズという名の辺鄙(へんぴ)な駅でしてな。そこで降りれば、ブランディングズ城に着くものと理解しております」

「ブランディングズ城ですって？」

「エムズワース卿の居城でしてな。そこがわしの最終目的地じゃ。そこをご存じかの？」

「聞いたことはあります。ところで、私の娘と甥にまだ紹介が済んでいませんでした。娘のグウェンドリンと甥のバジルです――こちらはサー・ロデリック・グロソップだ」

　サー・ロデリック・グロソップは座席に腰掛け、ポリーとポンゴに鋭い一瞥(いちべつ)を投げかけた。彼らの態度物腰が彼の職業的関心を呼び起こしたのだ。青年の方からは、イッケナム卿が紹介の儀礼を執(と)り行った際、苦痛に苛(さいな)まれる強靭(きょうじん)な水泳選手が泡を吹くようなゴボゴボ音が発せられたし、他方、娘の目は受け皿みたいにまん丸く見開かれた。彼女は今、奇妙な、あえぐような呼吸をしている。サー・ロデリックはそう提案して商売を開始する立場にはないのだが、しかしこの若い二人は腕利きの神経の専門家の治療の下に置かれた方がいいという見解を自分が強く持っていることに気づいたのだった。

愛する甥をただの瓦礫（がれき）の山へと変えたこの急激な大変動のことはどうやら意に介さぬふうに、イッケナム卿は愛想よくおしゃべりを始めた。

「いやあ、グロソップ、また貴君に会えて本当に嬉しいなあ。ハンプシャー忠臣会のディナー以来会ってなかった。あの時はずいぶん酔っ払っていたなあ。貴君のところの頭のイカれた皆さんはお元気かな？　ひと様の頭の上に腰掛けて、拘束（こうそく）チョッキを急いで着せるよう誰かを怒鳴りつけるのは、まあ驚くほど興味深い仕事に違いないことだなあ」

硬直していたサー・ロデリックの顔が緩（ゆる）んだ。ハンプシャー忠臣会の年次バンケットで大酒を飲んだという、あまりにもひどいほのめかしは彼を深く傷つけたし、また他人の頭の上に腰掛けることへの言及は気に入らなかった。しかし彼は会話なしでは寂（さび）しくていられない人物であったし、この会話を続けるためには相手の面妖（めんよう）な自己表現の方法を受け入れる必要があると思われたのだ。

「そうですな」彼は言った。「わしの仕事は、貴君のおっしゃるとおり時には心痛の種ではありますが、確かに興味に満ちております」

「そして貴君は常にその任務にあたっておいでなんですな？　今回ブランディングズ城には、間違いなくどなたか上流階級の奇人変人を検分なさりに行かれるんでしょう？」

サー・ロデリックは唇をすぼめた。

「遺憾ながら貴君はわしに秘密の漏洩をせよとお頼みでいらっしゃることになりますぞ、イッケナム君。しかしながら、今回の訪問は職業上の理由によるものだと申し上げることで、貴君の好奇心に応えることといたしましょう。同家のご友人が、神経系の過興奮状態の兆候を示しておいででしてな」

「私に隠しだてする必要はないさ、グロソップ。貴君は卵投げ衝動を発症している男の頭に氷を載せに、ブランディングズ城へ行かれるんでしょう」

サー・ロデリックはぎくっと動揺した。

「貴君は奇妙なほどに情報通でおいでのようですな」

「厩舎直送情報を入手したんですよ。エムズワースが話してくれました」

「ああ、貴君はエムズワースをご存じでしたか？」

「ごく親しくですよ。昨日彼と昼食をいっしょにして、それから彼は貴君に会いに出かけたんでした。だがその後たまたま会ったら、彼は貴君との間の話し合いが良好に運ばず、その結果この精神の均衡を欠いた卵投げ男に貴君の関心を喚起することができなかったとほのめかしていたんでした」

サー・ロデリックは興奮で顔を上気させた。

「貴君の言われたとおりじゃ。エムズワースの態度は、依頼を断る以外の選択肢をわしに与えなかった。だが今朝あいつの妹さんのレディー・コンスタンス・キーブルから手紙を受け取りましてな。実にチャーミングな手紙で、わしは気持ちを変えずにはおられなかったのですよ。貴君はレディー・コンスタンスをご存じですかな？」

「なんと、親愛なるコニーのことですか？　知っていると言うべきでしょう！　生涯を通じての友人ですよ。甥っ子のバジルは彼女のことを第二の母親だと思ってますよ」

「さようか？　まだわしは会ったことがないのじゃが」

「会ったことがない？　それはよかった」

「何とおっしゃったかな？」

「これから会う喜びがあるってことですよ」イッケナム卿が説明して言った。

「レディー・コンスタンスはわしがブランディングズ城に行くことを強くお望みでな、それでエムズワースの無礼は見逃してやることに決めましたのじゃ。とはいえ残念なことに、この呼び出しは実に困った時に参りましてなあ。明日の午後ロンドンで重要な会合がございましてな。しかしながら時刻表を確認したところ、マーケット・ブランディングズを朝八時二十分に発つ汽車がパディントンに正午少し過ぎに到着すると知り、それで診察しても時間までに戻ってこられると知りましたのじゃ」

「一回診察しただけでわかるんですか？」

「ええ、そう思っておりますとも」

「私にも貴君のような頭脳があったらなあ」イッケナム卿は言った。「何とまあ驚いたことでしょうな。きっと貴君は人々が並んでいる横を通り過ぎながら一人一人をちらりと見て、それでエンドウ豆の鞘（さや）を外すみたいにヒツジとヤギをより分けるんでしょうなあ……『キチガイ……キチガイではない……監視が必要……こいつは大丈夫……こいつは要注意。こいつをパン切りナイフの近くに近づけないこと……』最高ですよ。貴君は実際にどんなことをなさるんです？　質問するのですか？　話題を持ち出して、反応を観察するのですか？」

「ああ、そうですな。広い意味で、それがわしの用いる手法だと申してよろしいでしょう」

「そうですか。貴君はたとえば鳥の主題に話を持ってゆく。それでもしそいつが自分はカナリアだと言ってマントルピースの上に飛び乗って歌い始めたら、何かおかしいと感じるんですな。そうか、わかったわかった。そんな簡単なことなら、ここで診察すれば大いに無駄が省けると思われますよ」

「どういう趣旨で言っておいでかな？」

「貴君は幸運でいらっしゃる、グロソップ。エムズワースが貴君にその法則を適用してもらいたがっている人物は、この汽車に乗っているんですよ。隣の車室にいる男です。メガネをかけた、色の浅黒い男ですよ。エムズワースはこの旅行中そいつに目を光らせているよう私に頼んだんですが、私の意見を言わせてもらえれば――あの男にはどこも悪いところはないんですよ。コニーはいつも神経質なおチビさんだから。あいつが何かの拍子に卵の話をしたのを、卵を投げたがっていると言ったと思い込んで、慌てふためいているんでしょう。貴君はちょっと行って彼と話をしてみて、それで結果を教えていただけませんかな？　もし彼に何か異常があれば、貴君の第六感がたちまちそいつを見つけることでしょう。もし大丈夫なら、貴君はオックスフォードで汽車を降り、ゆっくりロンドンに戻れるというわけです」

「実にすばらしいアイディアじゃ」

「もちろん私の名前は言わないでいただきたい」

「親愛なるイッケナム、その点に関するわしの裁量の完璧（かんぺき）さは信用してもらってよろしいですぞ。

すべて完全にさりげなく進むことじゃろう。わしはご親切にマッチを貸してくれないかと彼に依頼し、ごくさりげなく自然に会話を開始するといたしましょう」

「天才だ！」イッケナム卿は言った。

サー・ロデリックが車室を出ていった後の沈黙は、ポンゴの不平不満で破られた。

「こんなことになるって、僕にはわかってましたよ」彼は言った。

「だけどかわいい坊や」イッケナム卿は反論した。「優秀な頭脳を持った知的な人物と会話して気分爽快になり、また脳の専門家の態度振舞いに関する有益な情報を得たという他に、何が起こった？　あの親爺さんはオックスフォードで降りることだろう――」

「だったら僕がオックスフォードで降りさせてもらいます！」

「そして自分のフラットに戻るのか？　扉の脇でアーブが待ち構えてたらどうするんだ？」

「あああ、なんてこった！」

「そうだとも、君がその点を見逃していると思ったんだ。しっかりしろ、ポンゴくん。筋肉を硬くして血を奮い立たせるんだ［シェークスピア『ヘンリー五世』］。全部大丈夫になるさ。君は考え込んでいるようだな、ポリー」

「わたしはただ、どうしてエムズワース卿はあの人のことをニキビ小僧って呼んだのかしらって考えていたの」

「もうニキビはないのにってことだな？　ああ、俺もその点には気がついた」イッケナム卿は言った。「よくあることだ。我々はどうしていいかわからないくらいのニキビを抱えて人生行路を出発する。そして若さゆえの軽率な傲慢さゆえ、そいつが一生ついて回ると考えるんだ。だが、ある日突然、そいつらが最後の半ダースにまで減っていることに気づく時が来る。そしてそいつらは姿を消してしまうんだ。我々誰にとっても、ここには教訓がある。ああ、グロソップ、前線報告はどんな具合だ？」

サー・ロデリック・グロソップは満足感を発散していた。

「貴君の言うとおりじゃった、イッケナム君。まったくどこも悪いところはない。卵固着の兆候など皆無じゃ。レディー・コンスタンスの警戒にまったく根拠はない。あの男は、並外れて知的だと述べるところじゃ。しかし、彼があれほど若い人物だと知って、わしは驚いておりますぞ」

「我々皆、かつては若かったのですよ」

「まったくじゃ。だがレディー・コンスタンスの手紙からは、はるかに老人だと想像していた。彼女がそう言っていたかどうかは思い出せないのだが、わしが得た印象では、彼はエムズワースと同年代だと思っておった」

「おそらく年齢より若く見えるんでしょう。田舎の空気のせいか。あるいは子供の時、健康飲料べヴォを飲んでたんでしょうな」

「ふうむ」サー・ロデリックは曖昧に言った。「さてと、オックスフォードで降りるとなると、車室に戻って荷物をまとめないといけませんな。お目にかかれて大層嬉しかったですぞ、イッケナム。また貴君の実に賢明な提案には大いに感謝するところじゃ。告白するが、朝早くの汽車旅行を楽しみにしていたわけではないのでな。では、さようなら」

「さようなら」

「さようなら」ポリーが言った。

「さようなら」最後に、また困難を覚えつつポンゴが言った。彼はしばらくの間、深い沈黙のうちに座っていた。時々鋭い、ヒューヒュー言う息の吸い込み音によってのみ破られる沈黙のうちに。サー・ロデリックはポンゴについては陰気で内省的な若者という印象を持ち、去っていった。後に彼はウエスト・ケンジントンの母親たちに向けた講演の中で、戦後の青年たちの重苦しいうつ病傾向の一例として彼を取り上げることになる。

イッケナム卿もポンゴを元気付ける必要を感じたようで、旅の残りの時間ずっと、楽しませ、喜ばせようという努力を惜しまなかった。午後中ずっと、彼は高水準の活発さと陽気さを維持し、そしてマーケット・ブランディングズ駅に降り立って初めて、自らが耳障りなきしみ音を発することを余儀なくされているのに気づいたのだった。

マーケット・ブランディングズ駅は決して混雑した場所ではないが、今夜は常に増して静かで人気がなかった。唯一そこにいたのはポーター一人とねこ一匹のみだった。件の浅黒い男は降車してポーターが荷物を貨車から降ろしている汽車の最後尾まで歩いていった。ポリーはねこと親交を深めに行ってしまった。そしてイッケナム卿はというと、スロットマシンでポンゴに一ペニー分のバタースコッチを買ってやった後、かくも著名なる客人を迎えに主人と女主人が誰もよこしてない怠慢について見解を述べていた。と、ホームに三十代半ばの体つきの丸っこい男がやってきた。夕焼けが彼の顔を照らし、そしてイッケナム卿が耳障りな音を発したのはこの時であった。

「憶えているかなあ、ポンゴ」彼は言った。「一昨日イッケナムまで俺に会いにきた時、いつだって俺の野心は誰かしらをペテンにかけることだったって話をしたろう？　このエムズワース騒動のドタバタのせいで、昨日の朝その機会が到来したって話を君にするのを忘れていた」

「なんですって？」

「そうなんだ。ドローンズに行く前、俺はホーレス・デヴンポートの家を訪ねた。そして奴が留守なのを知ると、フラットの表の道でしばらく待ってたんだ。俺がそうしてると、ピンク色の男がやってきて、それでいつかやるなら、今こそその時って気がしたんだ。その男には何か、これ以上の相手は望みようもないって俺に訴えかけてくるところがあった。またそのとおりだったんだ。そいつは俺に財布を渡し、俺はそれを持って歩き去った。すべては物質に対する精神の勝利だったし、俺はそのことをいささか誇りに思っている」

ポンゴ・トウィッスルトンにとって、フレッド伯父さんが野放しにされるべきでない人物だということは常に自明の理（ことわり）であった。しかしそれまで彼は、伯父さんが野放しにされるべきでない理由が、かくも確固たる根拠に基づいていたとは思ってもみなかった。彼はひたいを押さえた。

ドッグレースの日にそうだったように、これなる人物は彼を奇妙な悪夢の世界へと連れ去ってしまったかのようだった。

「もちろん財布は後で送り届けた。この実験に対する俺の関心は純粋に科学的なものだったんだ。無法な稼ぎをしようだなんて思いもしなかった。その男の名刺が財布の中にあったから、書留扱いで送ったんだ。それでどうして俺が今その話をしてるかっていうと……ホームをやってくるあの男が見えるか？」

ポンゴは灰色になった顔をくるりと向けた。

「まさかあの――？」

「そうだ」イッケナム卿が言った。甥をナイフのごとく切りつける、明るくのんきな口調でだ。

「あいつがその男だ」

9. マーケット・ブランディングズ駅の邂逅

「奴の名前は」イッケナム卿が言った。「ボシャムだ。財布の中にあった名刺に書いてあった。だが、名刺の住所はうちの小さなしもた屋からそう遠くないハンプシャーのどこかだったってことははっきり憶えている。だからここにいるのは途轍もなく奇妙だと思う。不可思議な、不自然な偶然ってやつじゃあないかって気がする。あいつが亡霊でもない限りな」

近視の男に亡霊に間違えられそうな勢いでいたポンゴは、言葉を見つけた。しばらくの間、彼は権勢を誇ったジュリアス・シーザーが倒れる少し前、ローマの通りを練り歩いた経帷子を着た死者のように嬌声を張り上げていた［『ハムレット』一幕一場］。

「ボシャムはエムズワース卿の息子なんです」彼は虚ろな声で言った。

「そうなのか？　俺は貴族銘鑑の中のことにはあんまり詳しくないんだ。名前で笑いたい時以外は滅多に読まないからな。それなら説明がつく」イッケナム卿は元気よく言った。「あいつはブランディングズ城を訪問中にちがいない。散髪にロンドンにでかけようって日に、向こうに行ったら絶対にわしの甥のホーレスの背中をぴしゃっと叩いて、よろしく伝えてくれって公爵が言ったんだな。ボシャムがブロクサム・マンションに聖地巡礼に行った時間がたまたま俺が行ったのとシンクロしたのは当然だ。こういう一見途方もなく不可思議に見える事柄だが、よくよく調べてみればなんとまあ単純な話なんだろうなあ」

「こっちに来ますよ」

「そりゃそうだ。俺たちを城に案内しに来たんだろう」

「だけど、なんてこった。伯父(おじ)さんはどうするんです？」

「どうするって、どうして？　何もしないさ」

「えー、でも彼は何かするんですよ。伯父さんは僕に、ある男がある男に信用詐欺(さぎ)を働かれて、それからもう一度その男に会ったら、そいつはその男に殴りかからないって言うんですか？」

「親愛なる坊や、洗練された伯父の身近にいる有利を常に享受してきた若者にしては、君は上流階級の流儀や慣習にまるきり無知なようだな。我々血筋のいい者は、公共の場で大騒ぎはしないんだよ」

「彼はあなたが逮捕されるまで待つとお思いなんですか？」

イッケナム卿は舌をちっと鳴らした。

「親愛なるポンゴよ、陰気なものの見方をする君の才能はほとんど天才の域に達している。預言者イザヤの青年時代も、君みたいだったに違いないと思うぞ。我々のご友人がどこにいるか教えてくれ——あいつの白眼が見えるまで、振り向きたくないんだ。近づいてきたか？」

「今のところ行ったり来たりしているようです」

「それはよく理解できる。イギリス上流階級の礼儀正しい遠慮だ。生まれてこのかた、奴は見知らぬ人物に不躾(ぶしつけ)に声をかけるくらいひどい無作法はないっていう観念の中で生きてきたんだ。それで今あいつは、俺が本当にあの高名なサー・グロソップだろうかと考えている。危ない橋は渡りたくないんだ。きっと君の存在が引っかかってるんだろう。間違いなくエムズワース卿は、俺が秘書を連れてゆくって言うのを完全に忘れたんだろうな。それであいつは困惑してるんだ。『グロソップかもしれない』奴は自問自答している。『グロソップじゃない方に賭ける気はない。だが、もしグロソップなら、御大(おんたい)といっしょにいるあの男は誰だ？　グロソップといっしょの男がいるだなんて指示は聞いてないぞ』と。それで躊躇(ちゅうちょ)してるんだ。さてと、おかげで今話してた問題について議論を深める時間ができた。いったい全体どうして君は、自分に信用詐欺を働いたといってボシャムが俺を非難するだなんて思うんだ？　私はサー・ロデリック・グロソップであると、奴が待ち焦がれた回答を口にした瞬間に、当然、他人の空似のせいで誤解したんだと思うだろう。あいつは今どこだ？」

「〈体重を測ってみましょう〉の機械のところです」

「それじゃあ俺が振り返って奴を困惑させるところを見ていろ」イッケナム卿は言い、優美にくるりと身体の向きを変えた。「失礼ですが」彼は言った。「こちらからブランディングズ城に向かう何かしらの乗り物を手配する可能性はないものか、ご教示いただけませんかな？」

その行動の効果に関する彼の見積りは過大ではなかった。ボシャム卿は街路灯にぶつかったみたいに急に足を止め、口をぽかんと開けて立ち尽くした。

エムズワース伯爵位継承者の思考は緩慢ではあったが、帰納的推論ができないわけではなかった。彼は二時四十五分の汽車で到着するブランディングズ城に向かう老紳士を迎えに行くよう言われていた。二時四十五分の汽車で到着したブランディングズ城に向かうただ一人の老紳士は彼の目の前の老紳士である。したがって、この老紳士がその老紳士にちがいない。となるとその場合、この人は著名な精神の専門家、サー・ロデリック・グロソップであり、したがってその顔を見た瞬間にその人だと誓って言えた、パークレーンで自分から財布をだまし取った、見知らぬ感じのよい人物ではあり得ない。

なぜならボシャム卿は、人里離れたハンプシャーの片隅に住まいするとはいえ、著名な神経の専門家が人々に詐欺を働いてまわらないことを承知している程度には物事をわきまえていたからだ。世界にこれから旅立とうという若者には誰にも選択肢があることを、彼は理解していた。彼は著名な神経の専門家になれるし、あるいはペテン師にもなれる。だが両方一度になるのは無理だ。

「サー・ロデリック・グロソップでいらしゃいますか?」彼は訊ねた。彼の丸い目は、見覚えのありすぎるこの顔をじいっと見つめていた。

「私の名はそのとおりですが」

「そうですか?　はあ?　僕の名はボシャムです。以前どこかでお目にかかったことはありませんか?」

「残念ながら、ありませんな」丁重ながら、不正確に、イッケナム卿は答えた。「残念ですが。しかし私はあなたのお名前を伺ったことがあります。昨日お目にかかった際、エムズワース卿が、あなたの数多くの才能について、父親らしい熱情を込めてお話しでいらっしゃいました」

「そうですか?　えーと、あなたをお迎えに車で参りました」

「それは大変ご親切なことです、ボシャムさん」

「貨車にお荷物がありますね?　僕がちょっと行って、受け取ってきましょう」

「ありがとう。ありがとう」

「それから城に向かうといたしましょう」

「まさしく私がそうお願いしようとしていたことです。お城の客人は多いのですか？」

「えっ、いえ、そんなことはありません。父と叔母と公爵とホーレス・デヴンポートだけです」

「ホーレス・デヴンポート？」

「公爵の甥御さんです。さてと、僕が急いで行って荷物を取ってきます」

彼は急いで行ってしまい、ポンゴは経帷子に包まれた死人の真似を再開した。

「さあ」ようやく口がきけるようになると、彼は言った。「さあ、どうします？　このいやらしい城に着いた瞬間に、貴方を知っていて、ポット嬢と知り合いで、僕とは長年の親友だっていう人物となかよく鉢合わせですよ。僕らがレディー・コンスタンスと話していると、奴は駆け寄ってきて『ハロー、ポンゴ！』と言うことでしょうよ。『ハロー、イッケナム卿！　あれ、ポリーじゃないか。ここでみんな勢揃いするだなんて、嬉しいなあ』ってね。今この瞬間に他に何もなさることがないようでしたら、そいつを貴方のバズーカ頭でよくよく考えていただきたいですね」

イッケナム卿は答えなかった。彼はプラットホームの先を見ていた。ホームの端ではボシャム卿と汽車の隣の車室にいた浅黒い青年との間に、再会の儀が執り行われているようだった。彼らは握手をし終え、ただいまは会話に勤しんでいた。

「何か言ったかな、坊や？」深き思考の淵より浮かび上がると、彼は訊いた。

ポンゴは先の発言内容を繰り返した。

「そうだな、君の言いたいことはわかった」イッケナム卿は同意した。「しかし、常に想起せねばならないことだが、それ自体で善いことも悪いことも存在しないんだ。善悪を決定するのは思考だ。とはいえ、問題発生と感じているる点で、君が間違っていると言うわけじゃあない。告白するが、ホーレスがいるとは思わなかった。運命はブランディングズ城をオールド・ホーム・ウイークにしたいようだな。あとマスタード・ポットとわが愛する妻がいれば、満員になるんだがなあ」

「洗いざらいしゃべられる前に奴を捕まえて、事情を説明して協力を頼めるでしょうか？」

イッケナム卿は首を横に振った。

「無理だろう。ホーレスはいい奴だが、共犯者としての才能は皆無だ」

「じゃあどうしたらいいんです？」

「冷静になるんだ」

「冷静でいて何のいいことがあります？」

「またもや君の中の悲観主義者がしゃべり出したぞ。俺が言おうとしてたのは、我々は冷静沈着を保ち、正体を隠しとおすってことだ」

「奴がそれを信じるとお思いなんですか？　わっはっは」

「君には『わっはっは』などと言わんでいてもらいたいな。どうして信じないわけがある？　ホーレス・デヴンポートが信じることに限界があるだなんて言える者がどこにいる？　あいつの伯父さんみたいな伯父さんの持ち主で、少しでも遺伝学を学んでたら、自分の灰色の脳細胞がある日突然青色に変わる可能性を、しょっちゅう考えているに違いないんだ。ついに大惨事が起こったんだとあいつは思うはずだ。とはいえ、我々はバラバラに行動した方がいい。束になってご対面せず、少しずつあいつに近づいてゆくようにな。もし距離がそれほどないようなら、俺は城まで歩いて、君とポリーには先に車で行って準備を整えてもらうとしよう」

「それともみんな揃ってロンドンまで歩いて戻りますか？」

「愛する坊や、その恐ろしい敗北主義的態度をがんばって追い払うんだ。きっぱりと自分の正体を否定することが、我々の友人、ボシャムくんにどういう効果を上げたかを、たった今見たばかりじゃないか。ホーレスに会った時に君がすべきことは、冷たい目で奴を見て、自分の名はバジルだと言うことだ。それだけで確信を持たせるには十分だ。なぜって、反証される可能性があるとわかってなきゃ、自分の名前はバジルだなんて言う奴がどこにいる？　ポリーについて不安はない。彼女は自分の役を演じ切るだろう。彼女はマスタードの娘だし、子供のとき舌足らずにしゃべりだした瞬間に、作り話のこしらえ方を教え込まれたに違いないんだ。それで『舌足らずにしゃべりだした』って言うのが難しくないと思うなら、自分で言ってみるがいい。君は彼女に事情を説明しに行ってくれ。さてさて、と」イッケナム卿は嬉しそうに言った。「我々はもう一つのささやかな困難にたどり着いたぞ」

瀕死のソーダサイフォンのガラガラうがいみたいな音が、ポンゴの口から発された。

「ひゃあ、なんてこった！　まだ別のことがあるだなんて言わないでくださいよ」

イッケナム卿のハンサムな顔に、幸福な笑み（え）が遊んだ。

「我々のこのちいさな冒険に関して、物事は確かに少々込み入ってきている」満足げに彼は言った。

「俺は赤いじゅうたんの上をゆったりと歩み入って、額面通りに異議なく受け入れられることを予想してたんだが、どうやらそういう次第とはならないようだ」

「いったい全体、何が起きたんです？」

「何が起きたというよりは、これから起きることの方の問題だ。ホーム上を見てもらえば、ボシャムくんが制服を着たポーターのみならず、メガネをかけた我々の浅黒い友人をも伴ってこちらに戻ってくるのに気づくだろう。ボシャムが俺を奴に紹介する時、この前会ってからサー・ロデリック・グロソップはずいぶん変わったなあと奴が思うかもしれないとは、君は思い当たらないかな？」

「ああ、なんてこった！」

「まったく、刺激的じゃないか」

「おそらくグロソップが他人と二人きりで二分いて、自分がグロソップだと言わないでいられると思うなら、君は人の性格解読にごく無頓着だってことになる」

「グロソップが他人と二人きりで二分いて、自分がグロソップだと言わないでいられると思うなら、君は人の性格解読にごく無頓着だってことになる」

「すぐにここから逃げ出さなきゃ！」

イッケナム卿はショックを受けた。

「逃げ出すだって？ 誇り高き一族の一員はそんなことは言わないものだ。アジャンクールの戦いで、クレッシーの戦いで、トウィッスルトン家の者は逃げ出したか？ マルプラークの戦いではどうだ、ブレンハイムの戦いでは？ ワーテルローの血塗られた坂を上って、古参近衛隊が最後の必死の突撃を仕掛けた時、ウェリントン公は肩越しに、ついうっかりを装ってブリュッセル方面にこっそり逃げ出す一人のトウィッスルトンの姿をちらりとでも見たと、君は思うのか？ 坊や、我々トウィッスルトン家の者は逃げ出したりはしない。我々は粘りに粘って、歓迎されている時間をはるかに超えても居座るのが常なんだ。この件についてはなんとかする方法を見つけられる確信がある。ちょっぴり思考が必要なだけだし、今夜俺の頭脳は最善最高の状態にある。さあ、あっちへ行ってポリーに事情を説明してくるんだ。戻ってくるまでに俺がすべてうまい具合に調整し終えてやろう……ああ、ボシャムくん、我々の手荷物を回収してくださったようですな。お手数をおかけしました、ありがとう」

「えっ？　いえ、まったく何でもありませんよ」

「ボシャムくん、ここから城までは遠いのですかな？」

「三、四キロです」

「それなら、差し支えなければ私は歩くといたしましょう。脚が伸ばせて気持ちがいいですからな」

ボシャム卿はホッとした様子だった。

「それでよろしければ、よかったです。車がだいぶ窮屈になるところでした。バクスターが来るとは思わなかったもので。こちらは公爵の秘書のバクスターさんです――こちらはサー・ロデリック・グロソップです」

「初めまして。あなたがいらっしゃってよかった、バクスターさん」無言で凝視してくる、その浅黒い青年にほほえみかけながらイッケナム卿は言った。「おかげで、汽車に乗っていたあの哀れな男について話す機会ができました。彼があなたの車室に入っていくのを見かけたのですが、お邪魔してあなたが彼のことをどう思われたかお尋ねするのを遠慮しておりましてな。彼は私の患者の一人で」イッケナム卿は説明した。「妄想癖（へき）を患（わずら）っております――あるいは患っておりました。私の治療の効果があったと期待したいのですが。私に話しかけてきた時には十分正常に見えましたが。

しかしかような症例では、突然の再発ということがしばしばあるものですし、見知らぬ他人の存在は彼を興奮させるのですよ。もしや彼は自分はムッソリーニだとは言いませんでしたかな？」

「言いませんでした」

「シャーリー・テンプル【一九三〇年代に人気の絶頂を極めたアメリカ映画界最高の大子役スター。「アメリカ国民の天使」と呼ばれた】だとは？」

「彼は、自分はサー・ロデリック・グロソップだと言いました」

「それなら私も有名人のお仲間入りということですな。無論、冗談めかして言うことではありませんが。すべては恐ろしく悲しく、心塞（ふさ）ぐ話なのです。明らかに、私の治療は何の役にも立たなかった。自信を失くすというものではありませんか」

「あなたがそうやすやすと自信を失くされる方だとは思いませんでした」

「そうおっしゃっていただいて、ご親切なことです。いつもは、そういうことはないのですが。しかし、こういう絶対的な失敗は……ああ、とはいえ旗印は掲げ続けねばなりません。彼に調子を合わせていただいたことと思いますが？　そうするのが常に最善で最も安全です。さてと、こちらは私の娘で、こちらが甥のバジルで、私の秘書をしております。こちらはボシャム卿、エムズワース卿のご子息だ。そしてこちらがバクスターさんだよ。娘たちに、私は城まで歩くつもりだと話していたところです。汽車旅行がいささか窮屈でしたのでな。されば、フィリッピにてあい見えん【『ジュリアス・シーザー』四幕三場】」

10・精神の異常は遺伝するか

マーケット・ブランディングズからブランディングズ城に着くためには、もし英国で最も風光明媚(めいび)な町を立ち去ることに我慢ができるなら、ハイストリートを通って、前者を立ち去らねばならない。旧世界の田舎(いなか)家たちが突然終わると、この道は牧草地と大麦畑を隔てる豊かに葉の生い繁った生垣の間を走る広い大通りに至り、番小屋脇の大きな石門をくぐり抜けると、一・二キロほど続く上り坂をうねり走る私設車道へと至る。この最後の箇所は平凡な歩行者にとってはいささか試練であった。執事ビーチは体型維持がため、時折マーケット・ブランディングズまで歩いて往復するが、ここに近づくといつも心が塞(ふさ)いだ。

イッケナム卿はここを難なく一気に歩いた。駅のプラットホームでの最近の出来事は彼を愉快で陽気な気分にしていたし、また彼は早く目的地に着き、障害やら問題やらといったかたちでいかなるお楽しみが待ち受けているものかを知りたくてうずうずしていた。唇に歌もて坂を上り、彼は車道の最後の曲がり角に到着し、サフラン色の空を背景に立つこの城の灰色の塊(かたまり)に感嘆するため足を止めた。と、自分と同じ年頃だがはるかに肥満し、はるかに美しくない男が、彼に向かってやってくるのが目に入った。

「ホーイ！」その男は叫んだ。

「ホーイ！」イッケナム卿は礼儀正しく返事をした。

ホーレス・デヴンポートが彼のアラリック伯父さんのことを、ハゲ頭でセイウチヒゲのヒヒジジイと語っていたという事実から、初めて見るこの顔が何者かは難なく同定できた。この人物ほどハゲているヒヒジジイはそうはいないし、彼が息を吹きかけている口ひげほどのひげの所有者であったら、どんなセイウチとて大いに誇りに思うことだろう。

「あんたが脳みそ野郎か？」

これが「精神科医」を表す簡潔かつ巧みな表現法であると正確に結論づけ、イッケナム卿はそうだと返答した。

「他の連中はホールで飲み物やら何やらをいただいとる。あんたが歩いてくると聞いたんで、出て来てあんたに会おうと思ったんじゃ。わしの名はダンスタブル、ダンスタブル公爵じゃ」

二人は並んで歩いた。公爵はバンダナ柄のハンカチを取り出してひたいを拭った。その晩は暑く、彼の体調は最善ではなかった。

「あんたと静かに話がしたい――」彼は話し始めた。

「公爵といえば」イッケナム卿が言った。「公爵と女へビ遣いの話はご存じですかな？」

それは少しばかり卑猥なところのある陽気な小話で、話しぶりは巧みだった。しかし彼の話し相手は明らかにそれを楽しんではいたものの、主な感情は困惑である様子だった。

「あんたは本当にサー・ロデリック・グロソップなのか？」

「なぜそんな質問を？」

「クラブの仲間がわしに、あんたは尊大なアホだと言っておった。じゃがあんたは尊大なアホじゃあない」

「貴君のご友人はおそらく職業的立場にある時の私と会われたのでしょう。どんなものかはご存じでしょう。仕事中は患者に感銘を与えるため、人は少々猫をかぶるものです。貴君だって貴族院では同じようになさるはずでしょう」

「そりゃそうだ」

「ですが貴君は、静かに話がしたいとおっしゃっておいででしたな」

「まさしくさよう。コニーがあんたを捕まえてバカげた話をどっさり吹き込む前にじゃ。エムズワースの妹、レディー・コンスタンス・キーブルのことじゃ。彼女はありとあらゆる女性と同じく、事実を直視しようとせん。あんたに会ったら最初にするのは、あんたの目を曇らせて、奴がわし同様正気だと説き伏せようとすることじゃろう。理解はできるんじゃが。自分の兄さんじゃからな」

「貴君はエムズワース卿のことをお話しでおいでなのですな?」

「ああそうじゃ。あやつを見てあんたどう思った?」

「正気でしらふだとお見受けしました」

またもや公爵は少々困惑した様子だった。

「どうしてしらふじゃいかん?」

「私が苦情を言っているとは思わないでいただきたい」イッケナム卿は慌ててこう請け合った。

「私は喜んでいるのです」

「ああ、そうか? わしが言ったとおり、コニーはすべて大げさで、あやつはただ夢見がちで心ここにないだけだとあんたに思わせようとするだろう。彼女に騙されてはいかん。あの男はキチガイじゃ」

「さようですか？」

「疑問の余地なしじゃ。一族全員がキチガイなんじゃ。駅でボシャムに会ったろう。あれもキチガイじゃ。ロンドンに行って、信用詐欺に遭ってきおった。『あなたが私を信用してくださる印に、財布を渡してください』と言われたそうじゃ。『よしきたホーですよ』とボシャムは応えた。そんな調子じゃ。次男坊のフレディ・スリープウッドに会われたことは？　ボシャムよりまだ悪い。犬用ビスケットを売っとる。これでエムズワースがどんな奴かは大体わかりそうなもんじゃ。つまりじゃ、あんな息子を二人も持って、頭がおかしくならんわけがない。あんたの頭にしっかり叩き込んでおいてもらわんと、話にならん。エムズワースについて話をしようかな？」

「お願いします」

「事実はこうじゃ。あやつはブタを飼っておって、そいつに夢中じゃ」

「ブタ好きに悪い人はいません」

「ああ。しかしだからと言ってそいつをダービーに出走させようとは思うまいて」

「エムズワースはそう思っているのですか？」

「自分でわしにそう言いおった」

イッケナム卿は疑わしげな顔をした。

「出走責任者がブタを受け入れるかどうかは疑問ですな。耳をのり付けしてグレイハウンドだと言い張れば、ウォーターループ杯にエントリーすることはできるかもしれませんが、ダービーは無理でしょう」

「まさしくさようじゃ。それでおわかりじゃろう」

「確かに、そのとおりですな」

公爵は口ひげに満足げに息を吹きかけ、旗印のようにはためかせた。これほどの専門家が自分とこんなにも見解を一にするのを知って、嬉しかったのだ。この男が自分の仕事をわきまえていることが彼にはわかった。それで抑制を捨て、彼自身の戸棚の中の骸骨をさらけ出すことを決意したのだった。ダンスタブル家に降りかかった暗い影に注意を促すつもりはなかったのだが、しかしすべて話すのが最善だと今や彼は理解したのだ。今出てきたばかりのホールでは、奇妙で狼狽させられることが起こっていた。そしてそれに対する専門家の意見が欲しかったのだ。

「エムズワースのこの城は、結構なところですなあ」テラスの側面に長く伸びる広い砂利道に到着すると、イッケナム卿は言った。

「悪くはない。あやつがコルネイ・ハッチ【ロンドン郊外の大精神病院】で人生を終えると思うと大いに悲しいがな。あんたに治せん限りはだ」

「私が治せないことは滅多にないのですよ」

「ならばこちらにおいでの間に」意を決して、公爵は言った。「わしの甥のホーレスを診てはくださらんかな」

「甥御さんについて何かご心配が？」

「ひどく心配しておる」

ダンスタブル家の骸骨を今まさに明るみに出そうとした公爵は、慌ててあたりを確認すると、口ひげに猛烈な勢いで息を吹きつけた。よく茂った低木の植え込みに遮られ、二人が立つ場所から見えないところから、陽気なテノールの声がしてきたのだ。それは『うるわしのロッホローモンド』を歌唱中で、途轍もなく情感たっぷりに歌っていた。

「ひゃあ！　またあの口笛吹きの男じゃ」

「何とおっしゃいました？」

「わしの部屋の窓の外で口笛を吹いたり歌を歌ったりしている者じゃ」恋人について語る古くさい三文恋愛小説のヒロインのように、公爵は言った。「ここに着いてから何とかしてあやつを捕まえようとしとるんじゃが、なぜか逃げられてしまう。いや、今はよしとしよう。最高の産みたて卵を部屋に準備してある。遅かれ早かれ……いや、わしはホーレスの話をしておったのじゃった」

「ええ、ホーレスさんについてすべて伺いたいですな。貴君の甥御さんとおっしゃいましたか？」

「甥のうちの一人じゃ。亡くなった弟の息子じゃ。奴は頭がパーじゃや。もう一人は亡くなった妹の息子じゃ。そいつも頭がパーなんじゃ。わしの弟はパーじゃった。妹もそうじゃ」

「それで貴君としてはホーレスを間抜けの大星雲のどこに位置付けるのですか？　甥御さんは一族平均の上、下、どちらです？」

公爵は考え込んだ。

「上じゃな。明らかに上じゃ。ホールでたった今あったことの後では、実に徹底的に上じゃ。ホールで何があったか、ご存じですかな？」

「いえ、残念ながら。こちらには初めて伺ったもので」

「わしは大いに衝撃を受けた」

「ホールで何があったんです?」

「それにいつだって『うるわしのロッホローモンド』じゃ」公爵は怒った調子で言った。「わしは生まれてこの方この曲が嫌いでたまらん。あのクソ忌々しい詩を書いたのは誰じゃ?」

「バーンズだったと記憶しております［作者不詳の民謡とされてきたが、十九世紀初頭レディー・ジョン・スコット作とするのが有力。ロバート・バーンズ作ではない］。しかし貴君はホールで起こったことの話をしてくださるんでした」

「ああ、そうじゃった。あのバクスターという男を、わしが見誤っておったこともはっきりした。あんた、駅でバクスターに会ったはずじゃ。わしの秘書でな。あんたと同じ汽車に乗っとった。いっしょに来るはずだったんじゃが、わしが執筆中の一族の歴史に関連する調べ物があるとか言い張ってロンドンに残ったんじゃ。わしは信じておらんがな。奴の顔にはコソコソしたところがあった。どこかのどんちゃん騒ぎにでかける予定があったんじゃと、わしは睨んどる。それで今朝ホーレスから、何日か前の晩にどこかのダンスだか何やらで奴がコルシカ旅団の制服姿で飛んで跳ねて回っていたと聞いて、心の準備ができたんじゃ。奴の足が敷居を跨いだ瞬間に、わしはあやつをクビにした。するとそれからホールでそのことが起こったんじゃ」

「貴君はそのことを話してくださっている途中でしたね?」

「わしはその話をしておる最中じゃ。わしらがホールにいた時のことじゃ。コニーが回廊の肖像画を見せにあんたの娘さんを連れだしたところじゃった。とはいえどうして若い娘があんなガーゴイル連中のコレクションを見たがるものかは、わしの想像を超えておるがの。エムズワースのご先祖様より醜い連中がいるとしたらわしは大いに驚くところじゃ。しかしながら、とにかくコニーはあんたの娘さんを肖像画見物に連れだした。それでボシャムとあんたの甥っ子とわしだけがホールに残った。そこにホーレスがやってきた。それでわしがあやつの注目をおたくの甥御さんに向けた途端に、あやつは跳び上がって『ポンゴ！』と言ったんじゃ。よいかの？『ポンゴ！』じゃ。こんな具合じゃった。甥御さんは面食らったご様子で、低い声で自分の名はバジルだと言った」

「素晴らしい！」

「何じゃと？」

「私は『素晴らしい！』と言ったのです」

「なぜじゃ？」

「なぜいけないんです？」イッケナム卿が反論した。

公爵はこの点をしばらく考量し、理にかなった発言だと思ったようだった。

「おわかりのように、ホーレスはあんたの甥御さんを自分の友達と勘違いしたんじゃな。ふん、結構。大したことはないとあんたはおっしゃる。だが続きをごろうじろなんじゃ。もしバーンズが『ロッホローモンド』が『君を待たん』と韻を踏むと思ったとしたら」癇癪（かんしゃく）のぶり返した様子で、公爵は言った。「彼も境界事例だったに違いないの」

「それでお話の続きというのは？」

「へっ？　ああ、続きか。その話をするところじゃった。『ロッホローモンド』と韻を踏む言葉はたくさんあるわけじゃあない。詩人に公平であろうとするならの。さよう、続きじゃ。さてと、そこに加えて、コニーがあんたの娘さんと一緒に戻ってきた。かわいらしいお嬢さんじゃ」

「レディー・コンスタンスとはまだお目にかかったことがないのですよ」

「いや、あんたの娘さんのことじゃ」

「ああ、とてもかわいいですとも。娘の名はグウェンドリンといいます」

「娘さんもそう言っとった。ところがそれでもホーレスは娘さんに近づいて、ポリー呼ばわりするのをやめんかった」

「ポリーですか？」

「ポリーじゃ。『やあ、ハロー、ポリー』と言っておった」

イッケナム卿は考え込んだ。

「考えられる結論は、彼は娘を、ポリーというお嬢さんと間違えたということですな」

「まさしくさようじゃ。わしもまさしくそのとおりのことに思い当たった。ふむ、それでわしも事態の深刻さに気がついたと、お察しいただけよう。この種の失敗が一度なら、まあよい。だが、二分に二度それが起こったとなったら、最悪の事態を恐れねばならん。わしはいつだってホーレスの精神状態を気に病んできたんじゃ――あやつがハシカの子供から、突如二メートル半の大男に成長してからというものの。脳みそと心臓があれだけ離れておっては、まともに機能するわけがあるまい。はるばる上っていかねばならん血液のことを考えてもみるんじゃ。さあて、着きましたぞ」おもてなしの心を表すよう開け放たれた巨大な玄関ドアを通り抜けながら、公爵は言った。「ハロー、みんなどこに行ったかの？　おそらく着替えておるのじゃろう。ご自分の部屋に行きたいことじゃろう。わしがお連れしよう。あんたの部屋は赤の間じゃ。廊下の突き当たりじゃ。どこまでお話ししたかの？　ああそうじゃ。最悪の事態を恐れ始めたと言ったところじゃった。わしはこの状況すべてをよくよく推論してみた。背の高さが二メートル半もあって、死んだ弟の息子だというのでは、何事もないような顔で続けていかれるものではない。何かが起こらずにはおられんのじゃ。またわしはパーティーでバクスターを見かけたと、あやつが話しておったのを思い出しましてな。突然思い当たったのじゃが、あやつは――どういう名前だったか思い出せんが、人が何かを見始める時の科学的な用語があったはずじゃが、そいつを発症したのではないか、と」

「貴君のおっしゃりたいのは、サブルナリー・メデューラ・オブロンガータ・ダイアセーシスのことですかな」

「おそらくそうなんじゃろう。あの娘がどうして婚約を破棄したか、今ならわかるんじゃ。あやつの病気――名前は何であれじゃが――に気づいて、こいつはダメだと決心したに違いない。頭のイカれた旦那（だんな）を欲しがる娘はおらんからの。今日（きょう）び頭の真っ当な夫を見つけるのは、途轍（とてつ）もなく難しいことだとはいえの。さあて、あんたの部屋に到着じゃ。あんたが甥っ子にしてやれることが何かあればいいんじゃがの。あやつをご診察いただくことはできんかな?」

「よろこんで診察いたしますとも。一風呂浴びる時間をいただければ、あとは甥御さんのご都合次第で」

「ならばあやつをこちらの部屋に来させるとしましょう。何かあやつのためにできることがあるなら、していただければ嬉しいですぞ。あやつとボシャムとエムズワースとあの口笛吹き男のことで、わしは私設の精神病院に住んどるような気分で、いやまったく気に食わん」

公爵はどすどすと部屋を出てゆき、イッケナム卿は愛用の偉大なるスポンジ「ジョワユーズ」［シャルルマーニュ伝説でシャルルマーニュが所持した愛剣。日に三十回その色彩を変じるという］にて武装し、浴室へと向かった。彼が爽快（そうかい）な一風呂を浴びて戻ってくると、ドアをノックする音がして、ホーレスが入ってきた。そしてその後、彼は目を瞠（みは）り、もの言わず立ち尽くしたのだった。

ホーレス・デヴンポートの顔には注目すべき特徴が二つある。彼は父親から、大きなダンスタブル鼻を相続した。ヒルズベリー＝ヘップワース家出身の母親からは、一族特有の大きな仔鹿のような目を受け継いだ。イッケナム卿を見つめる時、彼の鼻はウサギの鼻のようにヒクヒクした。またべっ甲ぶちのメガネの後ろの目には、信じられないという恐怖の色がゆっくりと入り込んできた。あたかもマクベス役をもらって、バンクオの幽霊の場面の稽古をこれから通すところだというように。

今夜の出来事はホーレスには大きな衝撃だった。アラリック伯父は英国有数の統合失調症例であると長らく信じており、また生来の心配性ゆえ、彼は伯父の精神症状が頭の風邪のようにいつ何き自分の身の上に降りかかって来ることかとおそれていた。つい先ほど彼が体験した幻覚は、バクスターをボヘミアン舞踏会で見かけた幻覚妄想と相まって、彼を最大限に怯えさせていた。そしてサー・ロデリック・グロソップと静かに話し合う機会を持ったらいいとの提言を、彼は歓迎したのだった。

そして今、五感全体が言い聞かせてくるように、彼はまたもや幻覚を体験していた。彼の目の前のバスローブ姿の人物は、かつての婚約者の伯父、イッケナム伯爵だと誓って言えたのだ。

しかしここは赤の間であり、赤の間にはサー・ロデリック・グロソップがいると言われて来たのである。さらに、相手の態度物腰に彼を認知した様子はなく、ただ優しくもの問いたげな礼儀正しい態度があるばかりだった。

一年にも及ぶように感じられた間の後、彼はなんとか話し始めた。

「サー・ロデリック・グロソップでいらっしゃいますか？」

「そうです」

「あー、僕の名前はデヴンポートといいます」

「もちろんそうでした。どうぞお入りください。あなたがお話をされている間、着替えをしてもよろしいですかな？　あまり時間がなくなってしまったもので」

　ホーレスは彼が少年っぽい活気に満ちた勢いで飾りボタン付きのシャツ中に飛び込む様を、目を瞠って見つめていた。一瞬後にシャツの端からひょいと飛び出した灰色の頭は、あまりにもどこからどこまで徹底的にイッケナム的で、あらためて彼に衝撃を与えた。

　今回は簡単な説明がありはしないかというかすかな希望が、突然彼のうちから生じた。新聞で読む、顕著な身体的類似の一例なのではないか。

「あー、あのー、あのーですが」彼は訊いた。「あなたはもしや、イッケナム卿という名の方をご存じではありませんか？」

「イッケナム卿ですか？」熟練のアクロバット師のように礼服のズボン内にジャンプしながら、イッケナム卿は言った。「ええ、会ったことがあります」

「あなたは驚くほど彼に似ていらっしゃいませんか？」

　イッケナム卿はしばらく答えなかった。彼はネクタイを締めているところで、またこういう時、ディナーの席で最善の姿を見せようと熱望する良心的な男は、この仕事に関心を集中するのである。ただいま彼の眉間のしわは消え、再び彼はいつもの愛想のよい人物となった。

「申し訳ないが、もう一度お願いします。何とおっしゃいましたかな」

「あなたとイッケナム卿は瓜二（うりふた）つではありませんか？」

彼の話し相手は驚いたようだった。

「いえ、これまでそんなことは誰にも言われたことがありませんな。イッケナム卿は長身痩軀ですし——私は肥満短軀ですから……」

「短軀ですか？」

「かなり短軀です」

「そして肥満ですって？」

「ごく肥満しております」

低くハッと息を呑（の）む音がホーレス・デヴンポートから発された。それは、あのかすかな希望が消えゆく音だったのかもしれない。その音を聞いて彼の話し相手は彼を鋭く見つめた。また、そうしながらイッケナム卿の態度は変わった。

「失礼ながら」彼は言った。「あなたがおっしゃったことの要点を、見逃したのではないかと思うのです。伯父上からあなたの症状について伺っていたにもかかわらず、許しがたいことです。公爵は今夜ホールであなたがどんなふうに私の娘と甥をご友人と見間違えたか、またロンドンのダンスパーティーで見かけた男が公爵の秘書のバクスター氏だとお考えだというようなことも伺っておりました。この種のことが起きたのはこれが初めてですか？」

「ええ」

「そうですか。幻覚メタボリスは突然起こるのです。何か説明は思い当たりますか？」

ホーレスはためらいを見せた。彼は自分の秘められた恐怖を言葉にすることを躊躇（ちゅうちょ）していた。

「えー、思うんですが……」

「ええ」

「精神異常は遺伝しますか?」

「その可能性はあります」

「鼻は遺伝しますね」

「確かに」

「僕の鼻は代々一族に伝わっています」

「そうなのですか?」

「ですから、考えていたんですが、頭のおかしい伯父がいたら、人はそれを受け継ぐものでしょうか?」

「必然的にそうだとは申しませんが。とはいえ、伯父上はどれくらい頭がおかしいのでしょうか?」

「かなりおかしいです」

「わかりました。あなたのお父上にもそうした構造的弱点はおありでしたか?」

「いいえ。父は大丈夫でした。日本の版画を蒐集(しゅうしゅう)してました」思い出して、ホーレスは言い足した。

「ご自分が、日本の版画だとは思ってらっしゃらなかった?」

「いいえ、そんなことはありません」

「ならば結構。本当に不安に思われる必要はないと確信いたします。我々は皆、おそらくは心配事によってもたらされた何らかの軽微な神経の傷に悩まされているのだと確信するものです。最近何か心配事はおありでしたか?」

その質問はホーレス・デヴンポートに、予定よりはるかに大きな影響をもたらした。彼はこの話し相手を、あなたは話の半分も知らないのだ、というように見つめた。

「あります!」

「ありますか?」

「ええ、ありますとも」

「それならば、必要なのは長い航海の旅ということになりますな」

「だけど、なんてこった。僕は船酔いがひどいんです。セカンドオピニオンをお願いしたら、お気障りでしょうか?」

「是非どうぞ」

「別の医師はボーンマスかどこかに行けと言うだけかもしれません」

「ボーンマスでも結構ですよ。ここには車で来ていらっしゃるのでしょう? ならば夕食後、さよならを告げる緊張を経ることなく、静かにそっと抜け出してロンドンに向かわれることをお勧めします。ロンドンに着いたら、何であれ必要そうなものを荷造りしてボーンマスに向かい、そちらに滞在されることですな」

「それで大丈夫だとお考えなのですね?」

「もちろんですよ」

「もう一点質問です。ロンドンで一回だけ、キツい、元気の出る飲み騒ぎをすることに医学的な反論はおありでしょうか? おわかりいただけますか」ホーレスは少し弁解するふうに言った。「あれやらこれやらで、自分を脱ぎ捨てたい気分なんです」

イッケナム卿は彼の肩をポンポン叩いた。

「親愛なる若者よ。それこそわが職業にある者誰もが推奨（すいしょう）することに他なりません。もしや、メイクイーンという名の飲み物をご存じではいらっしゃいませんかな？　その正式名称は『明日は一年中でいちばん狂熱的で、いちばん陽気な日。なぜならお母さん、私は五月の女王になるんだから、私は五月の女王になるんだから』［テニスンの詩「メイクイーン」］というのですよ。気の利かない名前で、日常会話の便宜がため縮めて呼ばれるのが普通です。ベースは何でもよろしいから上等の辛口（からくち）のシャンパンに、リキュールブランデー、アルマニャック、キュンメル、イエローシャルトリューズと強い黒ビールを好みで加えるのです。私が自分であれを試してからだいぶ経（た）ちますが、どれほど強烈な気鬱（きうつ）も軽減してくれること間違いなしと推奨できます。ああ！」なめらかで心地よいゴーンという響きが階下より聞こえてくるとイッケナム卿は言った。「ディナーだ。下に参りましょう。訪問初日から夕食に遅刻したくはないでしょう。印象が悪いですからな」

11. 秘密の暴露

ディナーが終わったらすぐ、甥(おい)のポンゴを探しだして元気の出る激励の言葉を贈ってやろうというのがイッケナム卿の意図するところだった。だが女主人との長い会談は彼を長らく居間に滞留させたから、両者間で公爵の問題が徹底的に論じ尽くされた後になってようやく、彼はその場を辞去することができた。やがて彼はポンゴ青年がビリヤード室でソリタリーキャノンを練習しているのを見つけた。

ディナー時のポンゴの態度物腰は伯父(おじ)ならびに共犯者仲間を心配させるものだった。大饗宴(だいきょうえん)に向かう全盛期のソロモンとて、その壮麗さにおいて彼を越えることはなかったろうが［『マタイによる福音書』六の二八―二九］、しかし疑問の余地なく、ソロモンの方がもっと幸福に見えたであろう。ポンゴのネクタイは適切だったし、シャツも適切、靴下も適切だった。また彼のズボンの折り目はまさしく眼福(がんぷく)以外の何物でもなかった。しかし、その日一日中顕著であった、猟犬の群れに囲まれ最善最高の人々に追跡されるキツネと彼との類似性は、ますます顕著さを増していた。

したがって、イッケナム卿が今繰り出そうとしているのは、陽気で、心鼓舞(こぶ)する言葉だった。彼の眼前のこのぐったりしおれた物体が、できる限りの元気づけと激励を必要としていることは明らかだった。

「さてと、わが若き陽光のひらめきくん」彼は言った。「我々の表情から、すべてがそよ風のごとく良好に運んでいると感じていることが見て取れるな。君はホーレスをうまいこと騙(だま)くらかしたと聞いているぞ」

ポンゴは一瞬顔を明るくした。クリスピアンの名が言及されるのを聞いたアジャンクールの帰還兵の顔が輝くようにだ［『ヘンリー五世』四幕三場］。

「ええ、ホーレスの奴はうまいこと騙してやりましたよ」

「そのようだな。君は見事なサンフロワというか冷静沈着な態度にて行動したようだ。君を誇りに思うよ」

「だからって何になります?」再び憂鬱(ゆううつ)に沈み、ポンゴは言った。「長くは続きませんよ。ホーレスみたいな奴だって、一旦(いったん)は困惑しても、そのうち考え始めて核心に突き当たるはずです。伯父さんを見た瞬間に——」

「奴はもう俺を見た」

「なんてこった！　何が起こりました?」

「我々は長く興味深い対談をした。またホーレスがただちにこの城を立ち去ってボーンマスに向かい、チョウチョウが花にとまるがごとく、途中ロンドンにちょっぴり立ち寄って、のどの奥の奥まで酒浸りになるところだと報告できることを嬉しく思う」

近時の出来事の詳細を熱心に聞いていたポンゴは、渋々よろこんだ様子だった。

「そうか、それならなんとかなりそうですね」彼は言った。「ホーレスをこの城から放り出すのは何より結構です」

　彼の口調は、イッケナム卿を傷つけた。

「君はまだ陰気なようだな」非難するげに彼は言った。「この話を聞いたら、君は部屋中を踊って回って、小さな両手をパチパチ打ち合わせてくれるものと思っていた。レディー・コンスタンスがまだ君の心配の大元だと、そういうことかな?」

「それとあのバクスターという奴です」

　女主人とメガネの秘書の名を聞くと、イッケナム卿は軽蔑のそぶりで手を振った。

「コニーとバクスターなんかをどうして苦にする？　ゴリラだったら二人ともベロベロ舐めてやってるところだ。彼女が君に何をした?」

「何をしたというわけじゃあないんです。実のところ、とても愛想はよかったです。でも僕の情報提供者の言ったことは正しかった。今のところどんなにもの柔らかな態度でいようと、彼女は二十一分茹であげた固ゆで卵で、いつ何時機能開始するか知れないって気分にさせる女性なんです」

　イッケナム卿はうなずいた。

「君の言いたいことはわかる。火山にもそういうところがあるし、俺の行った幼稚園の園長先生がまさしくそんなふうだった。無論卒園してから何年も経つが、それでも彼女のことは鮮明に思い出せる。あの優しく穏やかな顔……甘くささやきかける声……だがいつだって、音楽作品の中で耳から消えないいきしみ音のように、いつ何時こぶしの上をものさしでぴしゃりと打ち付けてきやしないかって気配が潜んでいるんだ。バクスターはどう気障りなんだ?」

「僕の仕事のやり方について質問を続けてくるんです」

「ああ、二人の秘書が寄り集まって、職場情報を交換する。そういうことはあるだろうな」

「だったら前にそう注意してくれたらよかったんです。あの男は僕をぞっとさせるんです」

「奴は邪悪な人物だと君は思うんだな？　俺も同じことを思っていた。プラットホームで話した時、あの青年について完全に満足がいったわけじゃない。自分のことをサー・ロデリック・グロソップだと思い込んでいる哀れな男について説明した際、あの男の態度にはちょっと皮肉げなところがあったように思う。我らが友人ボシャムの持つノルマン人の血を受け継がぬあの男には、詩人がさらにもっと高位に位置づけるあの質朴な信じる心も不足しているってことをほのめかす、わずかな何かしらがだ［テニスンの詩「レディ・クララ・ヴェレデヴィア」］。愛するポンゴよ、俺の見たところ、バクスターは疑っている」

「だったら僕はここから逃げ出さなきゃ！」

「不可能だ。ポリーが公爵の心を虜（とりこ）にしなきゃいけなくて、君が彼女の隣で心奮（ふる）い立たせ、激励してやらなくちゃ、失敗するに決まってるってことを忘れたのか？　君の騎士道精神はどこへ行った？　君はアーサー王の円卓に着くにふさわしい男だろうが」

　押しどころはよかった。ポンゴはそうですね、聞くべきところは多いですと言った。イッケナム卿は、ポンゴがその鋭い頭脳の精華をよくよく傾注すれば、その結論に至ることはわかっていたと言った。

「よし」彼は言った。「我々はもう鋤（すき）に手を掛けた。剣を鞘（さや）に収めるわけにはいかない。だが、忘れていたことがあった。君は我々の活動のこっちの側面については知らないんだったな。エムズワース卿はブタを飼っている。公爵はそいつを欲しがっている。エムズワース卿は公爵を拒絶したいが、できない。あいつのゆがんだ性格のせいで、もし拒絶したら火かき棒でこの館にどんな被害を加えないとも限らないからだ。だから、俺の助言に従い、伯爵は我々の戦略頼みでいる。俺は彼に我々はブタ小屋からブタを盗み出し、君の運転で野辺を抜けてイッケナムまで走り、そこで危険が去るまで身を潜めていられると約束した」

ポンゴ・トウィッスルトンが夜会礼装のために一旦整えた髪を、乱すことはそうはない。しかし今彼はそれをやった。彼の感情はあまりにも激しく、完璧に整えられたウェーヴを両手でかき乱さずにはいられなかったのだ。

「わっはっは！」

「わっはっはと言うのはやめるよう、ずっと言ってるはずだが」

「それが最新展開ですか。僕はクソ忌々しいブタの運転手になるんですね？」

「この状況を実に見事に約言してくれたな。フロベールにだってこれ以上上手くはできまい」

「そのクソ忌々しい計画に一切関わることを、全面的絶対的に拒否します」

「それが君の結論かい？」

「一語一句明確に」

「わかった。ふうん、残念だなあ。エムズワース卿は君に黄金の財布を褒美にくれるに決まっているのに。高い身分には義務が伴う。彼はどっさり金を持っているし、そのブタは彼が目の中に入れても痛くない宝物なんだ。また君には黄金の財布の使い途があったんじゃなかったかな？」

ポンゴは跳び上がった。彼はその角度からこの状況を見ていなかったのだ。

「ああ、そこのところは考えてませんでした」

「そこのところをじっくり考えるんだ。じゃあ、君がそれをしてる間に」イッケナム卿は言った。

「ビリヤードのやり方を教えてやろう。このショットを見てろ」

彼は目標のボールに輝く目を定め、ビリヤード台上にかがみ込んだ。と、そこで彼は振り返った。ドアが開き、何か殺人光線のようなものが自分に向けられていることに気づいたのだ。ルパート・バクスターがそこにいて、メガネ越しに彼を見つめていた。


有能なバクスターにもの言わぬ、鋼(はがね)のごとく冷酷な目をメガネ越しに向けられた者は、大抵、突然の不安に襲われ、足をもじもじさせてやましげに己(おの)が良心の中身を精査するものである。また良心にやましいところのない者とて、いささかはたじろぐのが普通である。しかしながらイッケナム卿は、平然としたままだった。

「やあ、バクスター君。私をお探しかな?」

「ほんの少しお時間をいただけたら嬉(うれ)しく存じます」

「何か私と話したいことがおありですかな?」

「もしよろしければ」

「私の職業的立場において相談がしたいというわけではないでしょうな?　幻覚妄想にお悩みというわけではありますまいな?」

「私は一度も幻覚妄想に悩まされたことはありません」

「そう、きっとそうでしょう。さてとお入りください。バジル、席を外してもらえるかな」

「お残りいただいて構いません」バクスターは陰気に言った。「私のお話しすることは、バジルさんにもご興味がおありでしょうから」

部屋の一番端っこに身を引いてカラーの内側に指を走らせていたポンゴは、もしこれまでに破滅の声を聞いたことがあったとするなら、それはこの時だと思った。彼にはこの秘書の態度物腰はものすごく脅迫的と感じられたから、伯父の感情の起伏の欠如に驚嘆した。イッケナム卿はビリヤード台に赤と水玉のボールを無造作に散らすと、難ショットを繰り出そうと構えていた。

「気持ちのいい夜ですな」彼は言った。

「ええ、とても。歩いてらして快適でしたか?」

「快適どころじゃあなかったですな。有頂天と」巧みにキャノンを決め、イッケナム卿は言った。「言った方がいい。きれいな空気、雄大な景色、ハイロードを放浪するジプシー気分、そして公爵との会話。これほど散歩が楽しかったことはないくらいですよ。ところで、公爵は私に、あなたのご到着時にいささか揉め事があったとお話しくださいました。公爵はホーレス・デヴンポートがロンドンのダンスパーティーであなたを見かけたと言ったという理由で、あなたに解雇通告をしたとおっしゃいました」

「そうです」

「今はすべて大丈夫ならよろしいのですが」

「ええ。公爵は誤った情報を伝えられたと知り、謝罪されました。私はまだ公爵の雇用下におります」

「それはよかった。こんな仕事は失くしたくはないでしょう。公爵秘書でいたら、ずいぶんとおこぼれも多いんじゃないですか。公爵でいるのと同じくらい結構でしょう。残念ながら、ここにいるバジルにはそうした精神的高揚の理由はありません。ただ普通の秘書に過ぎないのですから——バジルは」

「非常に奇妙な秘書だと、言わねばなりません」

「奇妙ですか？　どのような点が？　アンティグアの花婿殿の言葉を借りれば、お前の言うのは作法かい？　それとも奴の姿かい？［作者不詳のリメリック］」

「彼は秘書という職業の初歩の初歩も知らないようなのです」

「ええ、残念ながら哀れなバジルはあなたのような方には素人同然に見えるでしょう。あなたはエムズワース卿の秘書をされていたこともおありでしたね？」

「ええ」

ルパート・バクスターの浅黒い頰が紅潮を深めた。彼はエムズワース卿の秘書を何度も務めた。そしてその度に彼の雇用主は、事態の急変に助けられ、彼を放り出すことに成功してきたのだ。彼は成功したキャリアにおけるこれらの瑕疵を想起させられるのが嫌いだった。

「そしてそれ以前には？」

「私はヨークシャーの准男爵、サー・ラルフ・ディリングワースのところにおりました」

「あなたは社会的物差しの上をごく順調に上昇していらっしゃいますな」イッケナム卿は賞賛するように言った。「卑しい准男爵とどん底暮らしで始め――貧乏生活と、呼んでもいいでしょう――そこから伯爵、そして公爵ですよ。たいしたものです」

「ありがとうございます」

「いいえいえ。ディリングワースのことは聞いたことがあるように思います。変わった男ではありませんでしたか？」

「たいそう」

「象撃ち用の銃で、居間のネズミを撃っていたという話がありましたが」

「ええ」

「ご家族にはご心痛だったことでしょうな。ネズミにとっては、もちろんですが」

「それはもう」

「私をお呼びになればよかったのに」

「呼んだのです」

「何とおっしゃいました？」

「呼んだと申し上げました」

「記憶にありませんな」

「だとしても私は驚きません」

ルパート・バクスターは椅子（いす）の背に身をもたれて座り、両手の指先をコツコツ打ちつけていた。離れた地点から蒼白（そうはく）な顔で彼を見ていたポンゴは、もし彼の頭が違う形で、メガネをかけていなかったら、彼はシャーロック・ホームズに見えただろうと思った。

「私が本当のサー・ロデリック・グロソップに会ったことがあるのは、あなたにとって不運でした。汽車の中で彼に会った時、もちろん彼は私のことを忘れていました。しかし私は彼を直接知っていた。あの方はほとんど変わっていませんでしたよ！」

イッケナム卿は眉（まゆ）を上げた。

「あなたは私がサー・ロデリック・グロソップではないと、ほのめかしておいでなのですか？」

「そうです」

「わかりました。あなたは私が別人の名を騙っていると、そして別人のふりをして家内に侵入してレディー・コンスタンスのもてなしを不当に享受していると非難なさるのですね？　あなたは私がなりすましのペテン師だとあえてご断言されるのですね？」

「そうです」

「それであなたのおっしゃることが、どれほど正当であることか、ご友人！」イッケナム卿は言った。「おっしゃるとおりですよ」

ルパート・バクスターは相変わらず指先をコツコツとぶつけ、いまだかつてメガネが通過させることを求められたことがないような厳しい凝視をメガネ越しに発していた。しかしそうしながら、彼はある種の単調さを感じていた。彼の意見では、仮面を剝がれた罪人とは、目の前のこの男よりも事態をもっとずっと重く受けとめるはずではないのか。イッケナム卿は今、鏡に映った自分の姿を覗き込み、口ひげをいじくっている。内心では世界の底が抜け落ちたように感じているのかもしれないが、そうは見えない。

「あなたがどなたかは知りませんが――」

「フレッド伯父さんと呼んでください」

「あなたのことをフレッド伯父さんなんて呼びませんよ！」ルパート・バクスターは乱暴に言った。

彼はポンゴをちらりと見て、冷静を取り戻した。そこには仮面を剝がれた罪人が、仮面を剝がれた罪人のかくあるべき姿でいた。

「さてと、そこまでです」落ち着いてくると、彼は再び言葉を続けた。「誰か別人のふりをする時にあなたの冒(おか)している危険は、その人物の外見を知っている者に出くわすかもしれないということです」

「陳腐(ちんぷ)だがそのとおりだ。私の口ひげはこうしたほうがいいかな？　それともこちらのほうが？」

　ルパート・バクスターのイライラした身振りは、自分は復讐(ふくしゅう)の神ネメシスであって男性ビューティーコンテストの審査員ではないのだと言いたげだった。

「おそらく地元の汽車の時刻表にご関心がおありでしょう」彼は言った。

「牛乳列車はありますか？」初めて口を開いて、ポンゴが訊ねた。

「あると思いますよ」彼を冷たく一瞥(いちべつ)し、バクスターが言った。「ですがきっとあなた方は朝八時二十分の汽車にお乗りになりたいことでしょう」

　イッケナム卿は困惑した様子だった。

「あなたは我々がこの家を去ると、お考えのご様子だが」

「私はそう考えています」

「あなたは我々のささやかな秘密を尊重してはくれないのですか？」

「ただちに秘密を暴露するつもりです」

「我々がここにスプーン泥棒にやってきたわけではなく、愛し合う二つのハートをなんとかするためにやってきたのだと請け合ってもですかな？」

「あなた方の動機に興味はありません」

　イッケナム卿は口ひげに思慮深げなひねくりを加えた。

「わかりました。あなたは冷たい男だ、バクスター」

「私は義務を果たしているだけです」

「常にではないでしょう？　ロンドンでのどんちゃん騒ぎはどうなんです？」

「おっしゃることがわかりませんが」

「話すつもりはない、と？　とはいえあなたはご自分がアルバートホールのボヘミアン舞踏会に行ったことはご存じでしょう。ホーレス・デヴンポートがそこであなたを見た」

「ホーレスですって！」

「そうだ、今この瞬間は、ホーレスが言ったことが証拠にならないとは認めましょう。だが、なぜ証拠にならないのでしょう、バクスター？　彼が今夜、人違いを二回続けてするのを見た後で、彼があなたを見たのも勘違いだったにちがいないと公爵が思ったからです。公爵は自分の甥っ子が幻覚妄想を患っていると思った。だがあなたが私を告発したら、私の娘と甥っ子は、本当は自分たちは彼が思ったとおりの人物だと証言するでしょうし、そうしたらホーレスは幻覚妄想を患ってなどおらず、またあなたをダンスパーティーで見たと言った時、本当にあなたをダンスパーティーで見たのだということが公爵にははっきりわかるでしょう。となるとあなたはどうなります？」

　彼は言葉を止めた。そして背後ではポンゴが水を得た花のように息を吹き返した。これまでの実に明快な事実の暴露の間、彼の双眸には伯父を見るときにはごく稀有であるところの、崇拝と讃美の色が差し入っていた。

「やったあ！」畏怖の念を込めて、彼は言った。「八方塞がりだ」

「俺もそう思う」

　ルパート・バクスターのあごは頑丈で角ばったあごで、そうやすやすとは落っこちなかった。しかしそれは鋼（はがね）のごとき筋肉が弛緩（しかん）したかのように、まごうかたなく震えていた。また、ぐいとあごを引き上げはしたものの、メガネの内側の目には失望があった。

「そんなことになるものか！」

「バクスター、昼の次に夜が来るように［『ハムレット』一幕三場］、そういうことになるんだ」

「私は否定する――」

「それが何になる？　俺は公爵を長いこと知ってるわけじゃあないが、それでも奴が頑強で断固たる人物だってことがわかる程度には知っている。英国の屋台骨だ。一旦（いったん）こうと頭に思い込んだら、どう否定されたってそいつを捨てない。君の雇用主と君との間に存在する友好関係を危険にさらしたくなければ、俺なら考え直すな、バクスター」

「絶対的にだ」ポンゴが言った。

「俺なら考え直す」

「全力でだ」

「となると、我々と君とは一蓮托生（いちれんたくしょう）だってことがわかるはずだ。君は自分の仮面を剝（は）がさぬことには我々の仮面を剝がせない。だが我々は仮面を剝がされたって、剛腕の家事使用人に放り出される一時的な不快を被（こうむ）るだけだが、他方、君はその素敵なポストを失い、また准男爵連中とのおつきあいに戻らなきゃならない。それに次が准男爵だなんて、どうしてわかる？」イッケナム卿は言った。「恥知らずのナイトかもしれないんだぞ」

彼は秘書の腕に優しく手を置き、ドアへといざなった。

「本当に思うんだが」彼は言った。「我々はお互いに不干渉主義で行ったほうがいい。我々のモットーはあの偉大なるポゾール王〔フランスの作家ピエール・ルイスの小説『ポゾール王の冒険』に登場する怠惰と快楽を好む架空の国トリフェームの王〕のもの――汝の隣人を傷つけるなかれ――だ。人生を快適に過ごす唯一の方法だな」

彼はドアを閉めた。ポンゴは深く息をついた。

「フレッド伯父さん」彼は言った。「こう認めるにやぶさかでないんですが、僕は伯父さんのことを心配した時もありました――」

「ヴァレー・フィールドでのあの午後のことかい？」

「どちらかというと、ドッグレースの日のことを考えてました」

「ああ、そうだった。あそこではちょっとしくじったな」

「ですが今回、伯父さんは僕の命を救ってくれた」

「愛する坊やよ。照れるじゃないか。何でもないことだ。俺の目標はいつだって甘美と光明を振り撒（ま）くことなんだからな」

「あいつ、面食らった顔をしてましたよね？」

「あんなに面食らった顔をした秘書も少なかろう。もう奴は使い物にならないと見ていいだろう。ではさてと、坊や。よろしければ君を置いてでかけなきゃならない。十時ごろおしゃべりに部屋に立ち寄ると、公爵と約束したんだ」

12・秘書と卵

腹を割った話し合いの結果、我が策謀を公然と暴露せんとのルパート・バクスターの意図を完全に放棄させたと考えた点で、イッケナム卿は正しかった。しかしながら鋼鉄ブチのメガネの向こう側の彼が使い物にならなくなったと想定した点で、彼は誤っていた。バクスターの帽子はまだリング内に置かれていた。ブランディングズ城には彼が何でも打ち明けられる熱狂的な盟友がいたのだ。ビリヤード室を立ち去ってものの五分も経たないうちに、彼は彼女の私室に向かっていた。

「少々お話をしてもよろしいでしょうか、レディー・コンスタンス?」

「かまいませんわ、バクスターさん」

「ありがとうございます」秘書はそう言い、椅子に座った。

レディー・コンスタンスが穏やかな幸福感に満ちた気分でいるのに、彼は気づいた。居間でコーヒーをいただきながら、彼女はあの著名な神経の専門家であるサー・ロデリック・グロソップと長い会談を持ったのだ。そして公爵に関する彼の見解は、よろこばしいことに、彼女のそれと完全に一致していた。何かしらの手段がただちにとられねばならないという彼女の意見に彼は賛成したが、公爵閣下を卵を持たせてもどうしていいかわからない人物にするためには、ごく簡単な治療が必要なだけだと請け合ってもくれた。

また彼女はサー・ロデリックの心和らげる発言のいくつかを胸の裡で反芻し、なんと気持ちのよい人物であったことかと考えていた。と、その時バクスターが入ってきたのだ。そして一分もしないうちに、つまりバクスターは決して物ごとを遠回しに言わない人物であったから、あたかもそこが居間で、鞭のような形状の火かき棒を手にした古い友人といっしょにいるかのように、彼女の心の平安は徹底的に粉砕されてしまったのだった。

「バクスターさん！」彼女は叫んだ。

こんな荒唐無稽な話を他の誰から聞いたとしても、彼女は眉を上げ、人を萎縮させるひと睨みを放っただけであったろう。しかしこの人物に対する彼女の信頼は幼子のまったき信頼であった。彼の人間性の強烈さは、彼女自身が強烈な人間性の持ち主であったにもかかわらず、常に彼女を完全に支配してきたのである。

「バクスターさん！」

秘書は彼女のこうした反応を予想していた。このような感情の突発的衝動は、映画界においては「クイックテイク」として知られている。またこの状況では当然だと彼は思った。厳粛な沈黙を維持し、彼はそれが過ぎ去るのを待った。

「確かですの?」

鋼鉄ブチのメガネの閃きが、ルパート・バクスターは確かなこと以外発言しない男であると彼女に告げた。

「彼は自分でそのことを認めたのです」

「ですが、あの方、本当に魅力的でしたわ」

「当然でしょう。魅力はあの手の連中の商売道具ですから」

レディー・コンスタンスの理性はこの状況に対応し始めていた。結局のところ、ブランディングズ城になりすましのペテン師が入り込むのはこれが初めてではないのだと、彼女は思い起こした。たとえば甥のロナルドのコーラス・ガールはアメリカの大富豪の娘に扮してやってきた。また他にも例はあった。憂鬱な気分の時、彼女の来客リストはほぼ全員なりすましだけで構成されているのではないかという、陰気な見解に与してもいいのではないかと考えるくらいである。ブランディングズ城には、マタタビがねこを惹きつけるように、ペテン師たちを惹きつける何かがあるようだった。

「彼は自分でそれを認めたとおっしゃるんですか?」

「そうする他なかったのです」

「それなら彼はこの家をもう立ち去ったのですね?」

ルパート・バクスターの態度に、居心地の悪げな気配が忍び入った。彼のメガネはチラチラ揺らめいているかのように見えた。

「それが、そうではないのです」彼は言った。

「そうではないですって?」驚愕して、レディー・コンスタンスは叫んだ。ペテン師とは、彼女が思うより頑丈なものらしい。

「困難が生じたのです」

誇り高き男にとって、悪党に八方塞がりに追い詰められたと告白することが愉快であったためしはない。また事情を物語るルパート・バクスターの態度に喜びは皆無であった。しかし、いかに苦痛であろうとも、彼はそれを明晰に語り下ろした。

「公然の行動というようなことをするのは不可能なのです。そうすれば私はこのポストを失うことになりますし、このポストは私にとって非常に重要なのです。究極的には私は公爵の代理人として、閣下の財産すべてを管理する立場につきたいと考えています。あなた様が私の経歴を危険にさらすようなことはなさらないと、ご信頼申し上げられるとよろしいのですが」

「もちろんですわ」レディー・コンスタンスは言った。この人物の立身出世を邪魔しようなどとは、一瞬たりとも思いもよらぬことだった。それでもなお、彼女は心悩ませた。「でも、それでは何もしようがないということですの？　あたくし達はあの人がこの城で好き放題に略奪するのを放置するよりほかないんですの？」

　この点で、ルパート・バクスターは彼女に請け合っていいと考えた。

「彼は盗み目的でここにいるのではないのです。彼はホーレス・デヴンポートをあの娘と結婚させようと目論んで、ここに来たのです」

「何ですって！」

「そんなようなことを言っていました。彼がペテン師だとわかっていると告げた時、自分はスプーンをくすね盗りに来たのではなく、彼が『愛し合う二つのハートをちょっと何とかしてやろうと』と述べるところのことをしにやって来たのだというような、ふざけたことを言っていました。その時には彼の発言の趣旨がわからなかったのですが、パディントン駅であの連中を見かけて以来心の隅に引っかかっていたことを今、思い出したのです。どこかであの娘を見たことがあるというう っすらした思いがずっとしていたのですが、ようやく思い出しました。彼女はあのダンスパーティーで、ホーレス・デヴンポートといっしょでした。これですべてが明瞭に見えてきたというものです。おそらくロンドンで、彼女は彼に決定的な決断をさせることができなかったのでしょう。それで彼と彼女を結婚させるような状況をこしらえようという希望のもと、彼について来たのです」

　この計画の悪魔的な狡猾さに、レディー・コンスタンスは慄然とした。

「でも、あたくし達に何ができまして？」

「説明申し上げたように、私自身には何もできません。しかし、あなた様から公爵に、甥御さんが悲惨な結婚に誘い込まれる寸前だとほのめかされたら――」

「ですが公爵はそれが悲惨な結婚かどうか知らないんですのよ」

「つまり公爵はあの娘が神経の専門家、サー・ロデリック・グロソップのご息女だとの印象の下にあるとおっしゃるのですね？　ですが、それなら一層好都合です。公爵は階級差の存在にきわめて敏感な人物でいらっしゃいますし、ご自分の甥の令夫人に、神経の専門家の令嬢はまったく相応しくないとお考えになられると思います」

「ええ、そうですわね」顔をパッと明るくして、レディー・コンスタンスは言った。「おっしゃることはわかりますわ。ええそうですわ、アラリックはいつだって完全無欠のスノッブですもの」

「おっしゃるとおりです」発言の趣旨が伝わったことを喜びつつ、バクスターは言った。「あなた様があの方に働きかけるのは難しくはないはずと、確信しています。ではこの一件はあなた様にご一任ということで」

　一人になってみて、レディー・コンスタンスの当初の感情は安堵だった。そしてしばらくの間、この安堵を揺るがすものは何もなかった。いつもながらルパート・バクスターは持ち前の有能さですべてをあるべき位置に定め、見事な明瞭さで問題の解決策を指摘した。いつもながら、バクスターのような人は誰もいないと、彼女は感じた。

しかし次第に、彼女の心を支配する彼の人間的磁力が遠ざかってしまうと、彼女の中では不安がふくれ上がってきた。ブランディングズ城に現在いるペテン師たちは、城内の数々の貴重品目当てではなく、ただホーレス・デヴンポートにモーニングコートと礼装用ズボンを着せて祭壇前に至らせようという任務遂行がためやってきたのだとの説はもっともらしくはあるが、彼女はどんどんそれが信じられなくなってきた。

レディー・コンスタンスにとって、ペテン師とはそうしたものではなかった。彼女の見るところ、連中はロマン主義というよりは実利主義で、婚礼の鐘よりは宝飾品を好む。彼らは実際に『エデンを渡る声』［結婚式で歌われる賛美歌。ジョン・キーブル作］を軽蔑はしないかもしれないが、しかし彼らの価値の物差しにおいて、それはダイヤモンドのネックレスにはるかに劣後するのである。

彼女は狼狽して椅子から立ち上がった。何事かがただちになされなければならないと思ったのだ。無論、不安の中にあってすら、ルパート・バクスターを探し出して議論して彼の意見を変更させようとは、彼女は思いもしなかった。人はルパート・バクスターとは議論しない。彼の言ったことは彼の言ったことであり、人はそれを受け入れねばならないのだ。彼女が欲したのは自分の話を聞いて恐怖を鎮めてくれるか、破滅を防ぐ方法を提案してくれる、心落ち着く信頼できる人物だった。そしてたまたまだいまブランディングズ城には、おそらくかつてフォックスハウンド犬に「ヨーイックス」と言った中で一番信頼できる人物が滞在していた。

その人物はその上、心落ち着かせてくれる人物でもあるかもしれないとの希望を胸に、彼女は甥のボシャム卿を求めて部屋を飛び出した。

一方ルパート・バクスターは、直面することを余儀なくされた精神的緊張の後には新鮮な空気が必要と感じ、部屋を出て星の下をそぞろ歩いていた。さまよい歩くバクスターの足は、ガーデンスイートの外にあるビロードのような芝生へと彼を誘った。眉間（みけん）にしわを寄せ後ろ手に手を組んでそこを行ったり来たりしながら、彼は思考に没入した。

レディー・コンスタンスに対し、本状況下で緊急に決定的な行為が必要とされる事柄において自分にできることは何もないと認めたことは、ルパート・バクスターを立腹させ、自尊心を傷つけていた。さらに、八方塞（ふさ）がりに追い込んだというポンゴの発言は、依然毒矢のごとくバクスターの胸でうずいていた。ルパート・バクスターは地底世界のクズ連中に八方塞がりに追い込んだ呼ばわりされることに、慣れてはいなかった。己（おの）が人間性を表現できる方法はないのだろうか、己が存在を思い知らせる術（すべ）はないのだろうかと、彼は自問し続けた。彼は脳みそを活発に動かし、この問題に集中した。

偉大な頭脳が活発に活動する時、音楽の演奏がその活動を大いに助けることはままある。あるいは別の言い方をすれば、思考者は思考しながらしばしば口笛を吹く。ルパート・バクスターもそれをした。またその目的がためには、いつも彼はお気に入りの、『うるわしのロッホローモンド』を選曲したのであった。

もし彼がこれほど集中していなければ、第四小節あたりで、通過したフランス窓の背後で何やら活発な動きが起こり始めていることに気づいたろう。それは静かに開き、白い口ひげ付きの頭がこっそり覗(のぞ)いていた。しかし彼は集中しており、したがってそれらは目に入らなかった。彼は芝生の端に到着し、悠久の歴史を刻んだ太古の芝生にかかとを擦(こす)りつけ、回れ右をした。きっちりした歩みを再開し、彼は再びフランス窓へと近づいていった。

彼は今や、歌っていた。彼は快いテノールの持ち主だった。

「君は上の道ゆきて
われ下の道ゆかん
スコットランドにて君を待たん
もはやかの湖畔にて
まみえる日のあらざれば」

白い口ひげの人物を、星の光が照らした。

「うるわし、うるわしロッホローモンド――」

何かが夜の空気をビュっと切り裂いて飛び……ルパート・バクスターの頬(ほお)に衝突し……ねばつく廃墟(はいきょ)をこしらえ拡がった。

そして同時に、ガーデンスイートより、突然、強靭(きょうじん)な男が苦痛に苛(さいな)まれる鋭い叫び声がしたのであった。

ビリヤード室を立ち去ってからおそらく一時間半ほどの後、イッケナム卿は再びその部屋へと戻った。ポンゴはまだそこにいたが、一人ではなかった。ボシャム卿がいっしょで、ハンドレッドアップに誘われたのだ。イッケナム卿の見るところ試合は終わりに近づいており、先ほどの出来事に勢いづいたポンゴは見事なキューさばきを見せていた。彼は椅子に座り、礼儀作法を尊重して対戦終了を黙って待った。

ボシャム卿は上着を手に取った。

「いやあ見事な戦いぶりでした」彼は優雅に言った。雄々しき敗者である。「実にいい試合でした。たいへん愉快でしたよ」彼は言葉を止め、不審げにイッケナム卿を見た。後者は舌をチッと鳴らし、非難するふうに首を横に振っていた。「へっ?・」ボシャム卿は言った。

「物事の皮肉に思い当たっただけですよ」イッケナム卿は説明した。「悲劇がこの城に静かに近づいている。医師が電話で呼ばれ、病室が準備され、冷湿布が用意された。そしてここでは二人の若者が無頓着(むとんちゃく)にビリヤードに興じている。ローマが焼け落ちる間にバイオリンを弾いているようなものですな」

「へっ?・」ボシャム卿がもういっぺん言った。今回はこの語により一層の重みを与える「何ですって?・」を付け加えてだ。イッケナム卿の発言は彼には不可解だった。

「誰か病気なんですか?・」ポンゴが訊(き)いた。「バクスターじゃないですよね?・」彼は続けて言った。彼の声には希望の色があった。

「バクスターが実際に病気だとは言わないが」イッケナム卿は言った。「精神に大いに傷を負ったことは間違いない。左の頬骨（ほおぼね）に卵をぶつけられましてな。とはいえ、石鹸（せっけん）とお湯とで、もう大丈夫になっている頃でしょう。はるかに深刻なのは公爵閣下の症状です。卵を投げたのは閣下で、私の信ずるところアメリカではスープボーン（利き腕）として知られる箇所の柔軟性を過大評価し、肩を脱臼されたのです。私は閣下の腕を包帯で吊って、大麦湯を飲ませてきたところです」

「なんと！」ボシャム卿が言った。「公爵にはなんとご不快なことでしょう」

「ええ、その件で心弾（はず）ませておいでのご様子はなかったですな」

「とはいえ」明るい側面を指摘し、ポンゴは言った。「公爵はバクスターに命中させたんですね」

「ああ、ぺしゃんこにな。今宵これほどの射撃の腕前を披露されて、私の公爵に対する尊敬の念は大いに増大したと告白せねばならない。口さがないことを何と言おうと、われらが古（いにし）えの貴族には優れたところがある。闇夜に移動中の秘書に卵をぶつけるなどという芸当が、トロツキーにできたはずはないと私は思いますな」

　ボシャム卿の脳裡（のうり）に浮かび上がってきたことがあった。彼の脳裡はどちらかというと動きの鈍い脳裡だが、彼なりのやり方で肝心要（かなめ）のところにたどり着くのである。

「どうしてダンスタブル親爺（おやじ）は、バクスターに卵をぶつけたんです？」

「そこのところをお知りになられたいだろうと思っておりましたよ。事態はギリシャ悲劇の必然性を以って、最高潮に向かい動くのです。ブランディングズ城の庭師の中に『うるわしのロッホローモンド』をとりわけ愛好する者がいたようで、公爵の部屋の窓の外でその曲を口笛で吹き、また歌っていたのですな。その結果、後者はカゴ一杯の卵を用意して待機する次第となっておったのです。

今夜、私には説明のつかない何らかの理由で、バクスターが代役を務めたのです。公爵と私はガーデンスイートで、あれこれおしゃべりをしておりました。と、突然彼の声が聞こえてきて、すると公爵は曲芸アシカみたいに戸棚に飛び込み、卵を腕に抱えて出てくると、そいつを投げつけだしたのです。閣下が特にこの曲に対する根深い嫌悪の念をお持ちだということを説明しておくべきでした。閣下の繊細な耳はあのなかなか斬新な押韻――『ロッホローモンド』と『君を待たん』に不快を感じられるのですな。とはいえ、私がこの件をもっと深く考えておれば、警告申し上げたことでしょうに。閣下のご年齢で卵を投げたら――」

ドアが開き、イッケナム卿の発言は中断された。レディー・コンスタンスが入ってきた。ボシャム卿が下等な仲間と同席中であるのに気づくと、彼を見て彼女が発した安堵(あんど)のため息は消え去った。

「んっまあ！」不快な同席者達を嫌悪の念を隠しもせずに見やり、彼女は言った。そして威力全開の彼女の睨(にら)みを初めて受けたポンゴは、ゼリーのごとく震え、後じさってビリヤード台にぶつかった。

イッケナム卿はいつもどおり、温和で魅惑的だった。

「ああ、レディー・コンスタンス。私は若者達に公爵の不幸な事故について話していたところです」

「そうなんです」ボシャム卿は言った。「親爺(おやじ)さんが前ひれをぶっ壊したってのは本当ですか？」

「閣下は肩をとても痛くひねっておしまいになられましたの」より適切な言葉を選んだ上で、レディー・コンスタンスはその点に同意した。「試合は終わったの、ボシャム？　だったらあなたとお話ししたいことがあるの」

彼女は甥を連れ出し、イッケナム卿は彼女を思案するげに見送った。

「おかしい」彼は言った。「彼女の態度は冷淡だったな？　彼女の態度の冷淡さには気づいたか、ポンゴ？」

「態度のことはわかりません。彼女の目はシューシュー音立てるくらいに熱かったですよ」依然として震えながら、ポンゴは言った。

「熱い目、冷たい態度……何か意味することがあるに違いない。結局のところバクスターが全部ぶちまけたんだろうか？　いや、そんな真似はすまい。客人が肩をバラバラになるくらい捻(ひね)って、医者やら何やら色んな厄介ごとにかかずらわらされた女主人の当然の反応に過ぎないんだろう。彼女のことはひとまず考えの外に置くとしよう。なぜって我々には他にもどっさり話し合わなきゃならないことがあるんだからな。まず最初に、ブタ盗み出し計画は、おしまいだ」

「へっ？」

「俺が大枠説明した件は憶(おぼ)えてるだろ？　君がエムズワースのブタをイッケナムまで車を運転して運ぶことで始まり、伯爵が大喜びで君の手に黄金の財布を押し付けるところで終わることになっていた。だが、残念だがそういうことはなしになった。憶えてるだろうが、エムズワースを締めつけていたのは、どんなに軽い一言一句にでも逆らおうもんなら、公爵がこの家を火かき棒でめちゃくちゃにするという事実だった。もちろん、この事故によって奴(やっこ)さんはしばらくの間、火かき棒相手の本気仕事はできなくなった。そこでこの好機を摑(つか)んだ策士(さくし)エムズワースは、奴にブタは渡せないと言い渡したんだ。だからもう伯爵はブタを盗み出すことを望んではいない」

ポンゴはこの説明を喜怒相半ばする思いで聞いた。全体的には、安堵(あんど)が勝った。黄金の財布が途(と)

轍（てつ）もなく役立ったであろうことは間違いないが、しかし、ブタといっしょに恐怖の一夜を過ごすよりは、お役御免の方がましだと彼は思った。多くの多感な青年と同じく、彼は人目を惹（ひ）くようなことには尻込みしたし、またブタを車に乗せてイングランド横断するくらいに人目を惹くこともないということを否定できるのは、人生の現実からあえて目を閉ざそうとする者だけだろう。

「うーん」考え終えると、彼は言った。「黄金の財布の使いようはあったでしょうが、残念かどうかは僕にはわかりません」

「残念がるかもしれない」

「どういう意味です？」

「別の厄介（やっかい）ごとが起こっている。そのせいで、我々がここに留まって手隙（てすき）の時間に現金を入手する方法を見つけることが、いくらか困難になるだろう」

「ああ、なんてこったただ。今度は何がまずいんです？」

「何かがまずいとは言わない。こいつはただの追加の障害物ってだけだし、我々は障害物は大歓迎なんだからな。障害は人を奮起させ、その者のうちなる最善のものを引き出すんだ」

ポンゴは地団駄（じだんだ）を踏んだ。

「何があったか言ってくれないんですか？」

「一言で言おう。ポリーのミンストレルボーイは知ってるな？　パンチの強い詩人だ」

「彼がどうしたんです？」

「まもなくここに来る」

「何ですって？」

「そうだ。そいつも一座の仲間入りだ。騒ぎと喧騒（けんそう）がおさまり、司令官と王様達――俺はエムズワースとコニーと医者のことを言っている――が立ち去った後［キプリングの詩「退場」への言及］、二人きりになったところで、公爵は俺に、エムズワースに目にもの見せてやるつもりだと打ち明けたんだ。あのブタは、絶対に自分に譲ると約束されたものだし、もしエムズワースが自分を裏切れると思ったら大間違いだと、奴は言った。公爵はあのブタを盗み出すつもりで、リッキー・ギルピンをここに呼んで実行にあたらせようとしている。俺の目の前で、奴はギルピンにただちにここに来いと命令する長い電報を口述したんだ」

「だけどもし彼が来てポットさんに会ったら、僕らはおしまいですよ。ああいう石頭な男は、ホーレスをごまかしたみたいにはごまかせませんせん」

「そうだ。だから俺はこれを障害と呼んだ。とはいえ、そいつはこの城に実際に滞在するわけじゃない。公爵の指示はエムズワーズ・アームズに宿を取れというものだった。奴はポリーには会わないかもしれない」

「まず無理ですね！」

「だいぶ無理そうだと俺も認める。それでもなお、我々は最善を願わねばならない。しっかりするんだ、愛するポンゴよ。肩をいからせ胸を張れ。小鳥たちが歌うように歌うんだ――ピーチク、パーチク、ピヨピヨピヨとな［一九三二年の流行歌］」

「もし僕の予定にご関心がおありでしたら、僕は寝ます」

「ああ、寝るがいい。よく休むことだ」

「休むですって！」

「眠るのが難しいと思うのか？　ヒツジを数えろ」

「ヒツジですか！　僕はバクスターとレディー・コンスタンスと頭のイカれた伯父さんたちの数を数えますよ。ハッ！」と、ポンゴは言い、部屋を出ていった。

イッケナム卿はキューを手に取り、もの思うげに白球をコツコツ叩いた。彼は少々困惑していた。バクスターとレディー・コンスタンスへの言及なら理解できた。彼を困惑させたのは頭のイカれた伯父さんたちへの言及であった。

レディー・コンスタンス・キーブルは、才能豊かな話し手であった。たとえ聴衆が甥っ子一人で、また彼がコミック紙のお笑いネタでさえ説明されずにはわからないような人物であったとしても、自分が話す事柄を明瞭に把握させるコツを心得ていた。あやうげなスタートの後、ボシャム卿はブラッドハウンド犬みたいに彼女の話を追いかけた。彼女が話し終えるはるか前に、彼はブランディングズ城がネズミではなく、なりすましのペテン師たちで溢れかえっていることを理解したのである。

彼の最初の言葉が、この事実を示していた。

「なんてこったホー！」彼は言った。「ペテン師ですって！」

「ペテン師よ」叩き込むようにレディー・コンスタンスは言った。

「なんてこったホー！　ホー！」ボシャム卿は言った。この状況の重大性をよくよく理解しているという証明を追加しながらだ。

沈黙がそれに続いた。ひたいの縦じわとピンク色の顔に浮かんだ緊迫した表情が、ボシャム卿が考えていることを示していた。結局のところ、こいつはあいつだったんだ！ そうじゃないかと思ったんですよ」彼は説明した。「彼があいつな訳はないと。でも今叔母さんのお話から、こいつがあいつだったってことがはっきりしました。あいつご本人だ、なんてこった！ いやあ、まいった！」

レディー・コンスタンスがこの種のことを許容する気分であることは滅多にない。また今宵彼女がさらされてきた精神的緊張の後、彼女はいつにも増して、こういう話を聞く気分ではなかった。

「あなた、何を言ってるの、ジョージ?・」

「結局のところ」自分の発言の趣旨が明瞭でなかったことを理解し、ボシャム卿は言った。「こいつはあいつだったってことなんです」

「ねえ、ジョージ」レディー・コンスタンスは言葉を止めた。言わねばならないのは辛かったが、言わねばならないと彼女は思ったのだ。「本当に、あなたってあなたのお父様そっくりの時があるわ」

「信用詐欺の奴ですよ」彼女の理解の遅さに辟易しながら、ボシャム卿は言った。「パークレーンで僕の財布を持って立ち去った人当たりのいい好人物の話はお忘れじゃあないでしょう」

レディー・コンスタンスの美しい目が見開かれた。

「まさか――」

「そうなんです。そのまさかです。間違いありません。駅で彼に会った時、僕が最初に思ったのは『なんてこったホー！ あいつだ！』でした。それから僕は『なんてこった、違う。あいつじゃない』と、自分に言い聞かせたんです。なぜなら叔母さんが彼は医学界の大立者だって言ったからです。でも今や彼は医学界の大立者ではないとおっしゃるわけですから――」

　レディー・コンスタンスは椅子の肘掛けに鋭く手を置いた。

「それでわかったわ！　バクスターさんは間違ってらっしゃるのよ」

「へっ？」

「バクスターさんは、あの人達がここに来たのはホーレス・デヴンポートをあの娘と結婚させるよう仕組むためだとお考えなの。あたくしには信じられない。あの人たちはあたくしのダイヤのネックレスを狙っているのよ。ジョージ、ただちに行動しなければ！」

「どう行動するんです？」ボシャム卿は訊いた。そして会談開始以来二度目となるが、レディー・コンスタンスはしばしばその頭を鈍器で殴りつけてやりたいと願う我が兄の思考過程と、彼のそれとの類似性を思い知らされたのだった。

「なすべきことはただ一つだわ。あたくし達は――」

「だけど、ちょっと待ってくださいよ。肝心のことをお忘れじゃあありませんか？　あの連中がペテン師だってわかったら、どうして地元の警察隊を呼ばないんです？」

「できないの。あたくしがそのことを考えなかったと思って？　そうするとバクスターさんがアラリックの所の仕事を失うことになるの」

「へっ？　どうして？　何を？　どの？　どこで？　どうしてバクスターは職を失うんです？」

　諸事情を説明するために貴重な時間を浪費せねばならないことにレディー・コンスタンスは苛立ったが、しかし彼女はそれをした。

「あ、ああ？」啓蒙を得て、ボシャム卿は言った。「ええ、わかりました。だけど別の仕事に就けないんですか？」

「もちろん就けますとも。でも彼はアラリックのところで働き続けることを強く希望しているの。だからあなたの提案は問題外よ。あたくし達は――」

「一つ言っときますが。僕はこれからしばらく銃を手離さないでいるつもりです。これは公式の宣言です」

レディー・コンスタンスは地団駄を踏んだ。椅子に腰掛けた女性が感銘力を伴ってそれを行うのは容易なことではないが、しかし彼女は、幼少期に彼女にヘアブラシの背でしばしば叩かれたものであった甥を効果的に黙らせるような仕方で、それをやり遂げた。大好きな銃についてさらに話を続けるつもりだったボシャム卿は、それを差し控えた。

「お願いだからあたくしの話を中断するのはやめていただけないかしら、ジョージ！　なすべきことはただ一つと言いました。あたくしたち、あの人達を見張る探偵を呼ばなければなりませんわ」

「ええ、もちろんですとも！」ボシャム卿の弟のフレデリック・スリープウッド、彼は今アメリカ合衆国で愛する妻の父親が製造する犬用ビスケットを販売しているのだが、彼と同じく兄の方も探偵小説の愛読者だった。そして何であれ探偵に関することは彼の心の琴線に触れた。「そいつでいきましょう！　それに探偵ならご存じじゃありませんか」

「あたくしが？」

「去年の夏に探偵がここに滞在してたんじゃなかったですか？」

レディー・コンスタンスは身震いした。甥の言及する人物の訪問は、いまだ彼女の記憶から消え去ってはいなかった。時々、午後の遅い時間、生命力が低下し、人々が奇妙な、病的な空想のとらわれとなりがちな時、彼女は彼の蠟で固めた口ひげを今も見ているかのようなまぼろしを見た。

「ピルビーム！」彼女は叫んだ。「あたくし、あのピルビームをもういっぺんこの家に入れるくらいなら、ベッドの中で殺された方がマシだわ。あなた、他に探偵は知らなくて？」

「僕ですか？　いいえ。どうして僕がそんな連中を知らなきゃならない……あ、待てよ、そうだ。知ってます」ボシャム卿は言った。「なんてこった、もちろん知ってますとも。ホーレスの探偵ですよ」

「ホーレスの探偵って何？」

ボシャム卿はしらばっくれた。遅ればせながら、もう少しで秘密を明かしてしまう寸前だったことに気づいたのだ。ロンドンからの車の中で、ホーレスが重たい魂の中身を打ち明けた時、私立探偵の雇用者としての活動については厳重な秘密を誓わせたのだ。

「いいえ、ホーレスの探偵って言ったのは、ちょっと不正確な言い方でした。婚約者の友達が、何かしたとかさせたとか何とかかってホーレスが話してくれた男のことです」

「それで、その人はそれをしたのね？」

「ええ、それをやったんです」

「じゃあ有能ってことかしら？」

「ええ、ごく有能ですよ」

「その人の名前は？」

「ポット。クロード・ポットです」

「その人の住所はご存じ？」

「電話帳に載ってるはずです」

「それじゃあ今すぐ電話してその人と話して。すぐにここに来るよう言ってちょうだい」

「よしきたホーですよ」ボシャム卿は言った。

13・肉体派詩人到着

エンプレス・オヴ・ブランディングズに関するエムズワース卿の最後通牒を受け取った公爵が、甥のリッキーを動員してパワーポリーティックスの只中にただちに突入させる決断に至ったことは、この誇り高き一族の戦闘的伝統をよく知る者にとっては何ら驚きではあるまい。南仏に所有するヴィラの庭と地元ゴルフ場を隔てる鉄条網を二度切断したのは、彼の父親であった。彼の祖父は、クラブで昼食の際、満足のゆかないオムレツに委員会のメンバーの鼻をこすりつけたことがある。ダンスタブル公爵とは常に強烈で驕慢な精神の持ち主であり、侮辱には速やかに憤慨し、報復する——要するに世界で一番、ブタを断念させることを期待できない人物であった。

速やかに受けた治療のおかげで、肩の痛みはもはや彼を苦しめなくなった。翌朝目覚めると、不快なコリ以外の身体的不調は消えていた。しかし彼の精神状態に同様の改善はなかった。深夜に及ぶまで、彼はエムズワース卿の卑劣な謀略について考え続けていた。また新たな一日が安堵をもたらすこともなかった。苦い思いは依然消え去らず、己が権利のために戦わんという断固たる決意がそれに続いた。

昼食時に彼の甥から、五時の汽車に乗ると伝える電報が届いた。そしてもう一夜の眠れぬ夜を過ごした後、翌朝十時に、彼は秘書のルパート・バクスターを呼び寄せ、城のガレージから車を勝手に持ち出して自分をエムズワース・アームズに連れてゆくよう命じた。彼が十時半ちょうどにそこに到着すると、赤毛の、がっちりした、そばかす顔の若者が特別室から飛び出してきて彼に挨拶した。

ホーレス・デヴンポートといとこのアラリック・ギルピンの間には、一族の類似性といった性質のものは皆無だった。どちらも体格を父親から受け継ぎ、またリッキー・ギルピンの父親は無差別級のレスラーみたいな胸をした大柄な紳士だったのだ。この胸を彼は一人息子に譲り、息子二人分にちょうどいいくらいの筋肉をそこに付けた。リッキーを見て、あなたは彼が詩を書くことには驚くかもしれないが、コヴェントガーデンの呼び売り商人たちをどうやって一発で片付けたかを理解するには困難を覚えまい。

しかし、外見上は途轍もなく恐ろしげで、賢明な人物ならば暗い夜道をいっしょに歩こうとはしない若者という印象を与えながらも、この四月の日の朝、リッキー・ギルピンはすべての被造物に対する普遍的慈愛のごときものを感じていた。子供でも彼と遊べたろうし、エムズワース・アームズに居ついたねこは、実際にそれをやった。外見は強面ながら、内面の彼はチェリブル兄弟［ディケンズ『ニコラス・ニクルビー』に登場する心優しい双子の兄弟］だった。

夢の女の子の態度が冷却し始めたと感じた出来事の後の、彼女にとって自分がただ一人の男であり、確かにズールー族の戦士といっしょにダンスに出かけはしたが、後者はただの暇つぶしの遊び相手に過ぎないのだという彼女の発言くらい、恋する若者の気持ちを高揚させるものはない。ボヘミアン舞踏会のあの場面の後、ホーレス・デヴンポートは自分の人生において取るに足らない要素であると、ポリー・ポットが請け合ってくれたことは、リッキーの心を大いに動かした。そこに追加で、今度は伯父からの電報を受け取ったのである。

　その電報は、ただ一つのことしか意味し得ないと彼は考えた。自分には義務に仕える機会が与えられようとしている――要するにその義務を完遂すれば、自分が然るべきお返しを受けないはずはないということだ。ＳＯＳを発信させた難局が何であれ、そこから脱出する手助けをした後ならば、オニオンスープ計画への共感と支援の問題に関する公爵の態度は、大いに違ったものになるだろうと彼は思った。

　翌日の午後、マーケット・ブランディングズ行きの五時の汽車に乗るリッキー・ギルピンは、うきうき楽天的なリッキー・ギルピンであった。そしてハムのごとき腕を差し伸べて公爵に駆け寄ったのは、陽気で快活なリッキー・ギルピンであった。その時になってようやく、彼は伯父の右腕が包帯で吊られていることに気づいたのだった。

「なんてこった、アラリック伯父さん」彼は叫び声をあげた。その声には狼狽と心配があふれていた。「お怪我なさったんですか？　お気の毒に。なんてことでしょう！　なんて運の悪い！　一体どうされたんです？」

　公爵は鼻をフンと鳴らした。

「秘書に卵を投げつけて、肩を外したんじゃ」

　この情報を受けて、多くの若者は誤った発言をしたことだろう。しかし、リッキーの態度は完璧だった。彼は正しい方角に非難を向けた。

「いったい全体あいつは何をしたんです。伯父さんに卵を投げつけられるようなことを？」彼は憤慨して訊(き)いた。「あの男はバカにちがいありませんよ。クビになさるべきです」

「この話が済んだらすぐにクビにする。あれがあやつだったとは今朝知ったばかりなんじゃ。ここに着いて以来ずっと」公爵は説明した。「わしの部屋の外の芝生で一日中口笛で『うるわしのロッホローモンド』を吹く謎(なぞ)の男がいた。神経に障(さわ)っての。けしからん曲だ」

「嫌な曲ですよ」

「わしは我慢できなくなった」

「当然です」

「わしは卵を用意した」

「実に賢明だ」

「そいつに投げつけるためにの」

「もちろんですとも」

「昨夜、そいつがまたやってきて『君は上の道ゆきて』とその他全部を始めて、わしは卵を発射した。すると今朝コニーがやってきて、バクスターさんにあんな振舞いをして恥を知るべきだと言いおったんじゃ」

「なんて徹底的にバカなことを言うものでしょう！　その間抜けは誰なんです？」

「エムズワースの妹じゃ。ブランディングズ城のエムズワース卿、わしはそこに滞在しておる。彼女はもちろん、頭がパーじゃ」

「決まってますよ。ちゃんとした女性なら、一瞬で理は伯父さんにあるってわかったはずです。アラリック伯父さん、僕は思うんですが」熱を込めて、リッキーは言った。「伯父さんは計画的で体系的な嫌がらせ運動の対象になってるんじゃないですか。また、僕をお呼びになろうとご決断されたことにも、僕は驚いていません。僕に何をせよとお望みですか？　そのバクスターって奴にもっと卵を投げつけるんでしょうか？　おっしゃってくだされば、今日始めますよ」

もし腕が包帯で吊られていなかったら、公爵は甥っ子の背中をぽんぽん叩いたことだろう。彼は長年この甥っ子を見損なってきたことに、激しい自責の念を覚えた。リッキー・ギルピンには彼なりの欠点があるだろうが――彼の詩を書く習慣に対し、人は不審の目を向ける――しかし彼の心は健全なのだ。

「いいや」公爵は言った。「今夜から、卵を投げつけるべきバクスターは一人もいなくなる。何日か前に奴をクビにしたんじゃが、馬鹿げた親切心のせいで雇い直してしまった。だが今回でおしまいじゃ。わしがここに話にきたのは、ブタの件じゃ」

「どういうブタでしょう？」

「エムズワース卿のじゃ。高飛車であくどい仕打ちが、もう一つあるんじゃ！」

リッキーは伯父の発言の流れに、ついてゆけずにいた。

「連中はあなたにブタを仕掛けてきてるんですか？」

「エムズワース卿はそいつをわしにくれると約束したんじゃ」

「はあ、そうですか」

「無論書面にしたわけではない。じゃが、双方合意の上の紳士協定じゃ。それが今になって奴はよこさんと言う」

「何ですって！」人間というものがそこまで卑劣になれるとは、リッキーは思ってもみなかった。

「つまり彼は神聖な発言を取り消そうというんですか？　そいつは第一級のゲス野郎に違いありませんね」

公爵は、この素晴らしい青年を自分が見損なっていたことを今や確信していた。

「お前はそう思うんじゃな？」

「まともな考えを持った人間なら、誰だってそう思いますよ。結局のところ、人には掟があるんです」

「まさしくさよう」

「そして人は他人にもその掟に従って生きることを期待しています」

「そのとおり」

「すると伯父さんは僕にそのブタを盗んでこいと言うんですね」リッキーは言った。

公爵は息を呑んだ。この甥を賞賛する思いは、今や沸点に達した。彼は退屈な説明に長い時間を費やすことを予期していた。今日の若者のうちに、かくも輝かしい知性とかくも健全な道徳観念を見いだすことは稀有であろうと彼は感じた。

「まさしくさよう」彼は言った。「エムズワースのような男を相手にするとき、方法をとやかく言ってはおれんのじゃ」

「そうでしょう。何でもありですよ。じゃあどうやって始めましょうか。何かしらの指針が必要になりますね」

「もちろん、もちろん、もちろんじゃ。指針を与えよう。この件についてはどっさり考えてきたんじゃや。昨夜はほとんど一晩中目が冴えて眠れんでな——」

「なんてことでしょう!」

「――それで眠る前に最後の最後まで考え抜いた活動計画を用意した。そいつを今朝確認したが、傷はないようじゃ。紙と鉛筆は持っとるか?」

「はい、どうぞ。一ページ目は破りますね。バラッドのための覚書がいくつか書かれているので」

「ありがとう。ではさてと」芸術的創作の緊張の下、口ひげに息をプッと吐きかけながら、公爵は言った。「お前のために地図を描くとしよう。これが城じゃ。これがわしの部屋。表に芝生がある。芝生、と」不格好な目玉焼きのように見える何かを描くと、彼は宣言した。

「芝生ですね」彼の肩越しに覗き込みながら、リッキーは言った。「わかりました」

「さてとここの、芝生の終わるあたりで、車道が曲がっておる。そいつは深い植え込みの横を通り過ぎる――そこが芝生の一番端じゃ――そこから車道はキッチンガーデンにつながる草地を通り過ぎて曲がる。この草地に」その場所にバツ印を記すと、公爵は言った。「ブタが暮らすブタ小屋があるんじゃ。お前にはこの戦略的重要性がわかるな?」

「いいえ」リッキーは言った。

「わしもじゃった」公爵は寛大に言った。「今朝歯を磨いている時まで、わしにもわからなかった。その時、突然ひらめいたんじゃ」

「アラリック伯父さんは途方もなく優秀な頭脳の持ち主でいらっしゃる。伯父さんなら偉大な将軍になれるのにって、僕はよく思ってましたよ」

「自分の目でよく見るんじゃ。このブタ小屋からブタを盗み出す者は誰でも、ブタ連れでこの植え込みの中に飛び込める。かくして最高の隠れ場所を確保すれば、人目につく唯一の危険は、わしの部屋目指して芝生を横切る時のみじゃ。またわしは、この作戦のためには目撃者が誰もいない瞬間を選ぶよう提案する」

リッキーは目をぱちくりさせた。

「おっしゃることがよくわからないのですが、アラリック伯父さん。伯父さんはブタをご自分の部屋に隠されるおつもりですか？」

「まさしくさよう。わしの部屋は一階にあって、都合よくフランス窓がついておる。フランス窓からブタを入れて浴室に住まわせる以上に簡単なこともあるまい？」

「なんと！　そして一晩中そこで飼うんですか？」

「一晩などと誰が言った？　そいつは午後二時に浴室に入る。知恵を使うんじゃ。午後二時には誰もが昼食中じゃ。執事、フットマン、その他は皆食堂にいる。ありとあらゆる種類のメイドたちは寝室の仕事は午前中に終え、台所か家政婦部屋かどこかに行っておる。またたまた知っておるのじゃが、ブタ飼育係は昼食後は外出中じゃ。何の危険もない。午後二時には、ブランディングズ城のブタ小屋から千人がかりで千匹ブタを盗んだとて、誰にも見つかりはせん」

リッキーは感銘を受けた。これはまごうかたなきＧＨＱ作戦だ。

「午後じゅうずっと」公爵は続けて言った。「ブタは浴室に留まり、夜更けまでずっとそうしている。それから――」

「でも、アラリック伯父さん、その前に絶対に誰かが浴室に入りますよ。替えのタオルを持ったハウスメイドが……」

公爵は好戦的に胸を張った。

「わしの浴室に誰も入ってはならぬと命令を発した後、誰が入れるものか見てやりたいものじゃ。わしは一日中部屋にとどまり、誰との接触も拒否する。食事はトレイに載せて部屋でいただく。それでもし誰かハウスメイドが替えのタオルを無理やり持ち込もうとするなら、耳にノミを入れて送り返されることとじゃろう。ディナーの間にお前は戻ってくる。お前はここに車を待たせて」――彼は絵に書いた地図に親指を押し付けた――「この芝生の終わりの道が植え込みに沿ってカーブしているところじゃ。お前はブタを運び出し、車に乗せてウィルトシャーのわしの屋敷まで連れてゆく。これがわしの考えた計画じゃ。お前に理解できないところは何かあったか？」

「一つもありません、アラリック伯父さん」

「それでお前はできると思うんじゃな？」

「逆立ちしたってできますよ、アラリック伯父さん。お茶の子さいさいですよ。それでこう言ってよろしければ、アラリック伯父さん、伯父さんみたいにこれだけのことを考えつける人間はイギリスじゅうに二人といないはずです。天才ですよ」

「お前はそう思うのか？」

「もちろんです」

「おそらくお前の言うとおりなんじゃろう」

「僕の言うとおりですって。途轍もない氷のごとく冷たい頭脳の並外れた働きです。アラリック伯父さんは先の大戦では何をしてらしたんですか？」

「ああ、あれやらこれやらじゃ。国家的重要性を帯びた仕事じゃった」

「伯父さんは参謀将校じゃなかったんですか？」

「いやいや、そんなもんじゃない」

「なんて無駄遣いだ！　なんて犯罪的な無駄遣いだ。海軍があって神に感謝ですよ」

今やエムズワース・アームズの特別室はたいそう気持ちのよい空気に満ちていた。公爵は、こんなにもおだててくれて、なんと親切なことだとリッキーに言った。リッキーは「おだてる」という言葉はふさわしい言葉ではまったくない、なぜなら自分は天才に出逢った時に誰もが言うであろう率直な意見を口にしたまでだからと言った。公爵はリッキーに一杯どうかと言った。リッキーは彼に大いに感謝し、まだ早い時間だからと言った。公爵はリッキーに最近何か書いているのかと訊いた。リッキーはたった今は書いていないが、来月号の『ポエトリー・レヴュー』誌にソネットが一つ掲載されると言った。ソネットとは実に興味深いと公爵は言い、リッキーに、決まった時間に机に座るのかそれともひらめきを待つのかと訊いた。リッキーは着想が降りてくるまで静かに待ち伏せし、それから飛び上がってそいつの首根っこにブーツの足で着地するのが一番自分に合った方針だとわかったと言った。公爵は誰かに二〇〇万ポンドやると言われたって自分にソネットは書けないと言った。リッキーはいえ、ただコツがいるだけで、本当に真剣な思考の傾注が必要な仕事とは比べ物にならないと言い、そうした仕事の例としてブタ盗み出し作戦の計画作成をあげた。これだけのことをするには、本当に何かを持ち合わせていなければならない、とリッキーは言った。

実際、その薄暗い特別室で進行中の事柄を描写する言葉は一つしかなかった――「愛の饗宴」である。したがって、リッキーが今してしまったように、この調和が破壊されるに至ったことは、返す返すも残念だった。

詩人というものは、気質上、ビジネスマンである。シェークスピアは詩人の目を天から地へ地から天へと熱狂にかられて駆け巡り、実体のないものに住処（すみか）と名前を与えると描写した〔『真夏の夜の夢』五幕一場〕が、実際には、その目の片隅は返ってくる印税にぴたりと据（す）えられていることがわかるだろう。リッキーも例外ではなかった。あらゆる詩人と同じく、彼にも夢見がちでいる時はあったが、彼の最新作『断章』の価格として支払われる約束だった一ギニーの代わりに一ポンドのチェックを送った〔一ギニーは一ポンド五ペンス〕編集者は、たちまち机の上に辛辣（しんらつ）な手紙が置かれているのに気づき、あるいは電話線を伝わってくる言葉に耳を焼かれる思いがしたものだった。そして今、この依頼を引き受け、全体的概要について議論し終えたところで、彼は支払いの算段をつけたくてうずうずしていた。

「ところで、アラリック伯父さん」彼は言った。

「なんじゃ?」南アフリカで知り合った、一度リメリックを書いたことがあるという男に関する彼の長くなりそうな話は途中で中断された。

リッキーは、この種の交渉はエージェントの手に委ねられた方がいいと感じてはいたものの、意志は堅固だった。

「一つだけ小さな点なんですが」彼は言った。「小切手は仕事の前にいただけますか、それとも後になりますか?」

公爵を包んでいた和やかな満足感が、突然の冷気により消え去った。あたかも彼が熱いシャワーを楽しんでいたら、何か隠された手が冷水の蛇口をひねったかのようだった。

「わしの小切手じゃと?　わしの小切手とは、どういう意味じゃ?」

「二五〇ポンドの小切手です」

公爵は椅子（いす）にのけ反り、彼の口ひげは強風に吹き付けられたように上を向いて泡立ち、険しく岩の転がるダンスタブル鼻の海岸に打ち寄せる波のように砕け散った［フェリシア・ヘマンズの詩「ピルグリムファーザーズの上陸」］。かくも素早い、悲痛な呼吸の放出に、もっと劣った口ひげならば根元からはがれ落ちていたことだろう。甥に関する近時の高い評価には、鋭い修正が加えられた。公爵とポット氏には魂の触れ合わない点が数多くあったが、二人とも金を手放すことを嫌悪する点は同一だった。公爵に二五〇ポンドくれと頼んだ後で彼からの尊敬を維持できるのは、ごく例外的な魅力を備えた人物のみであったろう。

「いったい全体お前は何の話をしとるんじゃ？」彼は叫んだ。

リッキーは不安そうな顔でいた。トラと差し向かいになって、ケージの柵が信頼に足るものかどうか確信がない人物のように。しかし、彼は変わらず意志堅固だった。

「伯父さんは当然あのオニオンスープ・バーを買うための金を僕にくださるんだと思い込んでいました。数日前にロンドンで話し合ったのは、ご記憶でしょう。あの時の値段は五〇〇ポンドだったんですが、今週までにキャッシュが手に入るなら、二五〇ポンドでいいって言うんですよ。もちろん伯父さんが今小切手を書いてくだされば、僕には好都合です。そしたら午前のうちに郵便で送れて、向こうは明日の第一便で受け取れますからね。でも、その件についてはご都合のいいようになさってください。金曜までに金が手に入る限り僕は――」

「そんなバカバカしい話は聞いたことがない！」

「僕に二五〇ポンドくださらないとおっしゃるんですか？」

「もちろんわしはお前に二五〇ポンドやりはせん」口ひげを立ち直らせてそれを噛み始めながら、公爵は言った。

愛の饗宴は終わった。

エムズワース・アームズの特別室に緊迫した沈黙が起こった。

「そのバカバカしいたわごとはもう聞き終えたと思っておった」沈黙を破って、公爵が言った。「いったい全体、オニオンスープ・バーを手に入れてどうしようと言うんじゃ?」

おそらくほんの数分前まで二人がどれほど親しかったか——二人はソネットの問題についてああ言ったりこう言い返したりしていた——の記憶ゆえに、リッキーは伯父に対して率直であろうと決意したのだろう。話しながらも自分は率直さを投入しすぎる可能性の高い性格であり、この場合不快な帰結に至りうることを意識していたが、しかし相手の態度をいくらかなりとも良い方向に変化させるためには、何らかの強力な主張がなされねばならなかったのだ。それに彼がこれから言うことがこの男の心の琴線に触れる可能性は、ほんのわずかながらあった——大衆席賭け屋時代のポット氏だったらおそらく百対八と見積もったことだろう。結局のところ、どうしようもない難物が、真実の愛の話に心とかされることも時にはある。

「僕は結婚したいんです」彼は言った。

もし公爵の心が動かされていたとしても、彼の粗野な外貌はその気配をまったく表には出さなかった。彼の目はエビの目のように頭から突き出し、またもや彼の口ひげは鼻を防波堤に泡立ちはじめた。

「結婚したいじゃと?」彼は叫んだ。「結婚したいとはどういう意味じゃ? バカを言うんじゃない」

リッキーはその日をありとあらゆる被造物に対する優しさに満ち満ちた心持ちで開始し、この態度を維持したいと願っていた。しかし彼は、天の摂理はアラリック伯父を創造することで、だいぶ自分に試練をお与えになったと感じずにはいられなかった。

「そんなバカ話は生まれてこのかた聞いたことがないぞ。いったい全体、結婚してどうやって暮らしてゆくつもりじゃ？　お前は母親が遺（のこ）した年二ペンスしか持ち合わせとらんじゃろうし、ソネットを書いたくらいじゃタバコ代にもならんはずじゃ」

「ですからオニオンスープ・バーを買いたいんです」

「オニオンスープなんぞを売って、お前も結構なバカ面に見えることじゃろうて」

猛烈な努力で、リッキーはこの発言へのコメントを差し控えた。沈黙が最善と思えたのだ。相手に論争の得点を譲るのは苛立（いらだ）たしかったが、痛烈な当意即妙の応答でもって妥協に至るすべての道を閉ざさぬ方が得策である。それに、現時点で彼には痛烈な当意即妙の応答が一つも思い浮かばなかったのだ。

公爵の口ひげは潮の干満に揺れる海藻のように浮き沈みした。

「スープ鉢からスープをよそう甥っ子について説明して回るわしも、結構なバカ面に見えることだろうて。お前が詩を書いていると友人に言わねばならぬだけでも十分悪いんじゃ。『おたくの甥御さんは近頃どうしておいでですかな？』」公爵は詮索（せんさく）好きな友人の真似を、どういうわけか裏声でやった。「『近衛連隊ですか？　外交官ですかな？　司法試験のお勉強を？』『いや』わしは言うんじゃ。『甥は詩を書いております』それから間（ま）の悪い沈黙が続くんじゃ。それで今度はお前はわしに、クソ忌々（いまいま）しいスープ売りになったと触れて回れと言うわけか。けっ！」

リッキーの顔に深紅色が拡がった。常に高め安定でかっとしがちな気質が、大技にかかる直前のアクロバット師のように、ついに筋肉の曲げ伸ばしを始めたのだ。

「結婚しようというお前のその考えじゃが……どうして結婚なんぞしたがる？　おい、どうしてじゃ？」

「いえ、女の子を追っ払うためですよ。彼女が嫌いなんです」

「なんじゃと！」

「どうして僕が結婚したがると思うんです？　通常どういう理由で人は結婚するんですか？　僕が結婚したいのは世界で一番素敵な女性を見つけて、彼女を愛しているからです」

「彼女が嫌いじゃと言ったろう」

「面白いことを言おうとしただけです」

公爵は口ひげの一部を口に含み、しばらくそれを嚙むと、その味に不満だとでもいうように力いっぱいの息とともにそれを吐き出した。

「どういう娘じゃ？」

「伯父さんの知らない娘です」

「ではその娘さんのお父上はどなたかな？」

「まったく特別な人じゃありません」

突然の、不吉な穏やかさが公爵を満たした。その姿は、途轍もない意志の力で平静を保つ活火山に似ていた。

「これ以上何も言う必要はない。すべてわかった。その女は薄汚いよそ者だ」

「そんなことはありません！」

「わしに口をきくんじゃない。さてとこれで終わりじゃ。一ペニーたりともわしは出さん」

「わかりました。それじゃあブタの話はなかったことに」

「おい！」

公爵は面食らった。一兵卒ごときの公然たる反抗に対処せねばならない立場に彼が置かれることは滅多になかった。実際、こんな経験はこれまで一度もなかった。そして一瞬、彼は途方に暮れた。それから気を取り直し、見開かれた彼の双眸には、いつもながらのぎらぎらした尊大な輝きが戻ってきたのだった。

「わしに向かってそんな口をきくんじゃない、若造」

「伯父さんは一匹だってブタを手に入れることはないでしょう」リッキーは言った。「ブタ泥棒の対価は、ブタ一頭、人一人あたり二五〇ポンドです。この条件をお聞きいただけないなら、取引は終了です。他方、非常に困難かつ精力を要する仕事に対してこんなバカバカしいくらいにお手頃な価格を支払うことにご同意いただけるなら、我が一族に迎え入れる機会を得られて名誉と考えるべき女性について伯父さんがおっしゃった侮辱的な事項についてては、僕は見逃すつもりです」

「痴れ者みたいな話し方はやめるんじゃ。その娘は明らかに人間のクズじゃ。自分の甥が人類のクズと関わり合いになるなんぞ、卒中で卒倒するには十分じゃ。お前がその女道路清掃人と結婚することは断固許さん」

リッキーは深く息をついた。彼の顔は嵐の空のごとく荒れ、彼の双眸は千枚通しのごとく伯父を貫いていた。

「アラリック伯父さん」彼は言った。「あなたの白髪があなたを守ってくれましたよ。あなたは墓穴の縁に立つご老人だ――」

　公爵は跳び上がった。

「墓穴の縁に立つとはどういう意味じゃ？」

「墓穴の縁に立っている」リッキーはきっぱりと繰り返した。「また僕はあなたが一言発するごとに乞い求めてやまないあごへの一発をお見舞いして、その墓穴の中にあなたを落とし込むことはしません。だけど、これだけは言わせてください。あなたという人は半世紀にわたって餓え死にしかけのプロレタリアートの唇からもぎ取った飯をむさぼり食らい、ワインをがぶがぶ飲み続けて堕落させた油気の多い心臓を持った、問答無用で最悪の恥知らずのダニです。あなたといると僕は胸がむかむかする。あなたは空気に毒を盛っている。さよなら、アラリック伯父さん」これ見よがしに立ち去りながら、リッキーは言った。「これでこの会談は終わりにしたほうがいいでしょう。さもないと僕は、無愛想になりそうですから」

　伯父に向かって甥が向けるべきでない目つきを別れ際に向け、リッキー・ギルピンは大股にドアに向かい、行ってしまった。公爵は椅子に座ったままでいた。しばらく立ち上がれない思いだったのだ。

　尊大な魂の男にとって、髭も生やさぬ若造に反抗されるだけでも十分悪い。そして自分の反対にもかかわらず、甥がバレエガールだかなんだか知らないが誰であれかかずらわった娘にしがみつこうと強い決意を固めていることは、一時的昏睡状態を誘発するには十分だった。しかし公爵をもっと動けなくさせたのは、リッキー・ギルピンを手放すことで、エンプレスを確保できる唯一の人物を手放してしまったという省察であった。ブタ誘拐犯は、どこを探しても見つけられるというものではないのだ。

ダンスタブル公爵の精神は妄執のとらわれとなりやすい精神だった。そして今や理性は彼に、人生にはブタを入手する以外に手に入れる価値のあることはたくさんあると確信させようと懸命に働きかけてはいたものの、依然彼は、そこにしか幸福と満足はないと思わずにはいられなかった。彼は自分の欲しいものが欲しい時に欲しい人物だった。そして今彼が欲しいのはエンプレス・オヴ・ブランディングズだったのである。

冷たい声が隣で話しかけてきて、彼は夢想のうちから目覚めた。

「失礼いたします、閣下」

「何じゃ？　どうした？」

ルパート・バクスターは相変わらず冷たい態度で話していた。彼はこの老人に対し寒々とした敵意を覚えていた。彼は自分に卵を投げつけてくる人々が嫌いだった。また彼は過酷な状況下でコントロールの確かさを見せつけた、疑問の余地なく称賛に値するあの一撃へのスポーツマン的感嘆の念によって態度を和らげることを、自らに許すような男ではなかった。

「ただいま警官が宿のドアの前から車を動かすよう指示してまいりました」

「ああそうか、警官がの？　そいつにわしからだと言って、貴様はクソ忌々（いまいま）しい偉ぶったポリ公だと言ってやるんじゃな」

「閣下のご許可をいただけましたら、角に車を回してまいります」

公爵は口をきかなかった。突然炎のごとく素晴らしい着想があったのだ。

「おい、お前」彼は言った。「座れ」

ルパート・バクスターは座った。公爵はしげしげと彼を見、そしてその着想が健全なものであったと感じた。この秘書は強靭で引き締まった身体つきをして、ブタ小屋からブタを盗み出すというような離れ業の遂行にごく適している。一瞬前まで公爵は、リッキーに裏切られたからには、この汚れ仕事をやってくれる助手を探すのは無理だと思っていた。そして今、どうやらそういう助手が見つかったようだ。こちら方面からの反抗を彼はまったく予想していなかった。ルパート・バクスターがこの仕事に覚えている高い価値のことは重々承知していたからだ。

「ブタ泥棒は、したことがあるか？」彼は訊いた。

「ございません」ルパート・バクスターは冷たく言った。

「ふん、本日開始だ」公爵は言った。

14. 名探偵登場

マーケット・ブランディングズ駅のタクシー（エドワード・ロビンソン経営）が、ブランディングズ城の門を曲がり入って長い私設車道をキーキー音立てて上りはじめたのは、午後三時頃のことだった。そしてただいまポット氏は、臭いのする車内に座り、エムズワース伯爵の歴史的居城を初めて目の当たりにしたのだった。

そうする彼の感情は、こうした状況に置かれた通常の訪問者達のそれとは大いに異なっていた。クロード・ポットは現実主義者であり、そのことは彼のものの見方に色を付けがちであった。他の者たちはこれなる旧秩序の最後の砦を初めて一瞥するとき、ゆるやかに起伏する緑地と壮麗な木立に感嘆し、騎士達がここに暮らした時代にこの灰色の壁はどのように見えたことかと思いを馳せるにつけ、ロマンティックな畏敬の念に心震わせるのが普通である。他方、彼はこんな場所の所有者は、ペルシアン・モナークをやるのに必要なものを間違いなく持ち合わせているに違いないと思っただけだった。

ポット氏は、リッキーと同じく、意気揚々とマーケット・ブランディングズ駅に到着した。ボシャム卿の電話は彼が眠りに落ちる直前にかかってきて、当初彼を気難しくさせた。しかし自分が依頼人と話していることに気づくと、またそれがたんなる依頼人であるばかりか、ブランディングズ城に彼を招待してくれる依頼人でもあることを知ると、彼はかなり陽気になった。そしてこの陽気さは今も続いていた。

エムズワース卿と知り合ってよりというもの、クロード・ポットはその熟達の目でもってただちにカモの王者と見抜いたこの人物と、もっと親密になりたくてため息をついていたのだった。あれなるはペルシアン・モナークの対戦相手となるべく文字通り大自然が構想した人物だと彼は感じた。そして二人が夜にすれ違う船のように出会い、別れてしまったとの思いは、彼にとってごく苦いものであった。それが今、彼はエムズワース卿の家に来るよう依頼され、それどころか行くことで金が支払われるのである。

クロード・ポットにとって人生がバラ色に見えたのは驚きではない。そして彼は今も楽観的な幸福感に満ち満ちていた。と、タクシーが玄関ドアの前で停まり、彼は執事ビーチに引率されて喫煙室へと通された。そこで彼は頑丈でピンク色の若者が、陽気な暖炉の火の前でみっちりしたズボンのお尻を温めているのを見た。

「クロード・ポット様でございます、閣下」ビーチが宣言し、奇妙な訪問者に対して責任は持ちたくないという時に執事達が表明する、ほんのわずかな態度の冷淡さを示しながら立ち去った。

他方、ピンク色の青年は友好的そのものだった。

「ハロー、ポット。来てくれたんですね、ポット。調子はどうです？　結構。最高。素晴らしい。すごいぞ。どうぞお掛けください、親愛なる名探偵くん。僕の名前はボシャムです。エムズワース卿の息子と言ったところです。ご記憶を新たにしていただけるなら、電話をかけたのは僕です」

ポット氏は口がきけなかった。彼の雇用主の姿は、彼を魂のどん底まで動揺させたのだ。今の今まで、彼はエムズワース卿を、いかなる鉱石試掘者も杭（くい）を打ち込みたがる最も前途有望な払い下げ請求地とみなしていた。だがその息子を一瞥（いちべつ）して、ポット氏は自分が間違っていたことを知ったのだった。これこそ自分が夢にまで見たカモである。しばらくの間もの言わず立ち尽くし、かつて頑健なコルテスが太平洋を見た際に表明したあからさまな興味と同じ興味をもって、彼はボシャム卿を見つめていた。ポット氏はあたかも新たな惑星が彼の視野に飛び込んできたかのように感じていた［キーツの詩「はじめてチャップマン訳のホーマーを披見して」］と述べたとて、誇張ではない。

ボシャム卿も、歓迎のオープニングスピーチの後、思慮に満ちた沈黙に陥った。通信販売で商取引を行なった数多くの者と同じように、小包が開封された今、購入前に商品を点検した方が賢明だろうと彼は考えていた。前回ポンゴ・トウィッスルトンもそう思ったように、自分の目の前にいるこの奇妙な人物が探偵だというなら、探偵に関する彼の概念が根底から変革されねばならない。

「あなたは本当のポットさんですか？」彼は言った。

ポット氏は彼の言うことを理解するのに困難を覚えているようだった。ポット氏の真正性と非真正性という問題は、権威者である自ら回答したくはないものだった。

「つまり、私立探偵ということです。血痕（けっこん）と拡大鏡の専門家ってことです」

「こちらがわたくしの名刺です」ポットは言った。この種のことは前にも経験があった。

ボシャム卿は名刺を検分し、納得した。

「ああ」彼は言った。「結構です。さてと、僕が言っていたことに戻りますと、とうとうお着きですね？」

「はい、旦那様」

「昨日いらっしゃると思っていました」

「申し訳ありません、ボシャム卿。できれば伺いたかったのですが、ヤードの連中が、放してくれなかったのですよ」

「どこのヤードですか?」

「スコットランドヤードです」

「あ、ああ、もちろんですとも。そちらでお仕事をされておいでなんですね?」それらしくなってきたと思いながら、ボシャム卿は言った。

「連中は難題にぶち当たると、いつもわたくしを呼ぶのです」ポットは平然として言った。「今回のは特に難しい仕事でした」

「何だったんです?」

「お話しできません」ポット氏は言った。「わたくしの唇は国家機密保持法によって封印されております。この法律のことはもちろんご存じですね?」

ボシャム卿は自分の疑念に根拠はなかったと感じた。彼は今、彼の書庫にある最高にホットな探偵たちの多くは、まぎらわしい外見によりハンデを負っていた――あるいはそれに助けられていたことを思い出した。

『ミスリーコートの三つの死』のバクストン・ブラックと『黒いリボンの殺人』のドレイク・デンヴァーが、即座に思いつく例だった。前者は裕福な弁護士のように見え、後者は遊び好きな街の青年に見える。ポット氏が何に見えるかは今すぐには思い当たらないが、しかし肝心なのはそこは重要ではないということだ。

「それでは、話に移りましょうか？」

「状況の短い概要を伺えれば、嬉しく存じます」

「短い？」ボシャム卿は疑わしげな顔をした。「その点については確信がありません。実際のところ、ブラッドハウンド犬さん、これは長くて複雑な話なんです。しかしできる限り手短かにまとめてみます。なりすましのペテン師が何かはご存じですか？」

「ええ、旦那様」

「なりすましのペテン師がこの家にいるんです。それが肝心のところです。三人います。三人ですよ！──三人みんな、なりすましているんです」

「ふむ」

「『ふむ』とおっしゃるのも当然です。実に腹立たしい状況ですし、僕の叔母が動揺するのも無理はありません。自分の部屋にハンカチやら何やら取りに行く度に、ならず者連中が宝石箱を探して散らかして回ってるんじゃないかと思うのは、女性にとっていいことじゃないでしょうからね」

「なりすましは男なのですか？」

「二人は男です。三人目はひどく対照的に、女性なのです。彼女の話で思い出しましたが、バクスター説としてご記憶していただいた方が好都合かも知れないことがあります。あなたは記憶する派ですか？　それともメモをとる派ですか？」

「バクスターというのはなりすましですか？」

「いいえ」公正であろうとする者の威風をまとい、ボシャム卿は言った。「彼は鋼鉄ブチのメガネをかけた途轍もなく嫌なダニ野郎ですが、なりすましのペテン師ではありません。彼は公爵の秘書で、彼の説ではこの連中がここにいるのはぽっぽに入れるもの目当てではなく、公爵をたぶらかして彼の甥を、その娘と結婚させるためだというのです。もちろん斬新な説ですが、僕の意見ではまったく根拠なしで、完全に無視して結構です。連中は盗み目的でここに来てるんです。それでそのうち一人は数日前に僕に信用詐欺を働いたと申し上げたら、どんな地獄行き連中かがおわかりいただけるでしょう。メモ帳にしっかり書いておいてください、もしメモ帳をお使いでしたらですが。何でもやる連中ですよ」

　ポット氏は困惑し始めていた。もし、この語りから明らかになることがあるとしたら、それはこの一家全員がこの悪党連中の道徳的性質をじゅうじゅう承知しているという事実である。それなのにどうやら彼らは連中を野放しにして、どうぞおくつろぎくださいと奨励している。

「ですが、連中が犯罪の故意を持ってこちらにいることをご存じでしたら――」

「どうして手首に手錠をして放り出さないのか、ですね？　親愛なる葉巻の灰の調査員さん、そうできるものならいかなる犠牲も厭わないんですが、できないんです。僕が一時間かけて説明したとしても、ご理解はいただけないでしょうから、それはそういうことにしていただいて、こう……『こう』で始まる言葉は何でしたっけ？」

「『こう』で始まるどういう言葉でしょう？」

「それを聞いてるんです。鉱物？　口径？　あ、わかった！　公然です。公然の行動は考えられないという事実を受け入れていただくだけにしてもらわないといけません。なぜなら、そうしたら我々が望まない帰結に至ることになるからです。僕が『我々』と言った時、僕は主として叔母のことを言っています。個人的にはバクスターが明日仕事を失おうと僕は何とも思いません」

ポット氏は諦めた。

「おっしゃることがわかりませんな、B卿」

「そうじゃないかと思ってました。とはいえ、この家をなりすまし連中が這いずり回っているという重大な事実はご理解いただけましたね?」

ポット氏はそこはわかったと言った。

「それなら大丈夫です。あなたに本当にわかっていただく必要があるのはそれが全てです。あなたの仕事は彼らを見張ること。僕の言う意味はおわかりですね? 油断なく連中を尾行して、金庫に手を突っ込んでいるのを見かけたら『ホーイ!』と叫んで、そうすれば連中は逃げ出します。簡単でしょう? 結構」ボシャム卿は言った。「最高。素晴らしい。すごいですよ。じゃあすぐ始めていただけますね。そうそう、ところで手付金のようなものはお要り用ですか? どうです?」

ポット氏は必要だと言い、すると彼の雇用主は突然噴水のように札びらを撒き散らしだした。地元の田舎競馬に参加する際には、つまりそれは明日であるのだが、すぐに使える現金をたくさん身につけているというのがボシャム卿の賢明な習慣であった。

「一〇ポンドでいいですか?」

「B卿、ありがとうございます」

「それじゃあどうぞ」

札をズボンのポケットにしまいながら、ポット氏の双眸が少しばかり輝き始めた。

「たくさんお金をお持ちですね、B卿」

「明日の日没までには、もっと必要かもしれません。ブリッジフォード・レースの初日でして、毎回すってんてんになるのが決まりなんです。田舎競馬の予想は難しいですね。競馬にご興味はおありですか？」

「わたくしは一時期、大衆席で賭けの胴元をしていたことがございます」

「なんてこった！　本当ですか？　僕の弟のフレディは一時期賭け屋の共同経営をしてたんですよ。弟の義理の父親がやめさせて、アメリカに連れていって犬用ビスケットを売って回るようにさせたんですが。大変な仕事ですよ」

「まったく」

「懐かしくなる時もおありでしょう？」

「時には、ええそうですねえ、B卿」

「近頃はどういった娯楽をなさるんですか？」

「わたくしは静かにささやかなトランプをするのが好きですね」

「僕もですよ」ボシャム卿はこれなる対なす魂を優しき目にて見やった。深淵が深淵に呼びかけた。

「問題は、既婚男性にはなかなか難しいってことなんですよ。あなたは結婚しておいでですか？」

「やめです、B卿」

「僕のことをB卿って呼ぶのはやめにしていただきたいですね。あなたが僕のことを何か不適切な呼び方で呼ぼうとして、途中でやめたみたいに聞こえますよ。どこまで話しましたっけ？　ああそうだ。僕は家にいる時にはささやかなトランプゲームをする機会がないということでした。妻が反対するんです」

「そういう奥方もいらっしゃいます」

「すべての奥方とはそういうものです。人は希望とやる気に満ちたスポーツマンとして、誰だって相手にするし何だってやってやるぞっていって人生を開始するんです。すると女の子と出逢って恋に落ちます。それでエーテル麻酔から目覚めてみれば、自分は結婚しているだけでなく生涯ブリッジで一〇〇ペンスにつき三ペンスしか賭けられないって署名をしてることに気づくわけです」

「あまりにも真理ですな」ポット氏が言った。

「噛みつきとビンで殴る以外は何でもありみたいな友好的でささやかなゲームは禁止ですよ」

「ああっ！」ポット氏は言った。

「このなりすまし連中が勢いを上げてくるのを待つ間」ボシャム卿は言った。「今友好的なささやかなゲームをするより、もっと悪いことだってできるんですよ」

「閣下のお心のままに」

ボシャム卿はびくっとして、顔をゆがめた。

「その表現は使わないでいただきたいです。僕の婚約不履行の裁判で僕の弁護人が裁判官に言い続けてた言い方です。前者が自分の番じゃない時に口をきこうとする度に、後者が前者を叱りつけると、それを言ってたんでした。だからよろしければそれはやめてください」

「かしこまりました、閣下」

「僕のことを『閣下』って呼ぶのもやめてください。僕はそういう形式張ったことが嫌いなんです。僕はあなたの顔が好きです……いや、それは言い過ぎですね……こういう言い方をしましょう。ブラッドハウンド犬さん、僕はあなたのお人柄が好きですし、友達になれるような気がします。僕のことは、ボシャムと呼んでください」

「よしきたホーです、ボシャム」

「ベルを押して、カードを持ってこさせましょうか？」

「その必要はありませんよ、ボシャム。ここに持っています」

ポット氏の衣装の奥まったところから突然現れた使い込まれたトランプ一式は、ボシャム卿の関心を惹いたようだった。

「あなたはいつもカードを持ち歩いてらっしゃるんですか？」

「旅行する際にはいつもですね。汽車の中で一人遊びをするのが好きなんです」

「他には何をなさるんですか？」

「スナップが好きですね」

「ええ、スナップはいいゲームです」

「アニマル・グラッブも」

「それも悪くない。でもそれよりもっといいものを教えてあげましょう」

「あなたは――」ポット氏は言った。

「あなたは――」ボシャム卿が言った。

「あなたはこれまで――」ポット氏が言った。

「あなたはこれまでに――」ボシャム卿が後を引き取って言った。「ペルシアン・モナークというゲームのことをお聞きになったことはおありですか？」

ポット氏の目はぐるぐる回って天井を見た。そしてしばらくの間、口がきけなかった。彼の唇は静かに動いた。祈っていたのかもしれない。

「いいえ」とうとう彼は言った。「どういうゲームですか？」

「昔よくやったゲームなんです」ボシャム卿は言った。「ずっとやってないんですが。申し上げたように、真っ当な夫は、妻の願いを受け入れるんです。妻がいる時はね。ですが今妻はいませんし、昔取った杵柄がまだ使えるものか試してみるのも面白いでしょう」

「素敵な名前ですね」依然声帯にいくらか不調を覚えながら、ポット氏は言った。「覚えるのは難しいですか？」

「すぐ教えて差し上げますよ。本質的に、ブラインド・フーキーに似ているんです。こういう具合です。あなたはカードを切って取ります、と言っておわかりいただければですが、それでもう一人がカードを切って取ります。おわかりですかね。それで、あなたが切ったカードが相手の切ったカードよりも強ければあなたの勝ちです。反対に、相手の切ったカードがあなたの切ったカードより強ければ、相手の勝ちです」

　難解すぎたのではなかろうかと、彼は心配げな一瞥をポット氏に投げかけた。しかしポット氏は彼の言ったことを完璧に理解したようだった。

「おっしゃることはわかったと思います」彼は言った。「いずれにせよ、プレイしながら覚えてゆきますよ。さあかかって来るがいい、高貴なるスポーツマンよ。心の命ずるままに従い何ものをも恐れるな。転がし、放って、投げつけて！　ご婦人は距離半分で結構、だめなココナッツはお返ししますよ。投機なくして蓄財なしです」

「あなたは変わった表現をご存じですねえ」ボシャム卿は言った。「ですが、あなたの心臓が真っ当な位置にあることは間違いない。開始だホー、ポット」

「開始だホー、ボシャム！」

黄昏が過ぎようとしていた。英国の春宵の穏やかで謎めいた黄昏である。と、ブランディングズ城の玄関ドアから丸くて太った人影が姿を現し、車道を歩いて降りはじめた。それは私立探偵クロード・ポットがエムズワース・アームズに一、二杯いただきに向かう姿であった。そこのビールが称賛に値するものであることを彼は知っていた。マーケット・ブランディングズに到着したばかりの人物がこの地元情報を知っていることを不思議に思われるなら、それは駅タクシーを降りて彼が最初にしたのが、本件に関するエド・ロビンソンの見解を調査することであったということで説明されよう。未開の地を探索する抜け目のない探検者たちと同じく、ポット氏は見知らぬ土地を訪ねた時には何より先に飲み物の供給について確認するのが常だった。

エド・ロビンソンはこの問題については完璧な百科全書で、きわめて饒舌かつ情報豊富であった。しかし、彼は〈ウィーツヒーフ〉、〈ワゴナーズ・レスト〉、〈ビートル・アンド・ウェッジ〉、〈スティッチ・イン・タイム〉、〈ブルー・カウ〉、〈ブルー・ボア〉、〈ブルー・ドラゴン〉、そして〈ジョリー・クリケッターズ〉についてふんだんに熱を込めて語りはした。つまり彼は常に称賛すべきところに称賛を送る人物であったから。しかし、我が心が真にどこにあるかを彼はごく明確にした。そして今、ポット氏はそこに向かって進行中だったのである。

彼はうつむいて、ゆっくり歩いていた。なぜなら彼は一〇ポンド札を数えていたからだ。そしてうつむいていたがゆえに、旧友のイッケナム卿が近づいてくるのにすぐには気づかなかった。イッケナム卿は車道を跳ねるような足取りで彼に向かって歩いてきた。驚いた声で自分の名が呼ばれるのを聞き、初めて彼は頭を上げたのだった。

イッケナム卿は午後の散歩に行ってきたところだった。そしてその過程で、田舎の野辺の数多くの興味深いものを目にしてきた。しかしこれなるは彼が出会うことを予期していなかった人物であり、また彼を見るイッケナム卿の目に、歓迎の光はなかった。クロード・ポットの出現は、すでに十分複雑化した状況に、さらに複雑さを付け加えるものだと思わずにはいられなかった。そして複雑さは人生に興趣を添えると考える人物ですら、すでにもう十分と考えたとて正当であろう。

「マスタード！」

「あれまあ、I卿！」

「いったい全体シュロップシャーのど真ん中で何をしてるんだ、マスタード？」

ポット氏はためらいを見せた。一瞬、職業的慎重さから、逃げ腰になるかと見えた。それから彼ほどの昔馴染みならば秘密を共有するにふさわしいと決心した。

「いえ、秘密なんですよ、I卿。ですがあなたが黙っていてくださるのはわかってますからね。あたしは呼ばれたんですよ」

「呼ばれただと？　ポリーに？」

「ポリーですって？　娘がここにいるんですか？」

「ああ、いる」

「娘はあなたのご邸宅にいるんだと思ってましたよ」

「ちがう、彼女はこちらのご邸宅にいるんだ。誰がお前を呼んだって」

「ブランディングズ城に住む貴族のお仲間ですよ。ボシャムって名前です。彼がおとといの晩に電話してきて、探偵の仕事を依頼してきたんです。この城になりすましがいて、そいつらを見張る番をして欲しいということでした」

ボシャム子爵ジョージが彼の人生に関わってより初めて、この青年の知性に対する尊敬の念が湧き起こってくるのを、イッケナム卿は不承不承ながら感じはじめていた。この人物を見くびりすぎていたのは明白だった。駅のホームでやったように、ピンク色の顔で口を半開きにしてみせることによって人の疑念を鎮め、その一方では探偵を呼び寄せることを計画していたとは、この人物はヘビのごとく陰険に抜け目なく行動したと思うと、彼は告白せざるをえなかった。

「あいつがそんなことを?」思慮深く口ひげをひねり、彼は言った。

「そうです。あたしは怪しくない客人として滞在し、連中が美術品を持ってとんずらしないよう目を見開いてるって寸法です」

「わかった。奴はそのなりすまし連中についてどんなことを言っていた? 詳細には立ち入ったのか?」

「あなたが言うような詳細についてはまだです。ですが彼はあたしに、連中は三人いて、二人は男で一人は女だと言いました」

「俺と甥のポンゴとお宅の娘のポリーだ」

「へっ?」

「ボシャムが言ってるなりすましのことだ――下から上に読み上げると――お前の娘のポリー、俺の甥のポンゴと俺だ」

「あたしをからかってらっしゃるんですか、I卿」

「いいや」

「なんと、驚きました」

「そうじゃないかと思った。説明したほうがいいようだな」

しかし、そうする前に、イッケナム卿は一瞬考え込んだ。ポット氏がリッキー・ギルピンの崇拝者ではなく、娘がこの無資格な男と結婚するのを認めていないことを思い出したのだ。娘がホーレス・デヴンポートの魅力に屈することが父の望みだとポリーが言っていたのも思い出した。したがって、このささやかな冒険にポット氏の共感と協力を確保したくば、本当の事実を少々逸脱して伝えることが必要と思われた。また常に彼は大義のためならば本当の事実を少々逸脱して伝えることを厭(いと)わぬ人物であった。

「ポリーは」彼は始めた。「ホーレス・デヴンポートに恋している」

ポット氏の目は皿のように見開かれた。そして感情の高ぶりのあまり、一〇ポンド札を一枚落っことしてしまった。イッケナム卿はそれを拾い、興味深げにそれを見た。

「ハロー! 誰かがお前にひと財産譲ってくれたようだな、マスタード?」

ポット氏はにやりと笑った。

「まあそんなところですよ、I卿。ボシャムくんが——まあ実にいい青年ですよ——あたしにペルシアン・モナークのやり方を教えてくださいましてね」

「大勝ちしたようだな?」

「ビギナーズラックです」ポット氏は謙遜して言った。

「いくらかっぱいだ?」

「二五〇ポンドです。あの方は負けると倍賭けするシステムをとってましてね」

「それだけあればポリーのいい持参金になるだろう。あの子の嫁入り道具の足しになる」

「へっ?」

「だがその件は後回しだ。ひとまずはブランディングズ城における最新事情をお届けしよう。この話の一番のカギは、つまりお前に真っ先にわかってもらわなきゃならないのは、ポリーがホーレス・デヴンポートを愛してるってことだ」

「そんな話を聞いたら、羽一枚だってノックアウトされちまうところですよ。あの子はギルピンの野郎に恋してるんだと思ってました」

「ああ、あれか? ただの一時的な気まぐれに過ぎん。それにもしそれより深い感情だったとしても、ダンスパーティーでの彼の振舞いが愛の火花を消した」

「愛の何ですって?」

「火花だ」

「ああ、火花ですか? ええ、わかりました」すべてを了解しはじめて、ポット氏は言った。「罵り、毒づき、あの子の悪口を言う。全部娘が誰かとダンスに行ったからだ。そんなことがそこいら中で毎日起こってますよ。あいつは娘に行くなって言ったようなんです。気概ある娘とうまくやっていくには、結構なさりようですよ。うちの大事な娘に、何がしてよくて何をしちゃいけないなんて偉そうに指図する権利がどこにあるっていうんです? 何様だと思ってるんでしょうかね? ベン・ボルトですか?」

「ベン・誰だって？」

「ボルトです。茶色の髪のかわいいアリスって娘といっしょにいた野郎で、その娘はそいつが笑えば喜んで笑い、そいつが顔をしかめれば恐怖に震えるんでさ［トーマス・ダン・イングリッシュの詩「ベン・ボルト」］。うちのかわいい娘にそんな真似をしろって言うんですかね？　ふん！　そんな話を聞いたことがありますか？ここはギリシャですか？」

イッケナム卿はこの質問の意味をはかりかねた。

「俺の知る限りそうじゃないが、どうしてだ？」

「ギリシャじゃありませんでした」ポット氏はいささか苛立たしげに訂正した。「トルコって言いたかったんです。向こうじゃあ女は隷属させられて、自らの魂を我がものと呼べないんでしょう。もしポリーが優しい性格の子じゃなかったら、ビンであいつをぶん殴ってたところですよ。だがあの子はあの子の母親の娘ですから」

「誰の娘だと思ったんだ？」

「あたしの言ってる意味をおわかりじゃない、I卿」辛抱強く、ポット氏は言った。「あたしはあの子が愛する母親の優しい気質を受け継いでるって言いたいんでさ。あの子の母親は天使か何かの愛すべき優しさを持ち合わせてましてね、ポリーもそうなんですよ。あの子の母親はハエ一匹殺さぬ女性でしたし、ポリーもハエ一匹殺さないんですよ。あの子の母親がハエを一匹優しく手のひらに載せてるのを、あたしは何度も見たもんでした――」

イッケナム卿は話に横入りした。今は亡きポット夫人と昆虫王国については何もかも聞いていたいのはやまやまだったが、しかし時間がない。

「ハエのことはしばらく棚上げしないか、どうだ、マスタード？　ホーレス・デヴンポートの問題に戻ろう。さっき話したとおり、ポリーが夢中になってるのは奴だ。また奴の方でもポリーと同じくらいポリーを愛してる。奴はダンスの翌日ここに来たんだ。それで我々もその翌日、奴を追ってここに来た」

「どうしてです？」

「簡単な話だ。ホーレスが誰かは知ってるだろう、マスタード。ダンスタブル公爵の甥にして爵位継承者だ」

「ああ！」ポット氏は言い、もう少しで思いをさらけ出すところだった。

「それで我々はここになりすましのペテン師という卑しい身分でやってきた。なぜなら、もしハッピーエンドを迎えたければ、ポリーが公爵を夢中にさせて、自分の後継ぎの甥っ子と結婚するのに理想的な女性だと思わせることが決定的に重要だからだ。この公爵が難物なんだ、マスタード。そいつは留め具を買うのを惜しんでカラーを首に釘で打ち付けるような男だ。ホーレスは子供の時分から御大のことを死ぬほど怖がってるから、よろしいの目印が点灯するまでは絶対に結婚しない。ポリーがホーレス・デヴンポートと祭壇に向かって歩けるようになるには、公爵に優しく辛抱強く働きかけなきゃならないんだ。それでお前には背景に退いててもらわなきゃならないってことは、いくら言っても足りないくらいだ、マスタード。ポリーは俺の娘ってことになってるんだからな」

　数個の巧みに選び抜いた言葉で、イッケナム卿は事情を概説した。話し終えた時、ポット氏は批判に傾いているように見えた。

「回りくどい方法に思えますがねえ」彼は文句を言った。「どうして娘は、あたしの娘としてここに来ちゃいけないんでしょう?」

「うむ、たまたまそうしない方がうまく行ったんだ」当たり障りなく、イッケナム卿は言った。「今やどうしようにも遅すぎる。だがわかってくれるな?」

「ええ、わかりました」

「わかってくれると思ってたよ。お前の知性は誰だって認めるところだ。とはいえお前がいつだってトランプを切ってエースを出すことに文句をつけたがる連中は知ってるがな。それで今話してた話に戻るんだが、お前がボシャムからかっぱいだ金のことだ。そいつにさよならのキスをするんだ、マスタード」

「おっしゃることがわかりませんが、I卿」

「その金は俺に渡してもらいたい、わが旧友よ――」

「何ですって!」

「――そしたら俺がポリーに持参金として手渡す。わかってる。わかっている」同情するげに、イッケナム卿は言った。「そいつが途轍もない苦しみだってことは、話してくれるまでもない。そう考えるだけでお前の魂が焼き焦がされる思いなのは見て取れる。だが、誰の人生にもな、マスタード、立派で気前の良いことをするか、けだものとして非業の死を遂げるか、決めなきゃならない時ってのは来るんだ。ポリーの立場に立ってみろ。あの子はわずかながらも自分の財産を持たなきゃならない。愛する人のもとに空身で行くわけじゃないって感じられるためにはな。あの子の誇りがそれを要求するんだ」

「ええ、だけど……!」

「お前が父親としてどれだけあの子に優しく世話してきたかを思い出すんだ。子供の時、あの子ははしかをやったか？」

「ええ、はしかはやりました。ですが肝心なのはそこじゃあなく……」

「そこが肝心なんだ、マスタード。さあ、思い描くんだ。あの子がそこに横たわり、顔は真っ赤で熱は高い。その時お前はあの子を助けるためなら持ってる物をなんだって差し出したはずだ。お前の目が涙に濡れているのが俺には見える」

「いえ、濡れてません」

「いや、濡れてるはずだ」

「若い娘がたくさん金を持つのには反対なんです。一〇ポンドやるくらいなら構いませんが」

「けっ！」

「ええ、ですが二五〇ポンドってのは――」

「お前の魂の平安と比べたら安いもんだ。今あの子の期待に背いたら、お前の人生にもう幸せな瞬間は二度と訪れない。ポリーみたいな繊細な女の子にポケットに一ペニーも持たせずに結婚させるなんて、犯罪的だぞ。お前は世間を知った男だ、マスタード。嫁入り道具を揃えることが何を意味するか、お前は知っている。あの子には何だって二着ずつ必要なんだ。それに紳士同伴の場で口にするのも憚られる下着類を買うのに未来の夫におねだりしなきゃならない屈辱を、あの子に味わせていいのか？　そんな真似をさせてみろ。あの子はその汚れなき魂に、年月が隠してはくれるかもしれないが、決して消えることなき深い傷を負うことだろう」

ポット氏は足をじたばたさせた。

「あの子はその金で何を買いたいかなんて言わなくていいんですよ」

「頼むから、マスタード、問題を逸らすんじゃない。もちろん、あの子はその金で何を買いたいか、奴に言わなくたっていい。黄昏に女の子が愛する男と囁き合っていて、突然とってつけたように二五〇ポンド必要だなんて話を持ち出せるもんじゃない。あの子は真正面から用件を切り出してキャミソールやスリップの話をしなきゃならない。お前はあの子にそんな真似をさせるのか？　お前の伝記の中で、気持ちのいい箇所にはならないだろうな、親友よ。俺の見るところ」イッケナム卿は厳粛に言った。「お前は人生の岐路に立っている、マスタード。こちら側にはポリーの幸せと、お前の心の平安がある……そちら側にはお前の自責の念と、あの子のみじめな思いだ。どちらの道をとる？　今は亡きお前の奥さんが同じ質問をしているのが目に見えるようだ。彼女は今そこに立ち……見つめている……待っている……息を吞んで……お前が真っ当なことをしてくれるだろうかって心配しながら。奥さんをがっかりさせないでやってくれ、マスタード」

ポット氏は相変わらず足をじたばたさせていた。ある意味彼の心が動かされたのは明らかだった。しかし他方、そうしていいものか確信が持てずにいるようだった。

「切りよく二〇〇ポンドではどうです？」

「全部かゼロかどちらかだ、マスタード。ゼロか全部かだ。なんてこった、まるで金が消えてなくなるとでも言うみたいじゃないか。ハネムーンが済んだら、お前はいつだってホーレスをペルシアン・モナークで負かして取り返してやれるんだぞ」

ポット氏の顔は突然ほっと赤らんで輝き、一瞬美しく見えたくらいだった。

「ひゃあ！　そのとおりですよ、ねえ？」

「それですべての困難は解決と思われるが」

「もちろんですよ。さあどうぞ、I卿」

「ありがとう、マスタード。お前が決して人を落胆させない男だってことはわかっていたよ。さてとそれでは失礼させてもらって、戻って風呂を浴びるとしよう。散歩の途中で、シュロップシャーの大地をだいぶ身にまとってしまったようだ。一風呂浴びたらすぐにポリーを探し出して吉報を知らせよう。お前がこのことを後悔することは決してないはずだ、親友よ」

こう予想した点で、イッケナム卿は誤っていた。ポット氏はこのことをかなり痛烈に後悔した。彼は二五〇ポンドが所有を離れても心の激痛を覚えずにいられるような男ではなかったのだ。そして彼の友人がかくも颯爽と述べたように、この取引が一時的な貸し出しに過ぎないのかどうかに関する疑念が、すでに彼の心に忍び入りはじめていた。マーケット・ブランディングズに到着するだいぶ前に、彼はホーレス・デヴンポートを本当に信頼してよいものか心配しだしていた。ペルシアン・モナークをするには二人必要だが、ホーレスがこのゲームを愛好しない、奇妙で不快な人々の仲間でないとは限らない。そういう人種に彼は時々遭遇してきた。

しかしながら、善行を積むことには常に何かしら刺激的なところがあるものだし、エムズワース・アームズのプライベートバーに入った時のクロード・ポットは、かなり幸福な男に分類できただろう。いずれにせよ彼はおしゃべりをする気分になるくらいは上機嫌だったし、バーにいた唯一の客に声をかけたのは理性の饗宴魂の交歓を開始しようという想いゆえだった。その客はバーの暗い片隅に腰掛けたがっちりした身体つきの若者だった。

「こんにちは」彼は言った。

その客仲間がこちらを向いてみれば、なんとリッキー・ギルピンその人であった。

15・破滅

リッキーは傷ついた魂の救済を求め、このプライベートバーに来た。またこれ以上賢明な手もなかった。希望が打ち砕かれ、夢の城が廃墟と化したことを若者に好ましく感じさせられるものなど何もありはしないが、しかしエムズワース・アームズの主人、G・オーウェンによって提供されたビールは最高の仕事をしてくれた。自家醸造のビールは液体状の少女ポリアンナであり、常に物事のよい側面を指摘しては明るい光明を見いだしてくれた。それはあなたの手の内側にその小さな手を差し入れ、「元気を出して!」とささやいてくれるのだ。もしリア王がここのタンカードジョッキを手にしていたら、「風よ、吹け、頬を破れ!」も、だいぶ少な目で済んだはずである。

リッキーにそれは魔法のように効いた。アラリック伯父との会談について何時間も思い悩んだ後、彼は打ちのめされた男としてこの場に入ってきた。ポット氏登場の瞬間、彼は再び不屈の精神で未来に立ち向かおうとしていた。

ビールは指摘してくれた。金がすべてではないのだと。「こう考えたらどう?」と、ビールは主張した。「頭がよくて創意工夫の才に富んだ若者が、結婚するのに十分なお金を稼ぐ方法が百通りもないなんて言ったらバカみたいよ。結婚で肝心なのはお金じゃなくて、女の子なの。もし女の子が大丈夫なら、すべて大丈夫だわ。あなたが財政的には下の部類だってことは確かだけど、だけどそれが何？　ポリーがまだそこにいて、あなたのことをこれまで以上に愛してくれているじゃない。きっと何かが現れるわ」

そして今ポット氏が現れたのだった。そして彼の姿を見て、あたかもリッキー・ギルピンの目からはウロコが落ちたかのようだった。

この瞬間まで、クロード・ポットからオニオンスープ・バーの購入資金を確保してみようというアイディアは、一度たりとも思いつかなかった。しかしよくよく考えてみれば、それこそ明白な解決策だと思われた。ポット氏はポリーの父親である。彼はかつて激昂した暴徒連中からポット氏を救ったことがあった。ポット氏がポリーの幸福を確実なものにするための金を提供して昔の借りを返すのは、劇的なくらい正しいことだと思われよう。

「やあ、ハロー、ポットさん」彼は言った。

彼の声の中の好意に、驚きの響きはなかった。相手がここにいる理由は容易に推察できた。彼はポット氏は当然ブリッジフォード・レースのためにやってきたのだと思ったのだ。このレースのことは、マーケット・ブランディングズに着いて以来、大いに聞かされていた。しかし彼がポット氏に会って驚かなかったとしても、ポット氏の方は彼に会って非常に驚いていた。

「ギルピンさん！　あんたここで何をしてるんですか？」

「伯父に呼ばれて来ました。伯父はこの道を何マイルか行ったところにあるブランディングズ城に滞在中なんです。取引の件で僕に会いたがったんです」

ポット氏は愕然とした。

「あんた、城に行かれるんですか？」

「いいえ、伯父が今朝ここに来て話し合ったんですが、うまく行かなかったんです。僕は今夜ロンドンに発ちます」

ポット氏は再び息をついた。この若者がブランディングズ城の慎重を要する策謀の只中で、大いにヘマをやりながら歩きまわるとの思いは、彼を震撼させたのだ。

「もちろんあなたはブリッジフォード・レースに来てらっしゃるんですね？」

「そのとおりです」助け舟に喜んで飛びつき、ポット氏は言った。

「どちらにお泊りです？」

「この近くです」

「ここのビールを飲んでみてください。うまいですよ」

「ありがとう」ポット氏は言った。「ありがとう」

客人に飲み物が提供されるまで、リッキーは口を開かなかった。これまでの人生ずっと、彼は屈強かつ独立心に富んだ人間だったし、比較的よく知らない人物に金を無心するのは、恥ずかしかったのだ。彼は努力してこの内気さを克服した。よく知っていようが知らなかろうが、アラリック・ギルピンの卓越した能力のなかりせば、必ずやクロード・ポットは何週間も入院していたはずだったのだと、彼は自分に言い聞かせた。

「ポットさん」

「はい？」

「あなたにご相談したいことがあるんです、ポットさん」

「さて?」

「オニオンスープはお好きですか?」

「いいえ」

「でも、好きな人は多いんです。そしてその関係で、僕はあなたに事業提案をしたいんです」

「はて?」

リッキーはG・オーヴンの自家醸造ビールを一口すすった。話し相手の態度が抑制されていることを、彼は見逃さなかった。ポット氏の目はいつも何か保護フィルムで覆われたように見える。今はあたかもそこに新たな層が重ねられたかのようだった。

「ポリーがもしかしてあなたにお話ししたかもしれないんですが、ポットさん、オニオンスープ・バーを買わないかって話が来てるんです。ピカディリーサーカスの方にあるああいう所は、もしかしてご存じかもしれませんが」

「娘がそんな話をしていたのは憶(おぼ)えているような気がしますな」

「熱狂的に、していたと思うんです。ものすごく儲(もう)かるんです。一つ一つが金鉱です。僕が話しているそいつは、アメリカ人の友達のものなんです。彼から僕に二五〇〇ポンドで買わないかって話が来てるんです」

その金額を聞いてポット氏は、あたかもむき出しの神経に触れられたかのように顔をしかめた。彼は依然としてホーレス・デヴンポートがペルシアン・モナークを愛好するスポーツマンかどうかを測りかねていた。彼がトランプの山を切りに手を伸ばす姿が目に見える時もあった。目に見えない時もあった。未来は霧に覆われていた。

「それは大変な金額ですな」彼は言った。

リッキーは驚いた。

「大変な金額ですって？　ロンドンのオニオンスープ地帯のど真ん中で繁盛している事業の経営権ですよ？　ただで放り出すようなものなんです。だけど友人はニューヨークに帰りたくてホームシックで、できれば明日にでも船に乗り込みたいんです。で、そういう状況なんです。友人は僕にその大繁盛している事業を二五〇ポンドで売りたいと言ってきていて、それも今週末までに僕が金を準備できればって話なんです。それで言わせてください、ポットさん、そのスープバーの可能性は途方もないんです。毎晩毎晩僕はそこに立ってボトルパーティー中毒の連中が舌を突き出して集まってくるのを見てるんです。まるでバッファローの群れが水穴を求めて殺到してるような具合なんですよ」

「じゃあその人に二五〇ポンド払えばいいじゃないですか」

「金さえあればそうしたいんです。その話をまさしくこれからしようとしていたところなんです。金を貸していただけませんか？」

「だめです」

「いくら利息をつけても結構です」

「だめですね。あたしのことは、外して考えてください」

「だけど、二五〇ポンド持ってらっしゃらないわけじゃないでしょう？」

「持ってますよ、もっと持ってますとも。火曜日にドローンズ・クラブでやった服装ステークスの売り上げとして、今ポケットに現金で持ってますよ」

「それなら、どうして――？」

ポット氏はタンカードの残りを飲み干した。しかしこの高貴なる酒は、心とろかす効果をまるで示さなかった。彼はレモネードで腹一杯だったのかもしれない。

「なぜかをお話ししましょう。なぜならそいつをあんたに渡したら、あんたはうちのかわいい娘に結婚しようと迫るでしょう。ポリーは心動かされやすい子だ。母親似なんです。人を幸せにするためなら何でもする。あんたが娘にその話をすれば、娘は賢明な判断に反する行動をとるでしょう。そうしたら」ポット氏は言った。「苦い目覚めが訪れるんです」

「苦い目覚めって、どういう意味です？　ポリーは僕を愛しているんですよ」

「どうしてそう思われるんです？」

「彼女が僕にそう言いました」

「礼儀正しいだけですよ。あんたを愛しているですって？　けっ！　何であなたなんかを好きになるんです。もしあたしが娘なら、あんたになんかに髪につけた小さいバラの花一つだってやりませんね」

「あなたに髪の毛なんか、ないじゃないですか」

「ここは個人攻撃をしていただく場じゃありません」ポット氏はきっぱりと言った。「それに髪の毛がすべてじゃありません。言わせてもらいましょう。その点について、あたしみたいになりたいって願う男はたくさんいるんですよ。例えばアブサロム〔『サムエル記下』十四の二五―二六〕です。それにあなたはあたしの発言の肝心（かんじん）なところをわざと無視している。もしあたしが娘で髪があって髪にバラの花をつけていて、それであんたがあたしにそのバラをくれって頼んだら、あたしはあんたにそいつをやらないって話です。なぜなら、結局のところギルピンさん、あなた何者です？　ただの詩人ですよ。あんた、ただのインク書きなぐり屋じゃありませんか。ポリーにはもっとふさわしい相手がいい」

「あなたが僕をお嫌いで残念です――」

「嫌いとか、そういう問題じゃないんですよ。うちのかわいい娘の求婚者としての資格がないって言ってるんです。あなたに根本的に悪いところなんて何もないんだ、ギルピンさん――あんたの左フックが素晴らしいことは認めますよ――ですがあんたはオムシーリウーじゃない。フランス語で真っ当な男って意味です」ポット氏は説明した。「世に名を上げてかわいい娘を、かわいい娘が支えられるべき仕方で支えてやれる男ってことです。もしあんたがオムシーリウーだったら、詩なんぞ書いて時間を無駄にしてないはずですよ」

リッキーは落ち着けと自分に言い聞かせていた。しかし落ち着きはこの過酷な状況下で容易に訪れるようなものではなかった。

「あたしのかわいい娘は、しっかりした財産のある男と結婚すべきだ。ホーレス・デヴンポートだったら……」

「ホーレス！」

「『ホーレス！』と、そんな風におっしゃっていただくのは構いませんが。彼は公爵の甥御さんだ」ポット氏は言った。

「スノッブになれと言うなら言いますが、僕だって公爵の甥です」

「ああ、でもあんたのママは金を持ってなかった。だがホーレスのパパは持ってたんです。そこに大きな違いがあるんですよ。あたしの知る限り、あんたのママは身分が下の者と結婚した。無論今になって後悔しても始まりませんが」

「僕が後悔するのは、あなたが理性の声を聞かないことだ」

「聞いたことがないですね」

沈黙があった。ポット氏は自家醸造ビールをタンカードにもう一杯いただきたいところだったが、この状況だと自分の分は自分で支払わないといけないようだ。

「ポットさん」リッキーは言った。「僕はあなたの命を一度救いました」

「それで最後の審判の日にみんなして精算する段になったら、その件はあんたの貸方の方にきっちりチョークで書かれてるんでしょうよ」ポット氏は平然と言った。「あの連中は自力で片付けられたって、あたしは確信してますよ」

　頑健な父親から受け継いだ筋肉が、リッキーの頬骨の上で立ち上がった。

「そうなさる機会がもっとたくさんあるよう、願うばかりです」彼は言った。

　ポット氏は傷ついた様子だった。

「意地悪をおっしゃいますねえ」

「そのつもりで言ったんです。なぜなら」リッキーは率直になって言った。「腹の中身を蹴り出されて、鋲釘つきの靴を履いた強靭な男たちに死体を踏んづけられて然るべき太鼓腹のちんちくりんが一人いるとしたら、それはあなたです、ポットさん。街頭でチンピラに襲われてるところを今度見かけたら、僕は連中の上着を持ってやって高みの見物しながら騒いでますよ」

　ポット氏は立ち上がった。

「ホー！　あんたがそういう意地の悪い了見でいるんじゃあ、あの子がホーレスの方がいいって言うわけもわかるってもんですよ」

「彼女がホーレスの方がいいって言ってるなんて考えを、どこで仕入れてきたか伺ってもよろしいですか?」

「あの方が娘をダンスパーティーに連れていった夜の、あの子の様子を見ていてわかりましたよ。彼こそわたしのプリンス・チャーミングだって思ってるのがすぐわかる目をしてました。それにその件については、信頼できる情報源から確認をとってましてね」

リッキーは笑った。

「ポリーはホーレスとはもう二度と会わないと僕に約束してくれたと申し上げたら、興味深いかもしれませんね」彼は言った。

「まったくもって少しも興味深くはありませんな」ポット氏は言い返した。「なぜなら私は、あの子が彼と定期的に会っているのを知ってますからね」

ここでリッキーがポット氏に、あなたは真っ赤な嘘をついていると言い、そして彼がちんちくりんの小男で、真っ当な男なら舟竿(ふなざお)の先で触れるのだって真っ平御免だという事実ゆえに締め殺されるところから救われたのだと言ったことが、この状況下で許容できたか否かは議論の余地のあるところである。ポット氏は許容できるとは考えず、すっくりと立ち上がった。

「ギルピンさん」彼は言った。「それでは結構な夜を過ごされますよう、願っています。これだけの無礼の後ですから、今後あなたとの交際は一切お断りします。何事にもやり過ぎということがありましてね、あなたはそれをなさいました。あたしは酒は他で飲むことにします」

彼はそうしようと〈ジョリー・クリケッターズ〉へと向かった。そしてしばらくの間、リッキーはタンカードを前に、座っていた。今や当初の発作的な憤慨は治まり、彼は怒りに満ちたというよりは、面白おかしい気分だった。あの嘘はあまりにも下手くそで、あまりにもたやすく見破れるものだった。そもそもそんなものに悩まされたことで、彼は自分を責めた。

不確実な世界に、確かなものが一つあるとしたら、それはポリーが死ぬほど正直だということだ。あんな父親のところにどうして彼女が生まれたのかは大いなる謎（なぞ）の一つであるが、ともかくもそうなのだ。ポリーが人を騙（だま）すだなんて想像もつかない。

心臓の火照（ほて）りとともに、リッキー・ギルピンは立ち上がり、宿屋の裏口に通じる廊下を歩いた。彼は空気が吸いたいと思った。ポット氏が入ってきてから、バーは少々狭く感じられたのだ。

エムズワース・アームズの庭は川に至っており、春の宵には心地よい、良い香りのする場所である。リッキーはそこにずっといられたらと願ったが、彼は午後遅くのロンドン行きの急行列車に乗るつもりだったし、まだまとめねばならない荷物があった。彼は残念そうに回れ右をして、宿に着いた。と、その内部から姿の見えぬ声がしてきたのだった。

「ハロー」その声は言った。「ハロー」

リッキーは驚いて足を止めた。この歌うような声で「ハロー」を言う男は世界中にただ一人しかいない。

「ハロー……ポリーかい？」

リッキー・ギルピンの心臓は、ロシアのダンサーのように足をくるくる回しながら空中にまっすぐ跳（と）び上がるかのようだった。電気椅子（いす）に座る男は当局者がスイッチを入れた瞬間どんな気分がするのか、時折考えたものだったが、今の彼にはわかった。

「ハロー？　ポリー？　ポリー、かわい子ちゃん。こちらはホーレス。ああ、わかってる。何も気にしないで。今すぐ君に会わなきゃならない。もちろん重要なことだ。生きるか死ぬかの問題だ。だから優しい天使みたいにすべてを投げ捨てて、来てくれないかなあ。城の門のところで道路に出ていてくれ。誰にも見られたくないんだ。えっ？　何だい？　ああ、大丈夫。僕の車がある。君より先にそっちに着く」

エムズワース・アームズのラウンジに赤毛の爆弾が飛び込んだ。窓近くの隅に電話があったが、話し手の姿はなかった。そして表の通りから、車の音が聞こえてきた。

リッキー・ギルピンはドアに飛びついた。しゃれたビングレーがハイストリートを走り出そうとしており、長身で痩(や)せた、見慣れた人物がハンドルを握っていた。

一瞬、彼は叫ぼうと思った。それからもっといい方法があることに気づくと、彼は走り、跳び上がってビングレーの後尾にしがみついた。

ホーレス・デヴンポートは自分が無賃乗車者を乗せていることにまったく気づかずにアクセルを踏み、ビングレーはスピードを増した。

入浴を終えて気分爽快(そうかい)になったイッケナム卿は自室を出、ポリーを探してブランディングズ城じゅうを歩きはじめた。彼女を見つけられなかった彼は喫煙室にいたポンゴに情報を求めた。彼はそこで静かに何も見つめず座っていた。今、彼の上には人生の重荷がのしかかっていたのだ。

「ああ、ポンゴ。ポリーをどこかで見かけたかい？」

ポンゴは思索のうちから身を起こした。

「ええ、見かけました……」

ポンゴは言葉を止めた。彼の目玉は飛び出した。彼はたった今、イッケナム卿が手にしているものが何かを見たのだ。

「なんてこった！　現金ですか？」

「ああ」

「いくらです？」

「二五〇ポンドだ」

「わあ、なんてこった！　どこで手に入れたんです？」

「信じられないだろうが――マスタード・ポットからだ」

「何ですって！」

「ああ、びっくり仰天することに、マスタードがたった今職業上の資格においてこの城に到着した。我々の動きを監視するようボシャムに呼び出されたんだ。俺としたことが、ボシャムの能力を軽く見過ぎた。俺があいつの財布を持って立ち去った男じゃないと納得させようという俺の善意から出た行為を見破って、奴に助力を求めることに決めたんだ。まったく頭の回る若者だ。俺を完全に騙すとはな。ロンドンに無数にいる探偵の中からどういうわけでマスタードを選び出したのかは、俺には何とも言えない。ホーレスから奴のことを聞いていたに違いないと、推測するだけだ。いずれにせよ奴はここにいて、それも怠けてたわけじゃない。到着してから半時間の内に、ペルシアン・モナークでボシャムからこれだけのまとまった金を巻き上げたんだ。そして俺は天使と格闘したヤコブみたいにあいつと格闘して、こいつを取り上げたんだ」

ポンゴは全身を震わせていた。

「だけど、これは途方もないことですよ！　絶対的にハッピーエンドです。一ヤードごとに織り手の名前が織り込まれていてですね。遅かれ早かれ伯父さんがやってくれると思ってました。善良なるフレッド伯父さん！　貴方は唯一無類です。貴方みたいな人はいない、いるもんか。さあそいつを僕にください！」

イッケナム卿は甥っ子が誤解の下に長々としゃべっているのがわかった。

「残念ながら、坊や、これは君のじゃない」

「どういう意味です？」

「これはポリーの分なんだ。あのオニオンスープ・バーの購入資金だ。これであの子は愛する男と結婚できる。すまない。これが君にとってどれほどの痛手か俺にはわかる。お詫びに俺が言えるのは、あの子の必要は君のよりも大きい〔詩人・軍人のサー・フィリップ・シドニーがジュトフェンの戦いで負傷した際、他の兵士に水を譲って言ったと伝えられる〕ってことだけだ」

ポンゴ・トウィッスルトンは真っ当な人物である。一瞬彼は全世界が自分の周りで崩れ落ち、バラバラの混沌になったように感じた。しかしすでに彼の善良な自己が采配を揮いはじめていた。ああそうだ――彼は感じた――そうだ、そうした方がいい。この大金に手も触れられないと考えることは苦痛だったが、不快な苦痛ではなかった。彼の偉大なる愛は何かしらそうした犠牲を要求したのである。

「おっしゃることはわかりました」彼は言った。「ええ、そのとおりです」

「あの子はどこだ？」

「マーケット・ブランディングズにでかけたんだと思います」

「何の用があってマーケット・ブランディングズにでかけたんだ？」

「そこまではわかりません。でも、さっきテラスでタバコを吸っていたら、彼女が出てきて、帽子をかぶって靴を履いていて、それでそこに行こうとしてるって印象を与えたんです」

「さあ、あの子を追いかけて人生に陽光を運び入れてやるんだ」

そのアイディアはポンゴにはただちに魅力的とは思われなかった。

「往復四マイルもあるんですよ、ご存じでしょう」

「ああ、君は若くて強い」

「どうして自分で行かないんです？」

「長幼の序というものだ。散歩してちょっと眠くなった。部屋で一眠りしてこようと思っている。カントリーハウスの寝室のパチパチ燃える火の前で昼寝するくらいに心地よいことはないと、俺はよく言うんだ。君がでかけるんだ」

ポンゴは大喜びででかけたわけではなかったが、とにかくでかけた。そしてイッケナム卿は部屋に向かった。暖炉の火は明るく、肘掛け椅子は柔らかく、甥っ子が険しい道を四マイルとぼとぼ歩いているとの思いには、奇妙に心安らぐところがあった。天板の上で歌うヤカンのようにかすかな、音楽的な音によって静寂が破られるまでに、長い時間はかからなかった。

しかしこういう善きことは長続きしないものだ。わずかな眠り、まどろみ、眠って握られた手、すると誰かが我々の肩を揺すりにやってくるのである。

目を覚ましたイッケナム卿は、彼の肩を揺する人物がホーレス・デヴンポートであることに気づいた。

16. 白スミレ

彼は礼儀正しく起き上がった。この予期せぬ怪奇現象を目にして、彼が完全に冷静沈着であったと述べたら、事実を不正確に伝えることになろう。実際、一瞬、彼の感情は、すぐ脇の手荷物の中から突然悪魔の大王が赤い炎に包まれて飛び出してきた時のパントマイムのヒロインのそれとほぼ同一であった。しかし彼の神経系はごく見事に制御されており、彼の態度物腰にどれほど深く動揺したかを示すものは一切なかった。

「やあ、こんばんは、こんばんは」と彼は言った。「デヴンポートさんですな？　お目にかかれて光栄です。だが、あなたはこちらで何をしてらっしゃるのですかな？　ここを出てボーンマスで休養されるものと思っておりましたが」

「ホーイ！」ホーレスが言った。

ホーレスは抗議するかのように手を挙げた。彼の目は炉の中を通り過ぎてきた者の目だった。また、あたかも小型動力エンジンを飲み込んだかのように、彼は静かに振動していた。

「どうなさいました？」

「その話し方ですよ。やめてください。そんな気分じゃないんです」

これなるは先ごろの会見の際の、気持ちのいい物分かりのいいホーレス・デヴンポートではないのだと、何かがイッケナム卿に告げたように思われた。しかし彼は態度を変えなかった。

「これは失礼いたしました。お気障りであったなら申し訳ない。ついこうした職業的な癖が出てしまいましてな。私の患者のほとんどは、こうした話し方を安心できると感じるようなのです」

「ああそうですか！　あなたと患者なんてコン畜生だ！」

これらの言葉を発するこの青年のむき出しの敵意は、どこかに支障が生じたのだというイッケナム卿の見解を肯定した。しかし、彼は変わらず最善を尽くした。

「申し訳ないのですが？」

「申し訳ながるのはやめてください。とはいえ、クソ！」ホーレスは甲高い声で言った。「とてつもなく申し訳なく思ってもらいたいところですよ。そんなふうに僕をからかって。僕がすべてを知っているとお伝えしたら、興味深いかもしれませんね」

「そうなのですか？」

「そうです。あなたはサー・ロデリック・グロソップじゃない」

イッケナム卿は眉を上げた。

「だいぶ奇妙なご発言をなさいますな。そう伺って愉快ではないと申し上げましょう。興奮していらっしゃるご様子だ。おっしゃってください、あなたは――」

「やめていただけますか！　聞いてください。あなたはヴァレリーのフレッド伯父さんだ。僕はサー・ロデリック・グロソップを知っている人に会って、その人は容赦ないほど詳細に彼のことを描写してくれたんですよ」

イッケナム卿は必然は必然として受け入れられる人物だった。好きではないかもしれないが、受け入れることはできる。

「となると、君の言うとおりこの邪気のないごまかしを続けてもおそらく何の意味もないな。そうだ、まったく君の言うとおり。俺はヴァレリーのフレッド伯父さんだとも」

「そしてあの時僕がホールで会ったのはポンゴ・トウィッスルトンとポリー・ポットだ。なんて言うか、あなた方ロクデナシは僕に結構な仕打ちをしてくれたってことですよ。僕は頭がおかしくなったと思い込まされた。結局僕にはどこも悪いところはなかったんですよ」

「君はだいぶほっとしたことだろうな」

「僕がどう感じているかをお知りになりたければですが、途轍もなく激怒して、とんでもなく気分が悪いですよ」

「ああ、君の気持ちはわかるし、申し訳ないとしか言いようがない。胸が痛んだが、戦略的必然性があった。君が邪魔で、使える方法で消えてもらわねばならなかった。我々がブランディングズ城をこんなふうに偽名で訪ねて、何をしているのか説明させてくれ。我々がここに来たのは暇つぶしの気まぐれじゃあない。ポリーが自分が誰かを知られぬまま公爵のハートを勝ち取って、君のいとこのリッキーとの結婚に至る道の道ならしをできればと思ったんだ。あのカボチャ頭の御大の階級差に関する見解は知っているだろう。リッキーが出自のいかがわしい娘と結婚したいと言ったら——また、マスタードの親爺くらい出自のいかがわしい奴も思いつかないんだが——、御大は躊躇なく結婚に異議を申し立てる。我々は内密にことを進めようとしていたし、君の正直で嘘のつけない性格がそのことを隠しとおせるとは信用できなかった」

ホーレスの正当な怒りが、一瞬驚愕に変わった。

「だけど僕は、リッキーとポリーは別れたんだと思ってました」

「まったくそんなことはない。ダンスパーティーの後、一時的な諍いはあったが、ポリーが女性らしいそつのなさで丸く収めたんだ。彼はふたたび百パーセント熱烈な恋人だ」

「だったらどうして奴は僕を殺そうとしたがるんです？」

「そんなことはない」

「そうなんです。確かなことです」

「君は誰か別人のことを考えてるんだ」

「僕は誰か別人のことを考えてるんじゃありません。たった今僕の車の後ろに取り付いているのを見つけて、それで奴は僕を細切れに引きちぎって、近場の牧草地に撒き散らしてやると、はっきりそう言ったんです」

「君の車の後ろと、言ったか？」

「ええ。僕が前方から降りると、奴は後方から降りてきて僕に飛びかかってきたんです」

「どうやら俺は、最新のストッププレス状況がわかってないようだ」イッケナム卿は言った。「君に話してもらった方がよさそうだ――興味津々の話となること間違いなしだな」

初めてホーレスは顔を明るくした。何か楽しい思いが浮かんだのは明らかだった。

「ええ、興味津々に違いありませんよ。ええ、あなたは俄然関心を示されるはずです。あなたはきわめて厄介な状況にいます。シャロット姫は呪いが我が元に達したと言いました。どうです？」

イッケナム卿には何のことやらわからなかった。

「君はわかりにくいものの言い方をするなあ、青年よ。デルフォイの神託はもういい。是々非々（ぜぜひひ）ではっきり言ってくれ」

「わかりました。要するに、ヴァレリーはあなた方が何をしているかに関する事実を完全に掌握（しょうあく）していて、明日一番にここにやってきます」

　これはイッケナム卿が予期していなかったことだった。またありとあらゆる場合に運命の痛撃に対して平然たる態度で臨むのが彼の習いであったが、彼は目に見えて驚き、また彼の颯爽（さっそう）たる口ひげは、一瞬うなだれて見えた。

「ヴァレリーが？　ここに来る？」

「ご動揺されると思ってましたよ」

「まったくそんなことはない。いつだってかわいい姪（めい）っ子に会うのはうれしい、いつだってだ。すると君はあの子にまた会ったんだな？」

　ホーレスの態度はますます親しげになった。自分の受けた仕打ちには依然として腹を立てていたし、戦略的必然性の抗弁を正当化事由として適切だと受け入れるつもりもなかった。しかし彼はこれなる鉄の男を賞賛せずにはいられなかったのだ。

「昨夜レストランで会いました。ボーンマスに車で行く前に一生一度の大騒ぎをするってことについて話し合いましたが、僕はそれを遂行しにでかけたんです。大騒ぎするのはとてもいいって同意してくださったのを憶（おぼ）えてらっしゃいますか？」

「ああ、憶えている。そう言った」

「あなたはメイクイーンという飲み物を浸かるほど飲むといいとも勧めてくださいました」

「そのとおりだ。羽目を外すには最高の友だ。気に入ったかい？」

「うーん、イエスとノーですね。奇妙な飲み物です。しばらくは世界のてっぺんに座ってるみたいな気分になるんです。だけど飲み進めると、途轍（とてつ）もない悲しみに満たされるんです。一クォート目は結構。歓喜が至高に君臨して青い鳥が心臓も裂けよとばかりに歌っている。しかし、二クォート目がだいぶ進んだ頃になると、全状況が変わります。気がつけば、なんてこの世界はクソ忌々（いまいま）しくて、自分はそこでなんてくだらない時間を過ごしていることかって思ってるんです。前途は暗くなり、目に涙が溢（あふ）れます。すべてが悲しく、希望なしに見えるんです」

「実に興味深い。俺の若い頃、君が経験したくらいまで徹底してやったことはなかった。一パイントのイッケナムと、人は俺を呼んだものだ［一パイントは一クォートの半分］」

「それで僕がこの第二段階に到達したところで、よりにもよってヴァレリーが、ペキニーズ犬のブリーディングの関係者みたいに見える年かさの婦人といっしょにやってきたんです。二人は腰をかけ、それで気がついてみれば、僕は二人の間に割り込んで、ヴァレリーに自分がどんなに惨（みじ）めかって話してたんです」

「彼女の連れには興味深いことだったろうなあ」

「ええ、そうなんです。その人は夢中で聞いてました。親切な老婦人でした。ぜんぶその人のお陰なんです。状況の概要を理解するやいなや、最高に堂々たる態度で僕を擁護（ようご）してくれたんです。言っとかなきゃいけないんですが、ヴァレリーは最初からそんなに同情的だったわけじゃないんです。彼女の態度は冷たく誇り高く、膝（ひざ）から肘（ひじ）をどかすよう僕に言い続けてました。だけどこの立派な老婦人がすぐにすべてを変えてくれたんです。彼女自身の人生にも似たような悲劇があったんだそうで、そのことをすべて話してくれました」

「すると君はそのペキニーズ犬のブリーダー女史に、婚約破棄に関する事実を明かしたんだな？」

「ええ、そうですとも。即座にです。あなたのメイクイーンには、人の抑制を取り去る何かがあるようです。と言っておわかりいただければですが。それで僕がすべてを打ち明けると、その人もご自分の話をしてくださったんです。遠い昔に、ある男をすごく愛していて、何かの理由で喧嘩（けんか）して、それで彼はくるりと背を向け立ち去ってマレー連合州に行ってゴム農園主の未亡人と結婚したんです。全部彼女が誇り高すぎてすべてをもとどおりに修復してくれる小さな言葉を口にできなかったばっかりに。それで何年もして、小さな白いスミレの花束が一枚の紙と一緒に届いたんでした。そこには『だったかもしれない』と書かれていました」

「感動的だ」

「とてもです。僕は大泣きに泣きました。それからその人は僕の背中ごしにヴァレリーに、慈悲は強制されるものではなく、僕には聞き取れなかったんですが何かみたいに何かの上に降り注ぐ［『ヴェニスの商人』四幕一場「慈悲は強制されるものではなく、雨のごとく地上に降り注ぐ」］とか言ったんです。僕にはなんだかわからなかったんですが、その効果は素晴らしかった。ヴァレリーの目が和らぎ、涙が溢（あふ）れ出してくるのが見えました。次の瞬間僕らは激しく抱擁（ほうよう）し合っていたんです」

「そして？」

「そして長い夜が更けていったんでした。まあ、いわゆるですが。そのペキニーズ犬女史は彼女のマレー連合州の人のことをもっと話してくれて、僕は泣き続けて、ヴァレリーも泣きだして、するとペケ犬女史もまた盛大に泣きだして、だいたいその頃にウェイター頭（がしら）がやってきて、どこか別の店に行ったらどうかって提案してきたんです。それで僕らはみんなで僕のフラットに行ってエッグス・アンド・ベーコンを食べたんでした。それでお皿を配りながら突然、僕は頭がおかしくて、かわいい女性と結婚する権利なんかないんだってことを思い出したんです。僕はそのことをヴァレリーに言って、それですべての話が明らかになったんです」

「なるほど」

「そのペケ犬女史はサー・ロデリック・グロソップをよく知ってるそうで、いとこのライオネルが何かしらの病気で彼の治療を受けてるんだそうです。それで彼女が描写してくれたその人物の容貌から、あなたが彼のはずはないってことが明らかになったんです。ですからあなたがあなただってことは、ごく明確になりました」

「容赦ない推論だな」

「それであなたが僕を庭の小道に誘った動機についてあれこれ推測を巡らしていたら、ヴァレリーが鼻で笑って、あなた方がこの歴史ある古城で何らかの地獄じみた悪事を企んでいて、僕が邪魔だったのは明らかだって言ったんです。ご自分でお認めのように、そのとおりだったわけでしょう。

彼女は最高に知的な女性なんです」

「ああ最高にな。時々俺は、あの子は絞め殺されたらいいんじゃないかって思うよ」

「それで最終的には、彼女は今朝イッケナムに行ってあなたが不在なのを確かめて――それがはっきりしたらここに颯爽とやってきてあなたの正体をみんなに暴露するつもりです。それで僕がしなきゃならないのは、先に出発して彼女が到着する前にここに着いてることだと了解したんです。なぜなら、おわかりでしょう、僕たち二人の間ですべては許されすべては忘れられたものの、まあいわゆるですが、それでまあ愛が再び君臨しているとはいえ、一つだけ小さな問題があるんです。彼女がポリーのことをちょっと詮索（せんさく）してるようだってことです」

「つまり君とポリーとの関係についてってことだな？」

「そうです。ヴァレリーはすごく嫌な感じで、ポリーはとってもかわいらしい女の子なのねって言って、それで僕があの子はただの何でもない小娘で、ダンスパーティーに連れていったのはひとえに同情からに過ぎないって趣旨のことを言ったんですが、彼女にはあまり温かく受け取ってはもらえませんでした。彼女の態度はさらなる捜査を意図する女性のそれだと、僕は感じました」

「それでヴァレリーにここに来てもらって、ポリーに会ってあの子が本当にどう見えるか見てもらいたいっていう君の欲求は、ごくわずかなんだな？」

「ほぼゼロです」ホーレスは率直に告白した。「ですから、都合がつき次第ここへ車を飛ばしてやってきて、まだ時間があるうちに撤収するようポリーに言おうとしてたんです」

「実に賢明だ」

「エムズワース・アームズから僕は彼女に電話して、城の門のところで会うよう段取りました。それから車に飛び乗ってそこへ向かったんです。それで前方から車を降りてみると、リッキーが後方から車を降りてきた時の僕の驚きを考えてもみてください」

「びっくりして跳（と）び上がったに違いないな」

「ええ。跳び上がってびっくりしました。僕はジャックウサギみたいに逃げ出しました。それでその過程でおそらく二回は地面に倒れながら一キロちょい行ったところで、自分が城の表にいることに気づいて、立ち止まってこの状況を再検討したんです。それでポリーと会えなかった以上、僕にできる最善のことはあなたを捕まえることだってわかったんです。もちろんあなたの部屋がどこかは知ってましたし、だからディナーの着替えに戻ってくるまで待とうと思って忍び入ったんです。で、こんなふうに蓋を開けてみたら一番最初にポンと飛び出してきたみたいにあなたを見つけるだなんて、この厄介な一夜に僕が体験した驚きのほんの一部です」

「つまり君は俺に、ポリーを見つけて、ヴァレリーが到着した時その場にご参集のご一同様の中にいないようにって伝えて欲しいんだな?」

「まさしくそうです」

「あの子には出ていってもらおう。むしろ我々全員とも、ここに居残ってかわいい姪っ子を歓迎しない方がいい。ついさっき俺はポンゴに、我々トウィッスルトン家の者は決して逃げ出さないと言ったばかりだが、しかしルールには例外がつきものだ。ヴァレリーがＧＨＱに、俺が脳みそ専門家になりすましてブランディングズ城にいるのを見つけたと報告する立場にあるとなると、その帰結は人類を驚倒させるものとなるだろう。だが、もしあの子が到着する前に俺が消えていれば、断固たる否定でなんとかならないこともない。だから安心するんだ、青年よ、俺は一刻も無駄にすることなく若き共犯者たちを招集する。それで君は車でロンドンに戻るんだ。静かに撤収する前にテントを畳むアラブ人［ロングフェローの詩「日の終わり」］とは違って、我々は荷造りの手間すらかけないんだ」

「だけどどうやって車に乗ればいいんです? リッキーが車の前に立ちはだかってるんですよ」

「リッキーと君との小さな困りごとは、俺がうまく何とかしてやれると思う。まず最初に俺が出ていって奴に説明しよう。戻ってくるまでここにいるがいい。君の伯父上がたまたま覗きに来た時に戸棚の中に隠れたかったら、是非ともそうしてくれ。ゆっくりくつろいでいってくれ給え」

イッケナム卿が車道を進んでゆくと、その宵は涼しく香り高く、柔らかな風が木々に囁きかけていた。立ちはだかる危機にもかかわらず、彼の気分は穏やかだった。興味深い人々に満ち溢れた場所であるこのブランディングズ城を立ち去らねばならないのは残念だったが、しかし去るべき時が来たことが彼にはわかった。また結局のところ、自分の仕事は完了したのだ、と彼は思った。ポリーは金を手にしたし、ポンゴには金が約束された。そしてエンプレスは公爵の魔手から無事に逃れたのだ。本当に、もはや彼が留まる必要は何もない。自分が今しなければならないのは、ポリーの恋人、この激情的な若き詩人に心なだめる言葉を二つ、三つかけることだけで、それで楽しかったこの一件も落着と考えられよう。

城門まで半分行ったかどうかのところで、彼は足音を聞いた。薄暗がりの中を小柄な人影が近づいて来たのだ。

「ポリー？」

「ハロー」

この女の子の常ならば音楽的な声に、単調な音が混じっているように感じられた。彼女の横に立ち止まると、奇妙な無気力さが感じ取れた。

「どうしたんだい？」

「何でもない」

「隠さなくていい、かわい子ちゃん。視界はよくないかもしれないが、君が疲れ果てた花のようにうなだれているのが俺には見える。君の落ち込みようはほとんどポンゴ級だ。さあおいで、何があったんだい？」

「ああ、フレッド伯父さん！」

「ああ、よしよし、いったいどうしたんだい？」

目をこすりながらポリーが話しだしたのは、しばらく経ってからのことだった。

「ごめんなさい。わたし、バカな真似をして」

「まったくそんなことはない。いつだって泣くことは必要だよ。ポンゴにも勧めてやるとしよう。何があったか俺にはわかったと思う。君は恋人と話をしたんだな。君はホーレスに会いに門のところに行った。そしてリッキーを見つけたんだ。また君の様子から、そいつのうちの詩人よりはろくでなしの部分が一層強く出たようだってことはわかる」

「彼、ひどい態度だった。でもあの人のこと、責められないわ」

「もちろんだとも。かわいそうな男だ」

「だって、あの人がどんな気持ちかわたしにはわかるもの。わたし、二度とホーレスとは会わないって約束したのに、こっそり会いにでかけるなんて」

「そんなに地獄じみた寛大な心でなんかいるんじゃない、かわい子ちゃん。いったい全体どうして君が会いたいだけホーレスに会っちゃいけない訳がある？　この甘き歌声のバカ野郎に、君が誰と会っていいとか会っちゃいけないとか言う権利がどこにあるっていうんだ？　何があったんだい？」

「彼、わたしに向かって怒鳴ってわめき散らしたの。彼、全部終わりだって言った」

「何日か前のあのダンスパーティーの後だって、奴はそう言った。だけど君がうまくなだめたじゃないか」

「今度はうまくできなかったの」

「やってみたのかい？」

「ううん。わたしカッとなってしまって、彼と同じくらい野蛮になったわ」

「いい子だ」

「ひどかったの。彼、わたしのこと嫌いになったわ」

「君は奴を嫌いになったのかい？」

「もちろんなってないわ」

「つまり、これだけ全部すべてにもかかわらず、君はまだあいつを愛しているんだな？」

「もちろん愛してるわ」

「女性とは驚異だ。さてと、俺がすぐに全部直してやろう。これから奴に会いに行く途中なんだ」

「無駄よ」

「同じことを人々はコロンブスにも言った。心配するんじゃない、かわいい子ちゃん。全部なんとかできるさ。自分の有能さは自分でよくわかっているし、時々自分でも絶対的に驚くことがあるくらいだ。このワンダーマンの力に限界はないのかと、俺は自問する。どうしてあんな野郎がいいのか俺にはまだ完全にはわからないんだが、しかし好きなら奴を手に入れなきゃならない」

　彼は歩みを続け、ただいまビングレーが道路脇に停まっている門のところに到着した。餌やり時間のトラのようにその界隈を行ったり来たりしている若い人影を、彼は視認した。

「ギルピン君だね？」彼は言った。

17. お金は大切

この四月の一日にリッキー・ギルピンに起こったかくも多くの不快な物事からすると、彼が陽気な気分でなかったのはまるで驚くべきではない。公爵とかポット氏とかホーレス・デヴンポートとか不誠実な女の子とかに満ち満ちたこの世界にあって、愛想のいい態度を無傷で維持できるのは例外的に達観した人物だけだろう。リッキーは昏(くら)く顔をしかめた。彼はこの上品な見知らぬ人物が誰かを知らなかったが、彼を嫌いになる準意は十分できていた。

「あなたは誰です?」

「俺の名はイッケナムだ」

「ああ?」

「聞き憶(おぼ)えがあるようだな。きっとポリーが私の話をしたんだろう」

「ええ」

「ではお互い様の精神で、今度は私がポリーの話をしよう」

リッキー・ギルピンの頑丈な身体に、震えが走った。

「いいえ、結構です。彼女とのことは終わりました」

「そんなことを言うんじゃない」

「言います」

イッケナム卿はため息をついた。

「若さ、若さよ！　無頓着な子供のように、それがどんなに幸福を放り出すことか」彼は言った。そして一瞬言葉を止めて無頓着な子供が何を放り出すかを考えると、付け加えて言った。「シャボン玉を吹いて、日の照らす空中に無益に放り出す。ああ、なんと残念なことか。俺から一つ話をしてもいいかな、ギルピン君？」

「いいえ」

「何年も前のこと」イッケナム卿の話を止めるには、もっと優秀な人物が必要だろう。「俺は一人の娘を愛した」

「ところでホーレス・デヴンポートを見かけませんでしたか？」

「俺は彼女を深く愛していた」

「もし奴に会ったら、コソコソ隠れ回っても無駄だって言ってやってください。必要とあらば僕は、ここで何週間だって待つつもりです」

「些細なことで二人は喧嘩をした。苦い非難の応酬があった。そして最後に彼女は部屋を出てゆき、ゴム農園主と結婚した」

「遅かれ早かれ奴は出てこなきゃならないし、細切れに引き裂かれなきゃならないんです」

「そして何年もしてから、小さな白いスミレの花束が届いた。『だったかもしれない』と書かれた一枚の紙片と共に。悲劇的だろう、どうだい？　この老人に助言を許してもらえるなら、ギルピン君、苦しんだ老人――誇り高すぎて小さな言葉を言えなかったばっかりに幸福を投げ出した老人――」

　金属的なカーンという音がした。リッキー・ギルピンが車のフェンダーを蹴(け)とばしたようだ。

「聞いてください」彼は言った。「そんなことしたって時間の無駄だと言ってるんですよ。ポリーが僕を言いくるめるためにあなたを送ったってことは、わかってるんです――」

「君を言いくるめるために俺を送っただって？　青年よ！　君はあの誇り高き娘のことがわかっていないんだ」

　イッケナム卿は言葉を止めた。リッキーはヘッドライトの前の金色の光の中に入っていった。そして初めて彼は薄暗闇の中のぼんやりした人影以上のものとしてリッキーの姿を見ることができたのだった。

「教えてくれないか」彼は言った。「君の父親はビリー・ギルピンって名の男じゃないか？　近衛師団アイリッシュガーズの？」

「ええ、父の名前はウィリアム［ビリーはウィリアムの愛称］です。第八十八歩兵連隊コノート・レンジャーズにいました。どうしてですか？」

「そうだと思った。君はあいつの生ける亡霊そのものだ。さてと、そうわかってみれば、君がこんなバカな真似をしてるのも驚いた話じゃない。俺は君の父親を知っていた。またバーやレストランで何度あいつの頭の上に座って、ものの道理をわからせようって骨折ったことか、その度に五ポンドもらえてたらよかったのにって思うよ。どうでもいい些細(ささい)なことに腹を立てて、すぐカッとなる頭を持ってそこいらじゅうをうろつき回ってる喧嘩腰(けんかごし)のバカ野郎の中でも――」

「僕の父親の話をするのはやめにしましょう。それでこれがどうでもいい些細なことだっておっしゃりたいなら、僕を愛してるはずの女の子がホーレス・デヴンポートとほっつき歩いて。だって約束したんですよ――」

「だがな、青年、あの子がホーレスとほっつき歩いてたのは君を愛してたからだってことが、わからないのか？……説明させてくれ。それで俺の話を聞き終わって君が恥辱と後悔に苛まれてなかったら、人間としての感情が死に絶えてるってことだ。まず第一に、君への愛がなかったら、あの子はそもそもアルバートホールのダンスパーティーにのこのこ出かけたりはしなかった。衆人環視の中、ズールー族の戦士の格好にべっ甲ぶちのメガネをかけた男といっしょにいて、うれしがる女の子がいると思うか？　ポリーが出かけたのは君のために身体的精神的苦痛を耐え忍ぶ覚悟があったからだ。ホーレスが心くつろいだ気分でいるときに、君のオニオンスープ・バーを買うのに必要な金を貸してくれって頼もうと、あの子は意図していたんだ」

「なんと！」

「何週間もあの子はあいつにダンスのレッスンをしてやって、勤勉に奴の機嫌をとっていた。そしてあの晩が大仕事の大決算の時と狙いを定めてたんだ。あの子は君のところかけつけて、うんざりただ待ってるだけの時は終わって、君と自分は結婚し、大酒呑みのパーティーから生還した泥酔者連中にオニオンスープをご提供して生涯幸せに暮らしましたってことになれるって報告しようと願ってたんだ。聞く耳もたない君の振舞いのせいで、あの晩のあの子の計画はめちゃめちゃになった。あの女の子はマルボロー街警察署に連行された男に金を借りようなんて真似ができるもんじゃない。あいつはそういう気分じゃいないっていってあの子の直感が告げたんだな。だからあの子は、次の機会を待たなきゃならなかった。ホーレスがここにいると知り、あの子はここに来た。あの子は奴に会った。あの子は金を手に入れた――」

「ポリーは――何ですって？」

「そうなんだ。金はあの子が持ってる。あの子はそれを君のところに持ってこようとしていたんだ」

「だけどどうして僕がここにいるって、彼女にわかったんです？」

「女の直感だな」イッケナム卿は言った。

「だけど――」

「いや、そういうことなんだ」イッケナム卿はぶっきらぼうに言った。「君がここにいることをあの子がどう知ったかなんて、何が問題だ？　あの子にはそれがわかって、そして大事な宝物を見せようとする子供みたいに金を持って君のもとに駆けつけてきたってだけで十分じゃないか。そして君は――君は何をした？　君はゲスな悪党みたいに振舞った。あの子が君とおさらばできてラッキーだったと思っているとしても、俺は驚かない」

「なんてこった！　彼女はそんなふうに思ってるんですか？」

「たったいまあの子に会った時には、そう言っていた。また俺はあの子を責めない。信頼なくして愛なしだ。それで君ときたら信頼の心に満ち満ちているところを見事に証明してくれたじゃないか、えっ？」

ホーレス・デヴンポートがこの瞬間を見ていたら、リッキー・ギルピンの顔を驚くべき大発見と思ったことだろう。彼のギラギラ輝く目にこんなにもきまり悪げにまたたくなんてことができようとは、またあの鉄のあごにこんなにも取り出しに失敗したブラマンジェみたいにがっくり落ちようがあるとは、信じられなかったことだろう。未来のオニオンスープ界の大立者は、濡れた砂を一杯に詰めた靴下で頭の後ろをぶん殴られた者の症状すべてを示していた。

「バカな真似をしました」リッキーは言った。また彼の声は寝起きの小鳥たちの朝一番のキンキン声のようだった。

「そのとおりだ」

「僕が何もかも見事に台なしにしたんですね」

「そこに気づいてくれて嬉しいよ」

「ポリーはどこなんです？　彼女に会わなきゃ」

「それはお勧めしないな。気概ある女性に対して、君がポリーに対してしたような仕打ちをすることが何を意味するか、君はわかっていないようだ。あの子は君に対して大いに怒っている。会おうなんて正気の沙汰じゃない。君にできることはただ一つだ。ロンドンにはいつ帰る？」

「晩の列車に乗るつもりでした」

「そうしたまえ。ポリーはまもなく自宅に戻るだろう。あの子が帰ったらすぐに、チョコレートを買いにでかけて――チョコレートはどっさり買うんだぞ――そいつをあやまり倒すような謝罪文といっしょに送るがいい」

「そうします」

「それから一目会いたいと懇願する。また懇願と言う時、俺は懇願を意味している」

「もちろんです」

「もし君が十分な謝罪と後悔の念を表明するというなら、君が絶望すべき理由は俺には見つからない。あの子はかつて君のことが好きだったんだし、また君を好きになるかもしれない。俺もあの子と話して、君のためにできることをやってみよう」

「ご親切にありがとうございます」

「どういたしまして。旧友の息子のために、できることはしてやりたいからな。それでは失礼、ギルピン君。よく覚えておくんだ……チョコレート、謝罪、後悔、チョコレートはどっさり買うんだぞ」


イッケナム卿が戻ってきてポリーにリッキー・ギルピンとの間の一部始終を伝える長い話を終えた時、ポンゴ・トウィッスルトンがその場に居合わせなかったのはおそらく幸運なことであったろう。なぜならそこでは彼の存在を根底まで苦しめたであろう感情的なシーンが出来したからだ。

「さてと、ここまでだ」とうとうイッケナム卿は言った。「現状況はこういう具合だ。それで君がしなきゃならないのは、しっかり座って戦略的有利を享受することだけだ。あいつにチョコレートを贈るよう言っておいてよかった。ああいうがさつな男は、普通だったら女性にチョコレートを贈ろうだなんて夢にも思わないからな。上品な社交上のたしなみとは無縁の男だっていう印象を受けた」

「だけど、どうして彼をわたしに会わせてくれないの？」

「かわいい子ちゃん、それじゃあ俺がよかれと思ってお膳立てしたすべてが台なしだ。君があいつの腕の中に身を投じてたら、あいつは自分がボスだって思ったはずだ。君はあの青年を君の思いどおりに動かせる立場にいるんだ。君は奴のチョコレートを冷淡で落ち着いた態度で受け取る。何も約束したことにはならない。そしてやがて、何週間か奴が行ったり来たりして途中で時々仕立て屋に飛び込んで悲嘆に暮れる用の喪服を新調して精神的苦悩のせいで体重を減らして、その後で君は奴を許すんだ——こういうことは二度とあっちゃいけないっていう厳格な了解のもとでな。ああいう支配型のオスタイプの男に、あんまり物事が簡単に運ぶと思わせちゃいけない」

ポリーは眉をひそめた。花々の芳香と優しい音楽に満ちたこの世界に、そうした感情は不調和だと思われた。

「どうして喧嘩みたいなことにしなきゃいけないのかわからないわ」

「いや、しなきゃならない。結婚とは戦場だ。バラの花壇じゃない。誰の言葉だ？　俺のにしちゃあでき過ぎだ。いや、俺だってものすごくいい奴を思いつくことがないわけじゃあない。だいたいは風呂の中でだが」

「わたし、リッキーを愛しているの」

「そりゃあよかった。だが、幸福な結婚生活を確保する唯一の方法は、一番最初にチームの大将は誰かってことを徹底的にはっきりさせとくことだ。愛する妻はハネムーン中にその点をきっちり確定したし、我々の結婚は理想的な結びつきだ」

ポリーは突然話を止めた。

「そんなのバカげてるわ。わたし、彼に会いに行く」

「いい子だから、やめなさい」

「行くわ」

「君は後悔するぞ」

「しないわ」

「俺の骨折りのことを考えるんだ」

「考えたわ。どんなに感謝してるか言葉にならないくらいよ、フレッドおじさん。あなたって本当に素敵。わたしを泥の中から引っ張り上げて、わたしのために世界をぜんぶ変えてくれたんだもの。だけど、わたしリッキーにそんなことできない。自分のことが嫌になるわ。彼が自分をボスだと思い続けたってわたしは構わない。だって本当にそうなんだし、わたしはそれでいいんだから！」

　イッケナム卿はため息をついた。

「君がそう思うなら仕方ない。『彼の美しい広い額と仰いで天を見る眼は、絶対的支配権を示していた』［ミルトン『失楽園』第四巻、二九九－三〇〇］ってのを君が望むなら、言い聞かせたってしょうがないんだろう。あの青年に分をわきまえさせる天の贈りたもうた機会を、君がむざむざ放り捨てようって決めてるなら、そうすればいい、かわいい子ちゃん、神のご加護のあらんことを。だが今会っちゃだめだ。あいつは汽車に乗らなきゃならないんだからな。明日まで待たなきゃならない」

「でも、そんなに待てないわ。電報を送っちゃだめ？」

「だめだ」イッケナム卿はきっぱり言った。「ものごとには限度がある。少なくともうわべだけでも女性の威厳を保つんだ。ホーレスに今夜車でロンドンに乗せていってもらったらどうだい？」

「やってくれるかしら。彼、今日はもう長いドライブをしてきてるんだから」

「君が隣に乗ってくれるなら、もう一回したいと心の底から願うはずだ。ポンゴと俺は明日の朝、みんなが高く評価する八時二十五分の汽車に乗って行くとしよう」

「あなたもここを出てゆくの？」

「我々みんなだ。詳しいことはホーレスに聞くことだな。俺の寝室にいる。もしいないようなら、戸棚の中を覗(のぞ)いてみたまえ。ところで俺はポンゴと連絡を取って段取りを伝えなきゃならない。ここを出ていくってニュースを知ったら喜ぶはずだ。何らかの理由で、ポンゴはブランディングズ城で幸せにやってないんだ。ところで、奴には会ったかい？」

「ええ、リッキーと会った後、戻ってきた時に会ったわ」

「よし。君がちゃんと金を受け取ったかどうか気になってたんだ」

「彼、わたしにお金を渡そうとしたけど、お返ししたわ」

「返しただって？」

「ええ、いらなかったんだもの」

「だが、いい子ちゃん、あれはオニオンスープ・バーの購入資金だったんだぞ。君の持参金だ！」

「知ってるわ。彼がそう言ったもの」ポリーは楽しげに言った。「だけどわたし、リッキーとひどい喧嘩(けんか)をして、永遠にお別れしちゃったところだったから、これから溺(おぼ)れて死のうって思っていて、だから持参金なんていらなかったの。彼に、やっぱりいりますって言ってくださる？」

　イッケナム卿は静かにうめいた。

「状況を知れば、そんな気楽な、何でもないような調子で話はしてられないはずだ。結局あの金は必要になりましたってポンゴに言うのは、君が思ってるほど気持ちのいい仕事じゃない。麻酔と鉗子(かんし)の助けを借りれば、なんとかかんとかがんばってあの不幸な若造から金を引き剝(は)がせるだろうが、あいつが金を渋々出すまでにはいやらしい、耳障(みみざわ)りな音がすることだろうな。とはいえ、どれほどの代償を支払おうとも、君の利益を守ることについては俺を絶対に信用してもらって大丈夫だ。明日の午後にはポット家にブツを持っていけるだろう。それじゃあ急いでホーレスを見つけるんだ。早く出発した方が奴は喜ぶはずだ」

「わかったわ、フレッドおじさん。あなたって天使よ」

「ありがとう、かわいい子ちゃん」

「あなたがいなかったら――」

またひとたびイッケナム卿は腕の中を一杯にし、また彼の甥の厳格な見方からすると必要とも適切とも思われない程度に振舞った。それからポリーは幸福そうに歌いながら暗闇へと姿を消し、彼は一人残された。

マーケット・ブランディングズに至るハイロードを歩く途中で、やはり幸福そうに歌う別の声をイッケナム卿が聞いたのは、およそ十分後のことだった。彼は悲痛な思いとともに、その声が誰のものかを認識した。ポンゴ・トウィッスルトンが生まれもった陰気さを振り払ってヒバリのごとく楽しげに歌うのはそうあることではなかったし、愛してやまないこの若者の唇から、常にはないメロディーを拭い去るのが自分の仕事だと思うのは、嬉しいことではなかった。

「ポンゴか？」

「ハロー、フレッド伯父さん。なんて素敵な夜なんでしょうねえ」

「まったく」

「この空気！　星たち！　伸びゆくものたちの香気！」

「いやまったくだ。あー、ポンゴ、あの金のことだが」

「あなたがポット嬢にあげた金ですか？　ええ、そのことをお話しするつもりでした。彼女にそう申し出たんですが、いらないって言うんですよ」

「彼女はリッキーと別れたから、もう必要ないんだって」

「ああ、だが――」

「まさしくそのとおり。だが、その後――」

「だから僕はその金をポッケに入れ、マーケット・ブランディングズにとっとと向かって郵便局にさっと入り、二〇〇ポンドをジョージ・バッド宛の封筒に入れ、五〇ポンドをウーフィー・プロッサー宛の封筒に入れて書留で送ったんです。だからもう全部大丈夫です。この安堵たるや、途方もないですよ」ポンゴは言った。

イッケナム卿はすぐには話し始められなかった。しばらくの間、彼は口ひげを指でもてあそび、甥っ子を思慮深げに見つめていた。善良な者たちにとって明らかに物事を困難にしてくる天の摂理に、彼はうっすらした敵意を覚えていた。

「これは」彼は言った。「ちょっと困ったことだな」

「困ったことですか？」

「ああ」

「どういう意味です？　僕には……」

ポンゴの声が次第に小さくなった。忌まわしい思いが浮かんだのだ。

「なんてこった！　まさか彼女は考えを変えて、結局のところあの金を欲しがってるっていうんじやないでしょうね？」

「残念ながら、そのとおりだ」

「まさか彼女はリッキーと仲直りしたと？」

「そうだ」

「それで結婚するのにあの金が必要だと？」

「まさしくそのとおり」

「ああ、なんてこった！」

「ああ」イッケナム卿は言った。「困ったことになった。その点は否定できない。俺はリッキーに、金はポリーが持っていると言った。それで奴は目の前でスープをがぶがぶ飲みまくる群衆が舞い踊る金色の未来像を描きながら汽車に乗った。俺はポリーに明日金を持って行くと言った。それであの子は歌いながら去っていった。この事実を打ち明けなきゃならないのは、気持ちのいいことじゃない。失望は不可避だ」

「バッドとウーフィーに電話して、金を返してくれって頼んだらどうでしょう？」

「無理だ」

「僕もそう思います。じゃあどうします？」

イッケナム卿の顔が明るくなった。全部負けたわけではないことがわかったのだ。回転の早い彼の頭脳が、長く困惑したままでいることは滅多にない。

「わかった！　マスタードだ！」

「へっ？」

「マスタード・ポットだ。あいつが俺たちのためにこの件をなんとかしなきゃならない。明らかに、俺たちがしなきゃいけないことはマスタードをもういっぺん野に放つことだ。あいつの寄付金が、愛する娘の幸福を確実にする代わりに、君みたいな比較的他人の経済的困難を解決するために使われたと知ったら、奴もちょっとは気を悪くするだろうが、しかし俺が数分間雄弁を振るえば、必ずや残念無念の思いは忘れて、もう一発やってくれるよう説得できるのは間違いない」

「ボシャムとですか？」

「ボシャムじゃあない。午後にマスタードとペルシアン・モナークをした者は、夜またやる心持ちにはなれないんだ。エムズワース卿が相手だ」

「エムズワース卿御大(おんたい)ですか？　なんと、なんてこった！」

イッケナム卿はうなずいた。

「君の言いたいことはわかる。そのパンと肉とを腹一杯ごちそうになっている親切な主人から金をだまし取ることには、一線が引かれるべきだと君は感じている。またその点を広く一般的な観点から考えるなら、俺は君に同意する。それは間違いなくイッケナム家の紋章盾(たて)の汚点となるだろうし、しなくて済むならその方がいい。だがこれほどの危機にあっては、人は繊細な感情を忘れなきゃならないんだ。言ってなかったと思うんだが、君の妹のヴァレリーがまもなくここに到着する予定だ」

「何ですって！」

「そうホーレスが教えてくれた。奴のことは信頼できる情報源とみなしていい。つまり我々は明日の朝八時二十五分の汽車に必ず乗らなければならない。だからポリーに資金を確保してやるためには、我々はだらだらほっつき歩いちゃいられないってことがわかるだろう。これは『エムズワース卿から金を巻き上げるのは正当か?』とか『この善良な老人から金をだまし取ることは倫理上正当化できるか?』なんて問題じゃなく、むしろ、『彼に金はあるか?』って問題なんだ。そして彼に金はある。したがってエムズワース卿は金を我々に渡してくれるだろう。それで俺は失礼して、物事を整理してみることにする。後で君の部屋に行って報告しよう」

18・死闘

二階に割り当てられた小さな彼の部屋でディナーのために着替えるポンゴ・トウィッスルトンは、憂鬱で、放心状態でいた。いつもなら、日中のサナギから輝く夜の蝶々へと変身するこの過程は、彼に喜びを与えてくれた。心鎮めてくれるひげ剃り、人を蘇生させる入浴、雪のごとく白いシャツの前身頃の柔らかなパリパリいう音、そして数分後に自分は人民に眼福を施すのだと思うことを彼は愛した。しかし今夜、彼は陰気で上の空だった。タイを締める時でさえ、真の熱情を覚えることなくそれをしたのだった。

ブランディングズ城のささやかな集いの輪に加わろうと妹がこちらに向かっているとの報は、ポンゴを大いに動揺させた。それは彼が到着以来体験してきた、自分は危険にさらされ、悪い市民に脅かされているのだという感覚を増大させた。見知らぬ小路に紛れ込み、レンガを持った少年に怯えるねこだったら、彼の感情を理解してくれたことだろう。またこの神経症的な不安だけでも、彼の心を身支度に集中させないのには十分だった。

しかし、彼の心の平安を台なしにする要因としてはるかに強力だったのは、不安よりも良心の呵責であった。ポリー・ポットを一目見て恋に落ちて以来、彼女のために自分が大いなる犠牲を払う時が訪れるやもしれないと彼は夢想していた。彼の驚くべき高潔な行為にめちゃくちゃに感謝する彼女の小さな手をぽんぽん叩く己が姿を彼は思い描いていた。彼女の目を、ロナルド・コールマン流のふざけた、ひねくれた笑みで覗き込んでいる自分の姿が彼には見えた。もしもの時のために、そのシーン用のセリフをちょっと準備してさえいた。それは「よしよし、かわい子ちゃん。何でもないんだよ。君が幸せでいてくれさえすれば」で始まり、さらに効果的な言葉が続くのだ。

それで実際に起こったのは、ペルシアン・モナーク使いの彼女の父親が介入してギリギリ土壇場でこの状況から救出してくれなかったら、自分は彼女の人生を台なしにするところだったということだ。こんなふうな反省にぐらついた心には、並外れて素敵に結ばれたタイが必要なのだが、鏡を見ると彼のタイはまあまあ程度に過ぎなかった。実際それは理想にははるかに遠かったから、彼は解いてもういっぺん結び直そうとした。と、ドアが開き、イッケナム卿が入ってきた。

「それでどうなりました？」ポンゴは熱を込めて訊いた。

それから彼のハートは、ほんの数分前まで史上最低と思われた底の底の更に大底を更新した。伯父の顔を一瞥しただけで、目の前に立つこの人物が歓喜に満ちた吉報の運び手ではないことはすぐわかったからだ。

イッケナム卿は首を横に振った。彼の態度には名状しがたい、悪寒を覚えさせるような厳粛さがあった。

「愛する坊や、合衆国海兵隊は到着しない。守備隊救出は未だならず、飲料水は底をつき、周囲では相変わらず野蛮人たちが吠え立てている。言い換えれば、マスタードにはがっかりした」

ポンゴはよろめきながら椅子に向かい、ゆっくり腰をかけた。また彼がズボンの膝を引っ張り上げるのを忘れたという事実から、彼の心のありようがおおよそ示されよう。

「引き受けてくれなかったんですか？」

「引き受けたとも。予想どおり、最初は憮然とした様子だったが、すぐに説得して丸め込んで、計画に同意したんだ。俺がしなきゃならないのはエムズワース卿を連れてくることだけで、あとは自分でやると、やる気満々で言ってくれた。奴はトランプを取り出すといとしげにそいつを指でなでさすった。老戦士が戦の前に自分の刀の切れ味を試すみたいにな。そしてその瞬間に、エムズワース卿が入ってきた」

　ポンゴは重たくうなずいた。

「どうなるかわかりました。エムズワース卿がプレイしなかったんですね？」

「いや、した。こいつは長くて複雑な話なんだ、坊や。あんまり口を挟んで話を中断させないで欲しい。さもないと計画に取り掛かる前にディナーの席に着かなきゃならなくなるからな」

「どういう計画です？」

「時が来たら君に提案したい策謀というか行動計画がある。ひとまずは起こったことを順番に説明させてくれ。今言ったとおり、エムズワース卿が入ってきた。また彼の様子から、何かしら強烈な感情のわしづかみにされているのは明らかだった。彼の目は見開かれ、鼻メガネは宙に浮き、また俺に向かって声を立てずに何かべちゃくちゃ言おうとした。動揺した時の彼の癖だ。それからやっと、ブタが盗まれたという言葉が出てきた。お茶の時間の後、食後の楽しみに見にいったらいなかったんだ。ブタ小屋は空っぽで、ベッドに眠った形跡はなかった」

「はあ？」

「この荘厳な人間悲劇に対して、ただ『はあ？』と言うよりはもっと適切なコメントができそうなもんだと思うんだが。ああそうだ。ブタが盗まれた。そしてただちにエムズワース卿の疑念はもちろん公爵へと向けられた。後者は午後中ずっと自室にいたから、犯人ではあり得ないと俺が指摘した時、彼はかなり面食らっていた。公爵は昼食後直ちに自室に戻り、その後姿を見た者はいない。また寝室の窓から庭に出たはずもないんだ。なぜなら我々はバクスターが一時半からずっとそこの芝生に座ってたのを見てるんだからな。あいつは消化不良の軽い発作が出て、昼食を抜こうと決めたらしい。ダンスタブルは自室から出てないと奴が証言している。つまり、この一件は偉大なる歴史上の謎の一つとなった。鉄仮面の男［十七世紀フランスバスチーユ監獄に収容されていた謎の男］やメアリー・セレスト号事件［一八七二年、ポルトガル沖を無人で漂流中のところを発見された］と並ぶような、ってことだ。人は解答を見いだそうとするが、見つからない」

いら立ちを募らせつつ話を聞いていたポンゴは、この点を否定した。

「どうでもいいです。僕には徹底的に、絶対にどうでもいいです。ブタなんてコン畜生だっていうのが僕の見方です。まさかここにブタの話をしにきたわけじゃありませんよね？　ポットとトランプの件はどうなったんです？」

イッケナム卿は謝罪した。

「すまない。我々老人には話が長くなる傾向がある。エムズワース卿のブタの運命に対する君の関心はごくわずかだってことを思い出すべきだった。そうだ、俺はエムズワース卿に、彼には気晴らしが必要で、それにはトランプが最適だと提案した。マスタードは、奇妙なことですがたまたまここにトランプを一組持っていましてねえと言い、次の瞬間二人はゲームを始める次第となった」

イッケナム卿は言葉を止め、うやうやしく息をついた。

「壮麗としか言いようのない見ものだった。最善最高のペルシアン・モナークだ。マスタードが見せた混じり気なしの見事な技術は想像をはるかに超えていた。奴は娘の幸福のためにプレイし、またその思いが奴に霊感を与えたんだな。思うに、こういう時には一種のジェスチャーとしてカモに時々勝たせてやるのが普通なんだろう。だがマスタードが、これほどの危機にあっては旧世界的儀礼なんてものは無意味だって思ったのは明らかだった。伝統を無視し、奴は毎回勝ち続けた。それで勝負が終了すると、エムズワース卿は立ち上がって、楽しいゲームをありがとうと奴に感謝し、金を賭けてなくて本当によかった、さもなくば大変な大金を失っていたことだろうと言って、部屋を出ていったんだ」

「ひゃあ、なんてこった！」

「ああ。いささか困惑したとも。マスタードは一度ブタに噛まれたことがあると言ったが、その時でさえ――そいつも奴の人生における一つの頂点だったに違いないが――これほど打ちのめされたかどうかは疑問だ。エムズワースが去ってから五分くらいの間、奴にできるのは、こんなことは生まれて初めてだと茫然自失で繰り返すことだけだった。まこと日々に新たにして、また日に新たなりだ。それから突然奴の顔が明るく照り輝くのが見えた。奴は水を得た花のように息を吹き返した。そして振り返ってみると、公爵が入ってくるのが見えたんだ」

「ああ！」

イッケナム卿は首を横に振った。

「愛する坊や。ここは『ああ！』と言うところじゃない。最初に言ったが、この話はハッピーエンドじゃないんだ」

「公爵はプレイしなかったんですか？」

「君は人がプレイしないとばかり言うが、マスタードが望めば人は必ずプレイする。奴は一種の魔法をかけるんだ。公爵は大喜びでプレイしたとも。公爵は今日は部屋に引きこもって退屈な午後を過ごしたから、まさしくペルシアン・モナークをやって一息つきたいところだったと言った。自分は若い頃このゲームの才能がものすごくあったんだと言った。俺はマスタードの目が濡れたように光るのを見た。二人は座った」

イッケナム卿は言葉を止めた。彼はこれほどの題材は最大限に活かしたいという雄弁家の自然な欲求と、話を短く切り上げて気をもむ甥っ子を安心させたいという人間的衝動との間で、引き裂かれているかのようだった。後者が勝利した。

「このゲームが得意だというダンスタブルの主張は徹底的に証明された」彼は短く言った。「確かに、マスタードの調子は最善じゃあなかった。ついさっき最高の奮闘努力をした後で、弱って気力が落ちてたのかもしれない。いずれにせよ、ダンスタブルはたった十分で三〇〇ポンドもぎ取ったんだ」

ポンゴはびっくり仰天した。

「三〇〇ポンド？」

「そういうことだ」

「現金でってことですか？」

「即座に現金にて支払われた」

「だけど、それだけ持ってたなら、どうしてその金をポット嬢にやらなかったんです？」

「ああ、君の言いたいことはわかる。いや、マスタードはいろんな意味で変わった男だ。勝ち金を奴から取り上げるのは難しい。自分の娘のためにだって、運転資金を手放しやしないんだ。あいつの頭の中のことは、はっきりとはわからん」

「僕にはわかりません」

「だが、そういうことだ」

「それで今度我々はどうしたらいいんです？」

「えっ？　もちろん公爵の部屋に忍び込んで金をくすね盗るのさ」

　近頃非常になじみ深くなってきた奇妙な悪夢のような感覚が、再びポンゴを襲った。自分の聞いたことに間違いはないと思った――伯父の発音は美しく明瞭だった――しかし、彼には自分の耳が信じられなかった。

「くすね盗るですって？」

「くすね盗るんだ」

「だけど、金をくすね盗るなんてこと、できませんよ」

「ああ、もちろん途轍もなく良くないやり方だ。だが俺はそいつをいずれ少しずつ返してゆく借金のようなものと見なしている――不規則に間をおいてだが――毎回、白いスミレの花束が添えられることだろう」

「だけど、なんてこった――」

「君が何を考えているかはわかる。高度な訓練を受けた君のリーガルマインドには、当該行為が封建領土における聖職売買や賃貸料の支払いじゃあないにせよ、不法行為か軽罪を構成することは明らかだろう。しかし、ことは成し遂げられなければならん。ポリーの必要は何にも増して最重要だ。俺のあの子に対する愛情について、マスタードが前に言っていたのを思い出す。俺はあの子のことを何よりかにより娘みたいに思っている、と。それで奴の言うとおりなんだ。おそらくあの子に対する俺の思いは、エムズワース卿の愛ブタに対する思いにほぼ匹敵するだろう。またあの子の幸せを確かなものにするためなら、どうでもいいような俺の良心のとがめなんかに行く手を邪魔されたくはない。俺は穏健な遵法市民だ。だが、あの子を幸せにするためなら、手が空いたら六人虐殺して過ごす手斧を持った悪魔にだって喜んでなろう。だから言ったように、我々はブツをくすね盗る」

「僕を巻き込もうって言うんじゃないですよね?」

イッケナム卿はびっくり仰天した顔をした。

「巻き込むだって? なんとおかしな表現をするものだなあ。当然君は役目が果たせて大喜びするとばかり思っていたよ」

「こういう厄介ごとに僕を混ぜないでください」きっぱりと、ポンゴは言った。「ドッグレース、いいでしょう。城門にもぐり込む、わかりました。不法侵入、ダメです」

「だけど愛する甥っ子よ。君がいなかったらポリーは必要な金を全部手にしていたはずだったと思えば——」

「あー、なんてこった!」

ふたたび、自責の念が大波のごとく押し寄せてはポンゴを粉砕した。動揺のあまり彼はこの側面を忘れていたのだ。恥辱に彼は身悶（みもだ）えした。

「そのことを忘れちゃあいけない。ある意味君は、巻き込まれるべき道徳的義務を負っている」

「そのとおりです」

「じゃあやってくれるな?」

「もちろんですとも」

「よし。君がそう言ってくれるってことはわかっていた。年寄りをからかうもんじゃあないぞ、ポンゴ。一瞬君が大真面目で言ってるんだと思った。さてと安心した。俺の考えた計画には君の協力が不可欠なんだからな。ところで君の声は近頃どんな具合だ? ああ、思い出した。道路で会った時、君はナイチンゲールのごとく囀（さえず）っていたんだった。君のことをリリー・ポンス［フランス生まれのソプラノ歌手。一九三一年にメトロポリタン・オペラにデビュー後はスター歌手として活躍］と間違えたくらいだった。よし、最高だ」

「なぜです?」

「なぜなら君の任務は――君の簡単で、単純な任務だ――本当に大変な仕事は俺がやる――ダンスタブルの部屋の窓の外の芝生で、『うるわしのロッホローモンド』を歌ってまわることだからだ」

「へっ? なぜです?」

「君はなぜなぜ言い続けだな、まったく。ごく簡単だ。ダンスタブルは、何らかの理由で自室にこもっている。我々はまず最初に奴を外に出さねばならない。俺くらいの不法侵入初心者にだって、金を探して人の部屋を荒らしまわろうっていうなら、本人がいない時を見計らってやったほうがずっと気持ちがいいってことはわかる。君がロッホローモンドを歌えば公爵をおびき出せる。あの懐かしの名曲に、奴がどんなにすぐ反応するかはわかっているからな。この一件における君の役割は、ローレライと沼地の鬼火をブレンドしたようなものと考えている。君はサイレーンの歌声でダンスタブルを誘い出し、暗い闇の中で奴の前を行ったり来たりして奴を遠ざける。その間に、俺が忍び込んで用を済ませる。完璧だろう？」

「貴方が誰にも見つからない限りはですね」

「バクスターのことを考えているのか？　確かにそのとおり。常にすべての可能性を考えろってことだ。もしバクスターが我々が何らかの謎めいた用件で忍び込むのを見たら、間違いなく探偵本能がかき立てられることだろう。だがその状況についてはちゃんと考慮済みだ。俺はバクスターに催眠薬を飲ませる」

「何をですって？」

「おそらく君にはミッキーフィンという名前の方がおなじみだろう」

「だけどいったい全体どこで催眠薬を手に入れるつもりなんです？」

「マスタードからさ。俺が知ってた頃からあいつの生活様式が完全に変わっていない限り、絶対に一服持ってるはずだ。昔、奴は肌身離さずそいつを持っていた。クラブを経営してた時、奴のささやかな集いの輪の中に秩序と調和が維持できたのは、ひとえに催眠薬を賢明に活用したおかげだ」

「だけどどうやって公爵にそいつを飲ませるんです？」

「俺は方途を見つける。ダンスタブルは今部屋にいるはずだと思うが」

「僕もそう思います」

「だったら俺はちょっとマスタードのところに行って、その後で公爵のところに立ち寄って消化不良の調子はどうかと訊く。ここまではすべて俺に全幅の信頼を置いてまかせてもらっていい。君の任務はディナーの後まで始まらない。行動開始予定時刻は九時半ぴったりだ」

数分後、ルパート・バクスターに歓迎されないご交際を押し付けたイッケナム卿には、この人物が以前の遭遇の際の、厳格で冷酷な青年とはまったく違っていることは明らかだった。正午を過ぎてまもなく執事ビーチよりレディー・コンスタンスにもたらされた、バクスター氏は遺憾ながら本日の昼食をお召し上がりになれませんという伝言は、ブタを盗み出すことを計画中の男に必要な孤独と休養を確保するための、たんなる方便ではなかった。雇用主の命令は彼の消化器官に本当の不具合をもたらしたのである。最も偉大なる人物にもつねに弱点はある。ナポレオンと同じく、バクスターにおいては胃腸がそれであった。

夕方近くなると、気分はいくらかよくなった。だが今、エンプレスを公爵の寝室の仮住まいから車に移動させ、その車で彼女の新たな家に搬送するのだとの思いに、あらためて彼はいっそう激しい痛みを覚えるのであった。イッケナム卿が入ってきた瞬間には、およそ十八匹あまりのヤマネコたちが彼の内臓内で大乱闘を始めたところだった。

したがって、彼が訪問者ににっこり微笑むなどとは期待できない。また彼はそうしなかった。ウエストコートをなでさする手を一瞬止め、彼はよほどのうすのろ間抜けにも非友好的とわからずにはおられないような目でイッケナム卿を睨みつけた。

「何でしょう?」嚙み締めた歯の間から、彼は言った。

イッケナム卿は友好的な態度を期待してはいなかったから、彼の態度に平静を失うことはまったくなかった。彼はただちにその場に必要な、二人分の愛想のよさを供給した。

「ちょっと寄ってみたんだ」彼は説明した。「聞きたいことがあってね。それとお見舞いもしたかった。君は俺がもっと前に来なくて怠慢だと思うだろうが、しかし田舎の邸宅がどんな具合かはわかるだろう。四六時中気の散ることばかりだ。さてと、お加減はいかがかな？ ちょっとした腹痛だとは思うが。お気の毒なことだ。昼食の席に君がいなくて皆さみしがっていたし、同情の意が大いに表明された――無論この俺も誰に劣らずそうしたものだ」

「お前の同情などいらない」

「同情なしで人は生きられるものだろうか、バクスター。いかに卑しき身分の者ですらだ。その上、俺の同情は実際的で建設的なかたちをとっている。ここに」白い錠剤を取り出すと、イッケナム卿は言った。「どんなに激しい腹痛も忘れさせてくれること間違いなしと俺が保証する薬がここにある。水少々に溶かして飲むんだ」

バクスターはその申し出に疑りの目を向けた。なりすましのペテン師に関する彼の知識は、彼らが純粋に利他的な動機から行動することは滅多にないと告げていた。なりすましの親切な行為をよくよく精査せよ。さすればそこにひもの付いた何かしらを見いだすことだろう、と。

そして突然、肉体の苦痛を一瞬忘れさせるほどの、愉快な考えに彼は思い至った。ダンスタブル公爵ルパート・バクスターは自らの雇用主に関して何の幻想も抱いていなかった。もし金のハートをウォーの無愛想な外見が金のハートを内に隠し持っているとは思わなかったし、もし金のハートをウォータークレスで巻いて皿に載せて手渡されたとしても、彼にはそれが何だかわからないだろうと――正当にも――感じていた。しかし、彼が初歩的な感謝の意識を持っていることは信頼していたし、わたくしバクスターが公爵のためにブタを盗み出すというきわめて危険な任務を遂行したあかつきには、いくらあの親爺だって許可なく仮装舞踏会に参加したからといって自分をクビにはできなくなるはずである。言い換えれば、目の前に立つこの男の、その鉄の踵の下に自分は踏みつけにされているると考えてきたが、もはやこの男は自分の弱みを何ら握ってはおらず、何の問題もなく反抗できるのである。

「そこに君のコップがあるな。この錠剤をここに入れ——それから。水を入れて——こうだ。かき混ぜる。さあできた。これを飲み干して、何が起こるか見ようじゃないか」

バクスターは冷笑し、手を振ってカップを遠ざけた。

「ご親切なことだ」彼は言った。「だが遠回しな言い方をする必要はない。お前がここに私を丸め込むつもりで来たのは明らかだ——」

イッケナム卿は傷ついた顔をした。

「君はずいぶんと疑り深い性格をしているな、バクスター。同朋市民に対する不信を克服した方がいいぞ」

「何が狙いだ」

「いつもの麗しい君の姿に戻ってもらいたいだけさ」

「お前は私を懐柔しようとしているようだが、その理由はわかっている。お前が握っているつもりだった私の弱みが、思ったほど大きくはなかったと、お前は思い始めている」

「見事な表現だ。君の話し方が俺は好きだな」

「そのとおりだということをただちに言わせてもらいたい。お前の握っている弱みなどもはや何でもない。ビリヤード室で話をして以来、状況はすべて変わったんだ。私は雇用主のために偉大な奉仕を遂行してきた。その結果、ボヘミアン舞踏会に行ったことにより解雇される危険は、もはや消え去った。だからお前をこの家からただちに追い出すのが私の意図するところだとお伝えしよう。あ痛たっ！」突然腹部を押さえることで、威厳ある感動的なスピーチの効果を台なしにして、バクスターは言った。

イッケナム卿は同情するげに彼を見た。

「貴君のご様子を拝見するに、どうやらお苦しみのようだ。あの薬を飲んだ方がいい」

「出ていけ！」

「とっても効くのになあ」

「出ていけ！」

イッケナム卿はため息をついた。

「よしわかった。それがお望みならそうしよう」彼はそう言って回れ右をし、ドアのところでボシャム卿と正面衝突した。

「ハロー！」ボシャム卿は言った。「ハローハローハローハロー！　ハローハローハローハローハローハロー！」

彼は意味あり気な声でたっぷり意味を込めてこう言った。悪党一味の仲間がこんなふうにバクスターの部屋で一人きりでいるのを見つけることには、ごく不吉なところがあると彼は感じていた。弟のフレディと同じくらい包括的に探偵スリラー小説に親しんできたことで、こういう連中が部屋に入った時に何が起こるかは彼にはおなじみだった。儀礼的な訪問をするという見え透いた口実のもと、彼らはコブラをこっそり持ち込んで置き去り、一仕事させるのである。「やあ、こんにちは」彼らは言い、会釈して出てゆくのだ。だがコブラ君の方は会釈して出てゆきはしない。そいつはカーテンに隠れ、そこに留まるのである。

「ハロー」彼はもう一つ付け加えると、幕開けの言葉を締めくくった。「何が望みだ?」

「ディナーだけですよ」イッケナム卿は言った。

「えっ?」ボシャム卿は言った。「えー、ディナーはあと数分で用意ができます。あいつは何を探してたんだ?」ドアが閉まると、彼は神経質に訊いた。

バクスターはしばらく答えなかった。彼は婚礼の客のように胸を叩いていた［コールリッジの詩「老水夫行」への言及］。

「あいつが何か言うより先に、私が蹴り出しました」苦痛が収まると、彼は言った。「ここに来た表向きの理由は、私に消化薬を持ってきてくれたということでした。錠剤です。そこのグラスに入れました。もちろんここに来た真の目的は、私が彼の正体を暴くのをやめるよう要請することです」

「だが、君は彼の正体を暴露できないんじゃなかったかい?　そうすると職を失うことになるって?」

「もはやその危険はありません」

「つまり、あの晩君が飲み騒ぎにでかけたってあいつがダンスタブル親爺に告げ口しても、君はクビにはならないと、そういうことかい?」

「まさしくそのとおりです」

「だったら僕の立場もはっきりしたぞ!　もう手枷足枷の縛りはなくなって、あのなりすましペテン師連中にペテン師の受けるべき攻撃をしていいってことだ。そいつは公式ってことでいいんだな?」

「そのとおりです。あ痛っ!」

「痛いのかい？」

「ええ」

「僕が君なら」ボシャム卿は言った。「あのならず者が置いていったブツを飲んでみるんだがな。効かないとも限らない。あいつがなりすましだって事実から、必ずしもいい腹痛薬を見つけられないってことにはならないだろう。ヘイノニーノニーとホットチャチャチャって言って、ぐっと飲み干したまえ、身もだえ中の毒ヘビ君」

またもや痛みがきて、バクスターはもはや躊躇しなかった。彼はこの助言のとおりだと思った。彼はグラスを唇まで持ち上げた。ヘイノニーノニーと言って飲み干しはしなかったが、とにかく飲んだ。

そして「ヘイノニーノニー」ともし言いたかったとしても、それを言うには遅すぎる次第となった。


ホールでは、リードを引っ張る猟犬のように、銅鑼を鳴らす心理的に絶妙な瞬間を待ち構え、執事ビーチがバチを振り上げ立っていた。階段を降りてきたレディー・コンスタンスは、手摺り越しに彼の姿を一瞥したが、その光景をゆっくり眺めて双眸に眼福を施すことはしなかった。なぜなら左側の廊下を駆けてくる人の姿があったからだ。それは甥のボシャム卿だった。彼は彼女のもとに到着すると、腕を摑み、壁のアルコーヴへとぐいぐい引っ張っていった。甥の風変わりな態度には慣れていたものの、この行動は一瞬彼女の呼吸を止めた。

「ジョージ！」口がきけるようになると、彼女は叫んだ。

「ええ、わかってます。わかってますよ。でも聞いてください」

「あなた、酔っ払ってるの?」

「もちろんそんなことはありませんよ。何バカを言ってるんですか。かなり動揺してますが、シラフもいいとこですよ。聞いてください、コニー叔母さん。あのペテン師のことはわかりますね?なりすましA、B、Cです。いいですか、事態は熱くなってるんです。なりすましAがたったいま催眠薬でバクスターをのしちゃったんですよ」

「何ですって! どういうこと?」

「いや、これ以上単純な話にしようがありません。それが基本的事実です。なりすましAがバクスターにミッキーフィンを飲ませたんです。それで僕が言いたいのは、あの連中がこの調子で自己表現を始めたのには意味があるってことです。つまり今夜がその夜だってことなんです。どういう汚れ仕事をしようと企んでいるにせよ、連中は明日の朝日が昇る前に仕掛けてくるってことです。あ あ!」銅鑼の音が響き渡ると、ボシャム卿は活気づいて言った。「ディナーだ。僕の準備はできてます。行きましょう。だけどコニー叔母さん、気をつけてください――テーブルから立ち上がった瞬間に、僕の大事な相棒の銃をとってきて、そして待ち伏せします! 何が起こるか僕にはわかりませんし、叔母さんにもわからないでしょうが、だけど何かが起こっていることは明々白々です。二歳児みたいにうろうろ待ち伏せするつもりですよ。えーと、つまりですねえ」正直な熱情を込めて、ボシャム卿は言った。「こんなことってなかなかないでしょう、どうです? なりすまし連中が、まるでこの城を買ったみたいにでかい顔してうろつきまわるのを許してたら、ことはどんどん困ったことになりますよ」

19. 死屍累々

九時二十分、自室で盆に載った食事をいただいたダンスタブル公爵は、まだそこに居て、食後のコーヒーとリキュールを待っていた。彼は満腹だった。彼は大食家で十分にいただいたからだ。だが満腹に伴うはずの精神的安らぎを、彼はまったく享受してはいなかった。一刻また一刻と、彼はますます不安になり、ますます苛立って(いらだ)いた。任務についてルパート・バクスターが報告に来ないことは、かつて神の応答がないことがバアルの預言者たちに影響したように［『列王記上』一八の二五―二九］、彼に影響を与えていた。もう神のみぞ知るような時間になったのに、バクスターの影も形もない。今ベッドに横たわり、頭がまっぷたつに裂けるのを阻止(そし)しようとひたいに両手に当て無駄な努力をしているこの有能な秘書が、自分に対する雇用主のこうした暗黒な思いを知り得ていたら、さぞかし苦しんだことだろう。

ドアが開き、続いてコーヒーとグラスたっぷりのブランデーを載せたトレイを持ってビーチが入室した時、公爵の心は一瞬明るくなったが、執事が一人でないのに気づくと、その眉間(みけん)に再び縦じわが刻まれた。こんな時に一番訪ねてきて欲しくないのは客人である。

「こんばんは、公爵。少々お時間をいただけませんかな?」

公爵がポリーのために保管中の信託金を取り戻すには、あらかじめの計画よりもっとふさわしい方法があるのではないかということにイッケナム卿が思い当たったのは、ディナーも半ばを過ぎてのことだった。当初の計画にほぼ沿った線でその金を拝借することについて、彼はいかなるためらいも覚えてはいなかった。しかしディナーの席上における会話のほぼ完全な不存在によって、彼には考える時間が与えられ、その結果懸念を生ずるに至ったのである。

正直なところ、イッケナム卿の下書きした作戦計画の成功は、課された任務を遂行する甥（おい）のポンゴの有能さに大きくかかっていた。また、ピンチに遭遇してみたら、ポンゴが折れた葦（あし）みたいに役立たずだったということもありうる。若者に芝生の上に立って『うるわしのロッホローモンド』を歌えと言ってみる。それで気がついてみれば彼はその曲を忘れるか、あがって声が出ないかもしれないのである。公爵の良心に単純、率直に訴えてみるのがいいし、もし失敗したら、その時は同様に単純、率直なミッキーフィンに訴えればいいのである。

グラスたっぷりのブランデーは鎮静剤の見事な容れ物となることだろうし、ポット氏に在庫をねだった際、彼はその魔法の薬を二、三錠勝手に拝借し、うち一錠は今もウエストコートのポケットに忍ばせていた。

「あの男――ポットという名前だと思うが――から、今夜貴君が勝ち取ったあの金のことなのだが」イッケナム卿は続けて言った。

公爵は用心するげにぶうぶう言った。

「彼と話したのですが、ひどく落胆しておりましてな」

公爵はもういっぺんぶうぶう言った。今回は軽蔑（けいべつ）するげにだ。またイッケナム卿には、浴室からおかしな音が響いてきたようにも思われた。彼はそれを何か音響のいたずらと思ってやり過ごした。

「そう、ひどく落胆しております。どうやらあの金は、ギャンブルに使っていい金ではなかったようなのです」

「ふん?」公爵は興味を持った様子だった。「どういう意味じゃ? 精算所の金を盗ったか何か?」

「いや、違う。そんなことではないのです。彼はあくまで良心的な正直者です。だが、あの金は娘さんの持参金のために貯めていたもので、それが消えてしまったのですな」

「わしにどうしろと言うんじゃ?」

「返してやらないといけないとは思われませんか?」

「返すじゃと?」

「そうするのが善良で寛大で感動的な行為でしょう」

「そいつは善良で、気の違った、間抜けな行為じゃろうよ」公爵は熱くなって修正した。「返してやるじゃと、まったく! そんなバカな話は聞いたことがない」

「彼は本当に落胆しているのです」

「落ち込ませておけ」

公爵の良心に訴えようと計画した際、彼が良心など金輪際持ち合わせていないという事実を計算に入れてなかったということが、イッケナム卿にはよくよく理解されてきた。夢見るような表情を目に浮かべ、彼は錠剤をポケットから取り出すと、用心深く手に握った。

「娘さんが結婚できなかったら、残念なことじゃありませんか」彼は言った。

「なぜじゃ?」頑強な独身者である公爵は言った。

「娘さんは素晴らしい、若い詩人と婚約しています」

「ならば」公爵は言った。彼の顔は赤紫色に転じつつあった――ダンスタブル家の者は容易には忘れない――「その娘さんにはそいつのことは忘れてもらったほうがいい。詩人の話をわしにするのはよせ! この世のクズじゃ」

「じゃあ金は返されないのですな?」

「返さん」

「よくお考えください」イッケナム卿は言った。「それはここ、この部屋にある――違いますか?」

「だからどうだというんじゃ?」

「ただ便利だと思ったのですよ――便利――貴君はただ箪笥(たんす)の引き出しに向かい――それとも戸棚か……」

彼は期待して言葉を止めた。公爵は沈黙を維持し続けた。

「考え直してはいただけませんか」

「ふん、考え直さん」

「慈悲とは」イッケナム卿は言った。定評あるホーレスのペキニーズ犬ブリーダー方式に従うのが最善と決意してだ。「強(し)いられて与えられるものではない――」

「何が何でないじゃと?」

「慈悲です。柔和な雨のごとく天より下界に降り注ぐ。それは二度祝福される――」

「どういう具合にじゃ?」

「与える者と受ける者との双方にですな」イッケナム卿は説明した。

「そんなバカげた話は聞いたことがない」公爵は言った。「あんたは頭がおかしいんじゃな。いい加減に出ていってくれんかの。重要な会議のため、秘書が今この瞬間にもやってくるんじゃ。どこかでわしの秘書を見かけなかったかな?」

「ディナーの前にちょっと話をしましたが、その後はお見かけしませんな。どこかで楽しく時間を過ごしているんでしょう」

「わしが楽しく時間を過ごさせてやる。秘書に会ったらな」

「きっとバックギャモンかハルマに夢中で、来るに来られないんでしょう。若き血潮ですな」

「若き血潮なんぞクソ食らえじゃ」

「ああ、きっと彼ですよ」

「はぁ?」

「誰かノックしています」

「わしには何も聞こえんが」

公爵はドアに向かい、それを開けた。イッケナム卿はブランデーグラスに手を伸ばし、錠剤を落とし込んだ。公爵が戻ってきた。

「誰もおらん」

「ああ、それなら私の聞き間違えでしょう。さてと、本当に私に出ていって欲しいとお思いでしたら、出ていくとしましょう。私が提案した素晴らしい行為をなさりたくないとおっしゃるなら、これ以上言うことはありません。おやすみなさい、ご友人」イッケナム卿はこう言い、立ち去った。

彼が立ち去ってからおそらく一分後、ポット氏が廊下に入ってきた。ディナーの間にいくらか集中的に物を考えたブランディングズ城の居住者の中で——そうしたのは一人ではなかった——一番真剣に思い巡らしたのはクロード・ポットだった。その思考の結果、彼は公爵の部屋へと急ぐこととなった。公爵を説得してスリッパリー・ジョーと呼ばれるゲームを一、二回やろうという望みを、彼は抱いていた。

今宵の大打撃によって、ポット氏はすってんてんになって屈辱に打ちのめされたのみならず、激しい疑念でいっぱいになっていた。この奇跡がいかにして達成されたものかはわからないが、公爵の大勝利について考えれば考えるほど、自分はイカサマをされ、まんまとはめられたのだという確信は募るばかりだった。正直者は自分をペルシアン・モナークで負かしたりしない、と彼はひとりごちた。そして破廉恥な相手につけこむ隙を与えられるゲームを選んだことで、自分を責めた。スリッパリー・ジョーにそうした難点はない。長年の経験から、スリッパリー・ジョーなら誰にも負けない腕を持っていることが自分にはわかっていた。

彼が最善を祈りつつガーデンスイートに至る角を曲がろうとした、ちょうどその時、公爵が角を曲がって走ってきて、彼と衝突した。

イッケナム卿が立ち去った後しばらくの間、ダンスタブル公爵は気難しい顔で眉をしかめつつ、そのまま座っていた。それから彼は立ち上がった。秘書を探して走り回るのは悪趣味で品位を貶める行為ですらあるが、消えたバクスター捜索を開始する他なかった。彼は慌てて部屋を出、そして気がつけばあの不愉快な男と正面衝突していたのだった。

それから彼は、結局それはあの不愉快な男ではなく、同様に不愉快な別の男であったことに気づいた――つまり、持参金が必要な娘のいる男だ――イッケナム卿の話を聞いて以来、この男に対して彼は鮮烈な嫌悪を抱くに至っていた。彼は多くの人々が好きではなかったが、彼が最も嫌う人々とは、彼から金を引き出そうとする人々であった。

「ぎゃあ！」もつれを振りほどきながら、彼は言った。

ポット氏は愛想笑いするようにほほえんだ。その笑みは不完全なものでしかなかった。というのは彼はそいつを急いで拵えねばならなかったからだ。とはいえともかく彼は公爵にそれを向けた。

「こんにちは、閣下」彼は言った。

「地獄に落ちろ」公爵は言い、この短い儀礼を終了すると、どすどす歩き去り、視界から消えた。それと同時に、満開の薔薇の花の花開くごとく、一つの考えが思い浮かび、ポット氏のひたいを紅潮させた。

この瞬間まで、ポット氏の唯一つの欲望はスリッパリー・ジョーというゲームを通じて、すった金を取り返すことだった。今彼はハッピーエンドに至る、もっと簡単で、もっと複雑でない方法に気づいたのである。公爵の部屋のどこかに、道義上彼に帰属する三〇〇ポンドが存在する。そして公爵の部屋は今からっぽである。中に入って勝手に拝借することで、退屈な前置きは全部避けられるだろう。

肥満体ながら、スピードが要求される場面で彼は速やかに動くことができた。彼はゴムまりのように通路に飛び込んだ。目的地に到着して初めて、急ぐ必要などなかったことに彼は気づいた。公爵は放心状態だったが、その放心は部屋のドアに鍵をかけることを忘れない程度の放心であったのだ。

この状況で途方に暮れる男は多かったろうし、一瞬ポット氏も完全に途方に暮れた。それから、生まれ持った創意工夫の才が発揮され、ドアだけが室内へ至る唯一の道ではないことに彼は思い当たった。フランス窓があったし、こんな爽やかな夜には公爵がそこを開けっ放しにしていることもありそうである。爽快なひとっ走りの後、バラ色の顔で息を切らせつつ芝生に到着すると、彼は公爵がそうしていなかったことを知った。

今回はポット氏も敗北を受け入れた。彼はロンドンにいる、こういう窓を素早く開けてくれる男たちを知っていた。彼らは曲がった針金を取り出して、終始軽い笑いを絶やさずサーディンの缶でも開けるかのように窓を開けるのである。しかし彼にこの方面のスキルはなかった。悲しげに、しかし観念し、ピスガ山山頂から約束の地を見つめるモーゼの心持ちにて［『申命記』三四の一―五］、彼はガラスに目を押し当て、中を覗き込んだ。そこには懐かしき愛すべき部屋があり、準備万端で待ち構えている。しかし現実的にはそれは百マイル離れているのと同じなのだ。そして今、ドアが開き、公爵が入ってくるのが見えた。

そして彼はため息をつきながら踵を返した。打ちのめされた男だ。と、どこか近くから夜陰に声がして、『うるわしのロッホローモンド』を歌い始めたのだった。そしてその耳に残るリフレインが木立でねぐらに憩う小鳥たちを苦しめるのをやめるやいなや、フランス窓が勢いよく開き、ダンスタブル公爵がロケットのように飛び出してきて「ヘイ！」と叫びながら芝生をビュッと音立てて横切っていった。ポット氏にとってこの曲はただの歌に過ぎなかったが、公爵にとってそれはもっと深いメッセージを伝えるものであったようだ。

まさしくそのとおりだったのだ。突然のメロディーの爆発に対する彼の解釈は、一人囀るがごとく歌っているのはバクスターで、これは雇用主の注目を惹（ひ）こうという彼なりの方法である、というものだった。どうしてバクスターはまっすぐ彼の部屋に入ってこずに外で歌うのかは、その時は解決不能な問題と思われた。一見ただ奇矯（ききょう）と思われるその行動には、彼なりの立派な理由があるに違いないと公爵は推測した。おそらく厄介（やっかい）な状況が出来（しゅったい）し、こういう遠回しで秘密結社的な方法で連絡する必要が生じたのだろうと彼は考えた。少年時代に読んだ小説で、そうした状況で人々が夜のフクロウのホーホーいう鳴き声を真似していたことを、彼はぼんやりと思い出していた。

「ヘイ！」彼は呼びかけた。叫ぶことと用心深い小声で話すという相反する課題を両立させようとしながらだ。「ここじゃ！　ヘイ！　どこにおるんじゃ、クソ！」

　歌い手と接触を確立しようとする彼の努力は、奇妙なほど苛立（いらだ）ちの募るものだった。一ヶ所に立ち止まって報告する代わりに、それは次第に遠ざかっていくようだった。「懐かしき岸辺」が再び聞こえだすと、その声は芝生のさらに遠い端からしてくるようなのだ。押し殺した罵（ののし）り声をあげながら、公爵は「ほのかな光」を追いかけた詩の中の男のように駆け続けていた［テニスンの詩「マーリンと光」］。そして常に最高のご都合主義者であるポット氏は、フランス窓からそっと室内に滑り込んだのだった。

　入るやいなや、ポット氏は足音を聞いた。誰かが芝生を横切って近づいていた。また、その歩みはごく速かったから、困惑に満ちた遭遇を避けるためには、一刻たりとも無駄にする時間はなかった。偉大なる冷静沈着さでもって、彼は浴室に飛び込んだ。そしてドアを閉めたところで、イッケナム卿が入ってきた。

　イッケナム卿は大いに喜んでいた。甥っ子の演奏の芸術性は彼を魅了した。あの子がこんなにもブラヴーラというか華麗な至芸でもって歌唱する能力を持ち合わせているとは思ってもみなかった。せいぜい臆病な小鳥のようにピーピーさえずるくらいを期待していたのだ。それがあの、獲物を追跡するブラッドハウンド犬と大晦日を祝うスコットランド人を掛け合わせたような喉全開の咆哮は、痛快至極であるとともに予期せぬ驚きでもあった。ポンゴの発声には技術的難点があったかもしれないが、しかし瓶を飛び出すコルクのように、公爵をポンと部屋から飛び出させてくれた。公爵がこれほど敏速に動く様を見たことがあったかどうか、イッケナム卿には思い出せなかった。

そして持参金の迅速かつ集中的な捜索をいざ開始するやいなや、彼の活動はぴたりと停止した。浴室ドアの向こうから、驚きのあまり彼を突如凍りつかせるような、鋭い、耳つんざくがごとき苦痛の悲鳴が聞こえたのである。次の瞬間、ポット氏がよろめき出てきて、ドアをバタンと閉めた。

「マスタード！」完全に途方に暮れ、イッケナム卿は叫んだ。

「ひゃあ！」ポット氏は言った。また生涯通じてこう叫び続けてきた中で、彼がこれほど強調を置いてこの語を発したことはなかった。

通常ならば、クロード・ポットは抑制の効いた人物である。彼は感情をあらわにすると金を失う世界で生きてきた。しかし、彼の平静を粉砕できる物事は存在し、その一つが気がつけば自分が小さな浴室内にこれまで見たこともないくらい大きなブタといっしょに閉じ込められていた、という事態であった。

隠れ場所に飛び込んだ後、しばらくの間エンプレスはたんなる暗闇からする芳香でしかなかった。ポット氏がちょっとここは蒸し蒸しするなと思ったとしても、それが印象のすべてだった。それから何か冷たくて湿ったものが腕に押しつけられ、彼は真実を悟った。

「マスタード、やあ！」

「ひゃあ！」ポット氏は言った。

彼はわなわなと全身を震わせていた。体重百キロ近くある人物がポプラのごとく震えるのは容易ではないが、彼はそれをやり遂げた。彼の思いはぐるぐる回り、その中から一つ、筋道立った思考が立ち上がってきた――酒が飲みたい、という思いである。ただちに気付けの一杯を飲みたいという急迫した欲求が彼を包み、と、その時突然視界の先に緊急救援物資が見えたのだった――ごく少量ではあったが。テーブル上のブランデーグラスは、真に役立つことだろう。彼が本当に必要としていたのはバケツいっぱい並々のそれではあった。しかし、それでもそれは少なくとも正しい方向の一歩となるだろう。

「マスタード、やめろ！」

イッケナム卿の警告の叫びは遅きに失した。致命的な一口はすでにポット氏の喉元を過ぎており、ありがたげに首を振りながらもすでにグラスは床に落ち、彼が後に続いた。もし二十匹のブタに二十ヶ所に同時に嚙みつかれたとしたとて、クロード・ポットがかくも完膚なきまでの敗北を喫することはなかったろう。

かがみ込んで死体を検分するイッケナム卿は、同情の目とチッチという舌打ちの双方をあわせ持っていた。できることは何もないとは承知していた。偉大な癒し手たる時のみが、クロード・ポットをかつて幸福だった時代のクロード・ポットに戻せるのである。死体の捨て場所をどこにするのが最善かと考えつつ、彼は立ち上がった。と背後から声がした。

「ハローハローハローハローハローハロー」と、その声は言った。そしてその言葉には、まごうかたなき非難の色があった。

ボシャム卿は夕食前にコンスタンス叔母さんに説明した待ち伏せ作戦に忠実かつ十分に従っていた。彼は今や窓辺に立ち、銃を悠々と構えていた。

「ヤッホー、ヤッホー、ヤッホー、ヤッホー、ヤッホー、どうです?」彼は付け加えて言い、返答を待った。

イッケナム卿には答えられなかった。鋼鉄の度胸を持ち合わせた人物ではあったが、彼とて言葉を失うほど面食らうことはある。その晩早くのホーレス・デヴンポートの突然の登場がそうだった。同じく突然のボシャム卿の登場もそうだった。彼はあっけに取られて口がきけなかった。したがって会話の口火を切ったのはボシャム卿だった。

「さあて、びっくり仰天ですよ!」彼は言った。その声には依然として強い非難の色があった。「結構じゃありませんか! 貴方はかわいそうなポットさんにそいつを飲ませたんですね? ちょっとあんまり過ぎませんか。うちで大金を払って探偵を雇ってるのに、雇った途端に催眠薬で眠らせるだなんて」

ボシャム卿は感情の昂りのあまり言葉を止めた。その件について自分がどう思っているかを十分表現しきれるかどうか、自信がなかったのだ。彼の目は部屋中をゆっくり見回し、戸棚の扉に気づくと、明るく輝いた。

「どうぞその中へお入りください」銃で差し示しながら彼は言った。「戸棚の中に速やかに入って、口答えはなしです」

イッケナム卿が当意即妙の応答をしようと意図していたとしても、その気持ちは捨てた。彼は戸棚に入り、その背後で鍵は閉められた。

ボシャム卿はベルを押した。威風堂々たる人影が入り口に現れた。

「ああ、ビーチ」

「はい、閣下?」

「フットマンを一個連隊連れてきて、ポット氏をお部屋にお運びしてくれ」

「かしこまりました、閣下」

執事はガーデンスイートの床の上の死体らしきものを見ても、なんの感情も表さなかった。その後撤去作業にあたった二人のフットマン、チャールズとヘンリーも同様であった。スタッフが見事に訓練されていることはブランディングズ城の誇りとするところであった。敗北したローマの剣闘士がアレーナから運び出されるように、ポット氏は脚を先頭にして姿を消した。そしてボシャム卿は一人残り、思いに沈んだ。

その思いとは勝利の歓喜であるはずと予想されよう。つまり彼は過酷な状況下で迅速に、かつ決断力をもって行動したのだから。しかし彼の思いを占めるもののうち、歓喜はごく一部だった。勝者の満足感と相半ばして、任務が半分しか終わっていないことを承知している良心的な男の無念があった。彼がなりすましAに適切に歯止めをかけたことは否定しようがない。しかし彼はなりすましBに対しても適切に対応したいと願っていた。あの男はどこかに隠れているのだろうかと彼は考えた。もしそうなら、一体どこに? と、鋭敏な彼の耳にブーブー言う音が聞こえ、そしてその音が浴室から発していることがわかったのだった。

「ヨーイックス!」ボシャム卿は叫んだ。また、もし彼が行動の人でなく言葉の人であったなら、

「タリーホー！」も付け加えていたことだろう。どうしてなりすましがブーブー言うのだろうかと自問して彼が立ち止まることはなかった。彼はただ浴室ドアに突進し、それをバタンと開けると銃を構え、さっと飛び下がった。一瞬の間があり、それからエンプレスがのんびりと歩き出てきた。彼女の美しい顔立ちには、軽くもの問う表情があった。

エンプレス・オヴ・ブランディングズは物事をあるがままに受け入れるブタである。彼女のモットーは、ホラティウスと同じく、ニル・アドミラリ、すなわち何物にも動じない、であった。しかし、常は冷静で冷淡ですらある彼女だが、その日の出来事にはいささか困惑していた。とりわけ彼女は浴室を奇妙だと思った。そこは彼女が生まれて初めて入った、食べ物が不足しているらしき場所だった。そこが提供できる最良の物はひげそり石鹸一個であった。そしてポット氏が彼女に出逢った時、彼女はもの思わしげに眉をひそめ、それをいただいていた。ただいま登場した彼女は、口の周りをまだ少し泡立たせており、おそらくその点がボシャム卿の驚愕にとどめの一撃を下し、彼の目を飛び出させて一、二メートル後ろに飛び退かせたのみならず、銃の引き金をも引かしめたのであった。

密閉空間に銃声は兵器工場の大爆発のごとく鳴り響き、またそれはエンプレスに、もし彼女に確信させる必要があったならだが、ここが決まり正しい習慣を持つブタ向きの場所ではないことを確信させた。ほっそりした子ブタ時代以来、彼女は威厳ある歩き方より速い動きをしたことはなかったが、しかし今やジェシー・オーエンス［ベルリンオリンピックで四冠を獲得した男子陸上選手］とてこれよりきびきびした疾走はできなかったことだろう。方向感覚を回復するまでに数秒かかったものの、ベッド、テーブル、そして肘掛け椅子に順番に衝突した後、彼女は窓に向かう道を見つけ、そこを通って姿を消そうとしていた。と、まさにその瞬間エムズワース卿が部屋に駆け込んでき、後にレディー・コンスタンスが続いたのだった。

寝室での発砲というものは常にカントリーハウスの持ち主の関心を惹きつけるものである。また強い好奇心の精神でもって、エムズワース卿はこの場に到着した。入室する彼の唇では「あー、何じゃ？」の言葉が震えていた。しかしくるんと丸まった尻尾をちらりと見せ消えてゆくこの大本営の姿は、こんな屋内砲火訓練のような相対的瑣末事を、彼の心からただちに消し去った。心臓から直接発せられた叫び声とともに、伯爵は鼻メガネを掛け直し、偉大なる大自然のただ中へと旅立っていった。暗闇の中からは愛情を示す呼びかけの言葉が、途切れ途切れに聞こえてくるばかりであった。

レディー・コンスタンスは壁に背をもたせかけ、美しい手を心臓の上に置いていた。彼女は少々息をあえがせていた。また彼女の目は眼窩の中でぐるぐると回る傾向を示していた。ブランディングズ城が意気地なしには向かない場所であるという厳しい教訓はずっと前に学習済みであったが、しかしその屋根の下での生活に何が起こりうるかに関するこの最新事例は、彼女の気丈な精神をも挫いたのである。

「ジョージ！」彼女は力なくささやいた。

ボシャム卿はいつもの楽天的な姿に戻っていた。

「大丈夫ですよ、コニー叔母さん。ただの事故です。驚かせてしまってすみません」

「何が――何があったの？」

「そこのところをお知りになりたいだろうと思ってました。えーとですねえ、こういうことなんです。ここに来ましたら、なりすましAがうちの探偵を催眠薬で使えなくしたところを見つけました。僕は奴を銃でおとなしくさせて、戸棚に閉じ込めたんです。するとなりすましBが浴室でブーブー言ってると思ったものですからドアをバタンと開けますと、いたのは父上のブタばかりってことなんです。当然ながらびっくり仰天してとび上がり、たまたま引き金を引いちゃったんです。全部ごく簡単で、大丈夫です」

「あたくし、公爵が殺されたんだと思ったわ」

「残念でした。ところで、公爵はどこに行ったのかって思ってるんですよ。ああ、ビーチが来た。彼が知ってますよ。ビーチ、公爵がどこにいるか知ってるかい?」

「存じません、閣下。奥方様、失礼いたします」

「何、ビーチ?」

「ミス・トウィッスルトンがご訪問でございます、奥方様」

「ミス・トウィッスルトン?」

ボシャム卿の記憶力は優秀だった。

「ホーレスに肘鉄（ひじてつ）を食らわせた女の子ですよ」彼は叔母（おば）に指摘した。

「それはわかってるの」いささか苛立（いらだ）たしげに、レディー・コンスタンスは言った。「あたくしが言いたいのは、こんな時間に何の用かしらってことよ」

「承りましたところ、奥方様、トウィッスルトンお嬢様はロンドンより五時の汽車にてご到着あそばされたとの由（よし）に存じます」

「だけど何が目的だというの?」

「そこのところは」ボシャム卿が指摘した。「そのネエちゃんに会えばはっきりするでしょう。その方はどこに居るんだ、ビーチ?」

「ご令嬢様は居間にお通しいたしました、閣下」

「それじゃあ居間に向かってホー！　というのが僕の提案ですね。僕の個人的な勘では、ホーレスがここにいると思って、これまで言ったひどい言葉の数々を後悔しているって伝えに来たんでしょう。ああそうだ、ビーチ?」

「はい、閣下?」

「銃は使えるか?」

「若い時分、わたくしはエアガンにつきましてはちょっとした専門家でございました、閣下」

「それじゃあこれを持っててくれ。これはエアガンじゃあないが、原理はおんなじだ。肩に当てて、そして――引き金を引く――こうだ……あっ、すまない」耳つんざく銃声が消え、高い丘みたいに跳び上がっていた叔母と執事がテラ・フィルマ、すなわち磐石の大地に着地すると、ボシャム卿は言った。「こうなるってことを忘れていた。ばかだな。これで弾を充填しないといけなくなった。その戸棚の中に悪党がいるんだ、ビーチ。タカみたいな目で見張っていないといけない大変な悪人だ。君にはここにいて、そいつが逃げ出さないよう見張っていてもらいたい。そいつが何かおかしな真似を始めたら、例えば扉を壊そうとするとか、そういうことだが、その銃を肩に構えて全力で発射するんだ。わかったな、ビーチ?」

「はい、閣下」

「それじゃあ足を上げて、コニー叔母さん」ボシャム卿は言った。「行きましょう」

20. 甘美と光明

ありとあらゆる者どもが飛び上がってはこいつの向こうずねにぶち当たってやろうと待ち構えている暗い庭園じゅうを、ローレライだか鬼火だかを追い求めて走る無駄な努力は、安逸な暮らしに慣れきった気短な性格の男にとって、決して心地よい経験ではありえなかった。ビーチが夜警を開始してから数分後に部屋に戻ってきたダンスタブル公爵は、ハアハアと息をあえがせ、腹を立てていた。自室が執事で占められていることを知った彼の驚き――それも装飾なしのただ普通の執事ではなく、拳銃を携帯する執事であった――は、きわめて顕著であった。またその姿も彼の苛立ち(いらだ)をまったく鎮(しず)めることはなかった。公爵が口ひげに絡まった夜の虫たちを梳(す)きとり、侵入者を敵意に満ちた目で睨(にら)みつける間、無言の一瞬があった。それから彼はしゃべりだした。

「ヘイ？　何じゃ？　これはどういうことじゃ？　いったい全体どういうわけじゃ？　わしの私室にそんなでっかい大砲を構えて侵入してくるとは、一体どういうつもりじゃ？　これまで訪れた家じゅうで、ここは間違いなく最悪じゃな。わしは快適な休息を求めてここに来た。それで筋肉をゆったり伸ばしたかどうかというところで、自分の部屋が完全武装のクソ忌々(いまいま)しい執事で一杯いっぱいになっとることに気がつくわけじゃ。そいつをわしに向けるんじゃない。銃口を下げて、説明するんじゃ」

困難な状況に置かれながらも、ビーチは長年彼をシュロップシャー一の名執事としてきた礼儀正しい冷静沈着さを維持した。彼は公爵の態度を耐え難く感じたが、しかしご満足いただきたいという敬意に満ちた欲求以外の何物も、表には出さなかった。

「こちらにお邪魔いたしておりますことをお詫び申し上げねばなりません、公爵閣下」立て板に水で彼は言った。「しかしながらわたくしはボシャム卿より、こちらに留まり閣下の一時的ご不在の間の代理人を務めるよう仰せつかっておるのでございます。閣下より、悪党を戸棚に保管してございます旨、伺っております」

「何をじゃと？」

「悪党でございます、公爵閣下。夜行性の略奪者的性質の何かしらであると理解しております。閣下のお話よりわたくしは、それなる男をこちらのお部屋内にて発見し、制圧した後に戸棚内に閉じ込めたものであると理解しております」

「へイ？　どの戸棚じゃ？」

執事は当該戸棚を指差した。そして公爵は苦悩の悲鳴を発した。

「なんたることじゃ！　わしの春物のスーツの中ではないか！　すぐにそいつを引きずり出すんじゃ」

「閣下のお申し付けによりますと――」

「閣下のお申し付けなんぞクソくらえじゃ！　薄汚い悪党なんぞにわしの服を台なしにさせるものか。どういう悪党じゃ？」

「わたくしは伺っておりません、公爵閣下」

「おそらく何年分の垢の積もった臭い浮浪者じゃろう。わしの服は全部クリーニング屋に送らねばならん。すぐそいつを出すんじゃ」

「かしこまりました、公爵閣下」

「わしが鍵を回して扉を開けるから、お前は銃を構えてそこに立っておれ。さてと、わしが『スリー』と言ったら開けるんじゃぞ。ワン……トゥー……スリー……なんたること。こいつは脳みその先生じゃあないか！」

イッケナム卿は戸棚の中での滞在を楽しまなかった。そこは狭く、不快だった。しかしそれにもかかわらず、彼はいつもながらの小粋な姿であった。

「ああ、親愛なる公爵閣下」扉から出てきたイッケナム卿は、愛想よく言った。「またもやこんばんはですな。貴君のブラシを使わせていただいてよろしいですか？　髪がだいぶ乱れてしまいましてな」

公爵は小エビのような目で彼を見つめていた。

「そこにいたのはあんたじゃったか?」彼は訊いた。おそらくバカげた質問であったろう。しかしこうした状況にあって人の脳みそは回転最速とはならないものだ。

イッケナム卿はそうだと言った。

「いったい全体あんたは戸棚になんぞ入って何をしておったんじゃ?」

イッケナム卿は灰色の頭髪を愛情込めてブラシでとかしつけた。

「銃を持った男にそうするよう指示されたから入ったのですよ。たまたま芝生を散歩していたら貴君の部屋の窓が開いているのを見て、またおしゃべりをしようと思ったのです。部屋に入るやいなや武器を手にしたボシャムが現れましてな。こういうことを貴君がどうお考えになられるかはわかりませんが、しかしながら私の見解は、せっかちな若紳士が銃の引き金に指をかけながら戸棚の中に入れと言ったら、調子を合わせるのが最善というものです」

「しかしどうしてあやつはあんたに戸棚の中に入れなどと言ったんじゃ？」

「ああ、そこから先は皆目わかりませんなあ。私に聞く暇を与えてくれませんでしたから」

「つまり、あんたは夜行性の略奪者ではない」

「違います。すべてまったく奇妙なことです」

「この件の底の底まで究明せんとな。ヘイ、お前、ボシャム卿を連れてくるんじゃ」

「かしこまりました、公爵閣下」

「実際のところ」帆走中の威風堂々たるガレオン船のように執事が部屋を出ていくと、公爵は言った。「前に言ったように、この一家は全員頭がおかしいんじゃ。たった今、庭でエムズワースに会った。あやつの態度は実に奇妙じゃった。わしのことをブタ泥棒の害虫とか他にも色々な呼び方で非難してての。無論、あやつが帽子屋みたいにキチガイだという事実については仕方がないんじゃが、しかし明日にはここを発ち、二度と来んつもりじゃ。わしが去れば連中は寂しいじゃろうが、どうしようもない。ボシャムはあんたを撃ったのか？」

「いいえ」

「誰かを撃ったはずじゃ」

「ええ、連続射撃の音は聞こえました」

「あいつは野放しにされるべきじゃない。人命の安全が担保できん。ああ、来た来た。おい、お前！」

ドアを通り抜け、ささやかな行進が入場してきた。先頭はレディー・コンスタンス。彼女の後ろには長身の、美しい女性が続き、イッケナム卿はそれが姪（めい）のヴァレリーであることを認識するのに困難を覚えなかった。最後尾はボシャム卿が担当した。レディー・コンスタンスは冷たく断固として見え、ヴァレリー・トウィッスルトンはもっと冷たく、もっと断固として見えた。ボシャム卿はただ当惑している様子だった。彼は頭があまり強くない点で父親と弟のフレディに似ていた。また居間で彼が聞かされた話は頭の弱い者の消費には適さぬ性質のものだった。イッケナム卿の姪、ミス・トウィッスルトンと名乗る女性が突然どこからともなく乱入し、なりすましAが自分の伯父（おじ）であるという途方もない話をしたのである。彼女の話は、ボシャム卿のような脳みその持ち主を混乱させた。彼はこの理解不能状況を説明するさらなる光を求めた。

「いったい全体あんたたちは……」公爵は言葉を止めた。彼はレディー・コンスタンスの連れを見つめていた。ボシャム卿に視線を集中していたため、すぐには彼女に気づかなかったのだ。「ヘイ、何じゃ？」彼は言った。「いったいどこから飛び出してきたんじゃ？」

「こちらはミス・トウィッスルトンよ、アラリック」

「もちろんこちらはミス・トウィッスルトンじゃ。そんなことは知っとるわい」

「ああ！」ボシャム卿が言った。「こちらはミス・トウィッスルトンなんですか？　この方をご存じなんですね？」

「もちろん知っとる」

「僕が間違ってました」ボシャム卿は言った。「この方のことを、なりすましDだと思ったんです」

「ジョージ、本当にバカなんだから！」

「よしきたホーです、コニー叔母さん」

「ボシャム、貴様は大馬鹿もんじゃ！」

「よしきたホーです、公爵」

「アホ！」

「よしきたホーですよ、ミス・トウィッスルトン。ミス・トウィッスルトンは自分のことをミス・トウィッスルトンだと言っているけれど、実はミス・トウィッスルトンではなく、なりすましAを窮地から救い出すためにミス・トウィッスルトンのふりをしているだけじゃないかってちょっと思ったんです。ですがもちろん、ミス・トウィッスルトンが本当にミス・トウィッスルトンだという事実が確実なら、僕の説は崩壊します。すみませんでした、ミス・トウィッスルトン」

「ジョージ、お願いだからだらだらバカを言うのはやめてちょうだい」

「よしきたホーです、コニー叔母さん。ただ思い浮かんだことを口にしただけなんです」

ミス・トウィッスルトンの正体――すなわち彼女が真正のミス・トウィッスルトンで、偽のミス・トウィッスルトンではないという事実――が決着したところで、公爵は一瞬前に表明した不満の件に話を戻した。

「それではおそらくまぬけ頭のボシャム君が説明してくれることだろうが、お父上の客人を戸棚に閉じ込めてどうしようというおつもりじゃったのかな。その人物がわしの春物のスーツを台なしにした上に、酸欠で死んでいたかもしれないということはわかっておるのかな？」

レディー・コンスタンスが介入した。「あたくしたち、イッケナム卿を救出に参りましたの」

「誰を救出に来たじゃと?」

「イッケナム卿ですわ」

「イッケナム卿とはどういう意味じゃ?」

「こちらはイッケナム卿ですの」

「そうなのですよ」イッケナム卿は言った。「私はイッケナム卿です。そしてこちらは」氷のように冷たいヴァレリーを優しく見つめながら、続けて彼は言った。「私の一番のお気に入りの姪っ子です」

「わたしはあなたのたった一人の姪ですわ」

「おそらく、だからこそ一番お気に入りなんだろうね」イッケナム卿は言った。

公爵は今やほぼボシャム並の精神的五里霧中状態に到達していた。

「まったく訳がわからん。貴君がイッケナムなら、どうして貴君は自分がイッケナムだと言わなかった? どうして貴君は我々に、自分はグロソップだと言ったんじゃ?」

「そのとおりですわ」レディー・コンスタンスが言った。「あたくし、イッケナム卿のご説明を待っておりますの——」

「僕もです」ボシャム卿が言った。

「この方の途方もないご行動についての」

「本当に途方もないですよ」ボシャム卿が同意した。「実際のところ、この方の行動は最初から最後までずっと途方もなかったんです。そもそもの最初に、この方はロンドンで僕に信用詐欺をしたんですよ」

「できるかどうかを確かめただけですよ、ご友人」イッケナム卿は言った。「科学のための実験にすぎません。ところで財布はご自宅に送ってあります。向こうで君を待っているはずです」

「あ、本当ですか？」いくらか落ち着いて、ボシャム卿は言った。「そう聞いて嬉しいですよ。あの財布は大切にしてるんです」

「実にいい財布ですな？」

「そうでしょう？　妻が誕生日プレゼントにくれたんですよ」

「そうですか？　奥方はお元気ですかな？」

「ええ、元気です、ありがとうございます」

「妻を得る者は良き者を得る〔『箴言』十八の二十二〕」

「妻にそう言っておきます。いい言葉ですね。ご自分で考えられたんですか？」

「ソロモンのことわざです」

「あれ？　まあ、いずれにしても伝えます。喜ぶはずだ」

レディー・コンスタンスは上流階級然とした平静を保つことに困難を覚えていた。その困難は甥の会話によっても何ら軽減されるところはなかった。

「奥方のことはいいの、ジョージ。あたくし達皆シシリーのことは好きだけど、今は彼女の話をしてる場合じゃないでしょう」

「ええ、そうですね、もちろんそのとおりです。どうしてそんな話題になったのか、よくわからないんですが。とはいえ、彼女の話をし終える前に、僕の妻は世界でいちばんの細君だってことだけは言っておきたいですね。よしきた、コニー叔母さん。話を続けてください。叔母さんの番です」

レディー・コンスタンスの態度には冷淡さがあった。

「本当に済んだのね？」

「ええ、済みました」

「本当に本当にね？」

「ええ、本当ですとも」

「それではあたくしはイッケナム卿に、どうしてブランディングズ城にサー・ロデリック・グロソップのふりをしていらっしゃったのかとお伺いいたしますわ」

「そうだ、その点を図表で説明してもらいましょう」

「黙っていて、ジョージ」

「よしきたホーです、コニー叔母さん」

イッケナム卿は考え込んでいるように見えた。

「うーむ」彼は言った。「長い話になります」

伯父と目が合ったヴァレリー・トウィッスルトンの目は、厳しく、敵意に満ちていた。

「伯父様のお話が長すぎることなんてありえませんわ」彼女は言った。その声には金属的な響きがあった。「それに夜は始まったばかりですわ」

「それにどうしてこの方は」ボシャム卿は訊ねた。「バクスターとうちの探偵を催眠薬でのしちゃったんだ？」

「ジョージ、黙って！」

「ええ」イッケナム卿は叱責（しっせき）するように言った。「横道の問題に入り込んでいては、いつまでたってもどこにも行けません。言ったとおり、長い話になりますが、もし皆さんが退屈しないとおっしゃるなら――」

「しませんとも」ヴァレリーが言った。「わたしたちみんな本当に興味津々（しんしん）ですの。わたしがお話ししたら、ジェーン伯母さんもそうでしょうね」

イッケナム卿は心配げに見えた。

「かわいい姪っ子よ、ここで私に会ったことは、妻には一言たりとも話しちゃならない」

「あら、そうですの？」

「絶対にダメだ。私の話を聞けば、レディー・コンスタンスもその点同意してくれることだろう」

「それじゃあ話してくださいな」

「よろしい。この件全部の説明はバカバカしいほど簡単だ。私はここに、エムズワースのために来た」

「おっしゃることがわかりませんわ」

「わかるように説明しよう」

「僕にはまだわかりませんね」ひたいにしわを寄せて聞いていたボシャム卿が言った。「どうして催眠薬を入れたのか――」

「ジョージ！」

「はい、わかりました」

イッケナム卿は一瞬非難の目で、この若者を見やった。

「エムズワースは」彼は話を再開した。「私のもとを訪れて、不思議でロマンティックな話をしてくれた——」

「そして今」ヴァレリーが言った。「伯父様がわたしたちにもそういう話をしてくださるのね」

「おいおい！　彼はとある若い娘さん……というか人物……というか当事者か……何と呼ぶにせよだが、その人に心情的愛着を感じるようになったらしい」

「なんと！」

ボシャム卿は驚愕した様子だった。

「なんと、なんてこった！　父上はこの前の誕生日で百歳になったはずだぞ！」

「君のお父上は私と同年代ですよ」

「わしともじゃ」公爵が言った。

「人生真っ盛りと言うべきでしょう」

「まさしくさよう」公爵が言った。

「私はしばしば、人生は六十歳で始まると言うのですよ」

「わしもそうじゃ」公爵が言った。「よく言う」

「いずれにせよ」イッケナム卿は話を続けた。「エムズワースはそう感じていたわけです。春の熱が彼の血管中を駆け巡り、この老いぼれ犬にもまだ生命が残っていたんだと彼は自分で自分に言ったわけです。私は『老いぼれ犬』という表現を、軽蔑の意味で使っているわけではありません。彼はその娘さんに深い愛着を抱き、私の娘としてこちらに連れてくるよう説得したのです」

今やレディー・コンスタンスは上流階級的平静を維持しようとする努力をすべて放棄した。彼女は、もっと貴族的でない発生源から発されたならほぼ金切り声と呼ばれたであろう叫び声を発した。

「何ですって！　兄があの小娘に夢中だと、そういうことですの？」

「父はどこで彼女と出逢ったんですか？」ボシャム卿は訊いた。

「彼女を花嫁とすることが」イッケナム卿は言った。「エムズワースの切ないばかりの願いなのです」

「父はどこで彼女と出逢ったんですか？」ボシャム卿は訊いた。

「人生真っ盛りの男性が、いわゆる恋の小春日和と形容されうる症状を経験することは決して稀ではありません。そしてこれが起こる時、熱愛の対象は往々にしてごく若い娘さんであることが多いのです」

「わからないのは」ボシャム卿が言った。「いったい全体親父さんがどこで彼女と出逢ったかってことです。父がこの家を離れることがあるだなんて知りませんでしたよ」

これは元から絶たねばならない種類の質問だと、イッケナム卿には思われた。

「話をさえぎるのをおやめいただけるとありがたいですな」彼はぶっきらぼうに言った。

「そうじゃ、この無礼者が」公爵が言った。「話をさえぎるのはやめるんじゃ」

「わからないの、ジョージ」レディー・コンスタンスは絶望したふうに言った。「あたくし達みんな心配と不安で頭が破裂しそうなの。そこにあなたが口を挟み続けて」

「実に耐え難い」イッケナム卿が言った。

ボシャム卿は傷ついた様子だった。彼は異常なほどに繊細な青年というわけではなかったが、この一致した敵意の高まりは彼の心を傷つけた。

「そうですか、一言も言うなとおっしゃるなら」彼は言った。「僕は出ていった方がいいんでしょう」

「ええ、そうよ」

「よしきたホーです」ボシャム卿は言った。「それじゃあ失礼します。僕に用がある方は、ビリヤード室でハンドレッドアップをやってますから。まあ、僕が何をしてるかなんかに誰も興味はないでしょうけど」

彼は気分を害したことを隠さず、大股に去っていった。そして彼の退場により、その場の雰囲気は大幅に改善されたとイッケナム卿には感じられた。不都合な質問をし続ける才能に、かくも恵まれた青年には会ったことがない。ヤジ屋が消えてくれたところで、彼は自信も新たに、説明に専念することとなった。

「さてと、申し上げたとおり、エムズワースは人生真っ盛りの熟年期にありながら、自分の孫と言っていいような娘さんに夢中になったのです。そして彼は私に、旧友として自分を助けてくれるよう依頼しました。この結婚に反対が起こることを彼は予期していました。そして彼のなかなか見事な計画とは、滞在予定のサー・ロデリック・グロソップとして私がブランディングズ城を訪問し、そのお嬢さんを私の娘として連れてゆくというものでした。私の堂々たる立ち居振舞いが、彼女には最高の後ろ盾となるだろうと、親切にも彼は言ってくれました。彼の考えは——皆さんがどう非難なさろうと、的確なものでした——レディー・コンスタンス、あなたが彼女の人柄にあまりにも惹きつけられるため、あなたに真実を明かす仕事は簡単なものになるだろうというのです。彼女があなたを――彼の表現を引用しますと――魅了するだろうと、彼は確信していたのです」

　レディー・コンスタンスは深い、身震いするような息をついた。

「まあ、そうですの？」

　公爵が質問した。

「あの恐ろしい娘は何者なんじゃ？　もちろん完全にどこの馬の骨ともわからん輩じゃろうが？」

「ええ、彼女の出自は卑しいものです。引退した大衆席賭け屋の娘なのです」

「なんたること！」

「ええ。さてとエムズワースは私のもとを訪れ、この計画を提案しました。またそれを聞いた私の失望はご想像いただけましょう。議論が無駄なことはわかっていました。彼はこの妄執に取り憑かれていましたから」

「伯父様はなんて素敵な言葉を使うのかしら」鼻であしらいながら、ヴァレリーは言った。

「ありがとうよ、可愛い姪っ子」

「童話を書いてみようって思ったことはあって？」

「いや、一度もないが」

「書くべきだわ」

　この冷笑的な娘に公爵が投げかけた視線は、もし彼女がボシャム卿だったとしても、それ以上冷たくはなり得ないほど冷たかった。

「気にせんでいい、まったく。最初はボシャムで、今度はあんたか。次々と口を挟みおる。続けてくれ、話を続けてくれ。さあ、さあ、さあ」

「というわけで」イッケナム卿は言った。「私は議論しようとはせず、彼の提案に同意しました。私が伝えようとした印象は――また、うまく伝えられたと思うのですが――私は賛成しているということです。そして私は偽名を名乗ってここに来て、その娘を自分の娘と偽って連れてくるという途方もない提案に同意したのです。なぜかをお話ししましょうか？」

「ええ、お願い」ヴァレリーは言った。

「なぜなら突然思い浮かんだことがあったからです。私は自問しました。エムズワースがこの娘をブランディングズ城で見たならば――ご先祖様の肖像画が彼女を見下ろす、彼自身の城という環境で見たならば――」

「ごく醜い連中じゃ」公爵は言った。「そもそもどうして自分の肖像画を描かせたいなどと思ったものか……しかし、その件はいい。貴君の言いたいことはわかった。そうしたらあやつがあの恐ろしい小娘を見直して、自分が途轍もなくバカな真似をしでかしていると気づくと思ったんじゃな？」

「まさしくそのとおりです。そしてそのとおりになりました。エムズワースの目からはウロコが落ちたのです。今夜、彼は彼女にもうこれっきりだと言い、彼女はロンドンへ帰りました」

「すると、なんと、すべてはめでたしめでたしということか」

「まあ、神様ありがとうございます！」レディー・コンスタンスは叫んだ。

イッケナム卿は厳粛に首を横に振った。

「残念ながらお二人とも、見落としておいでのことがおありです。婚約不履行訴訟というものがありまして」

「何ですって？」

「残念ながらそうなのです。彼女はことを荒立てるつもりだと彼は話してくれました。脅迫を呟き（つぶや）ながら去っていったそうです」

「それじゃあ、どうすればよろしいの？」

「一つだけ手があります、レディー・コンスタンス。彼女と金銭和解をせねばなりません」

「金で手を打つんじゃ」公爵は説明した。「そういったことに対処するやり方じゃ。そういう女は金を出せばだいたい手を打ってくれる。思い返せば、オックスフォード時代にわしは……いや、ここでする話ではないな。問題は、いくらか、じゃ」

イッケナム卿は考え込んだ。

「ああいう階級の娘は」とうとう、彼は言った。「金に関してはごく限られた考えしか持っていないものです。三〇〇ポンドといえば、彼女にしてみればひと財産と思えることでしょう。実際、私なら二五〇ポンドで手が打てると思います」

「奇妙じゃな」偶然に気づき、公爵は言った。「そいつはわしの頭のイカれた甥が今日の午後頼んできた金額と同じじゃ」

「奇妙ですなあ」イッケナム卿は言った。

「結婚するにはそれだけ金が必要だと、たわけた話をしておった」

「とんでもない話ですな！　さてと、それではレディー・コンスタンス、もし三〇〇ポンド――念のためということです――私にお預けいただければ、明日の朝一番にロンドンに行って、何ができるか見てみましょう」

「小切手を書きますわ」

「いいや、それではいかん」公爵が言った。「こういう時には相手の真ん前に現金で金を並べることじゃ。わしがオックスフォード時代に……いや、それでたまたまじゃが、奇妙なことに、わしはちょうどそれだけの現金をこの部屋に持っておる」

「ああ、そうでした」イッケナム卿は言った。「ついさっきそのことについて話していたところでした。そうでしたねえ」

公爵は書き物机の引き出しの鍵を開けた。

「さあこれじゃ」彼は言った。「これを持ってゆくんじゃ。どうなるものかやってみてくれ。絶対に目の前にずらりと並べるんじゃぞ」

「それで、もっと必要ということでしたら――」レディー・コンスタンスが言った。

「仔猫ちゃんを手なずけるのに、それ以上必要だとは思いません。これで十分でしょう。しかし、問題はもう一つあります」イッケナム卿は言った。「エムズワースのこの不幸な熱愛は、決して誰にも知られてはならないのです」

「いやはや、なんたること」公爵は目を瞠（みは）って言った。「もちろん他言無用じゃ。わしもコニーも、エムズワースが三月ウサギみたいに頭がおかしいことは承知しておる。じゃが当然ながら、世界中にそのことを知ってもらいたいとは思わん」

「もし世間がこれを知ったら」レディー・コンスタンスは身震いしながら言った。「あたくし達、シュロップシャー中の笑い者ですわ」

「まさしくそのとおり」イッケナム卿は言った。「しかし一つだけ、まだ想定されていない危険があります。かわいいヴァレリー、君はジェーン伯母さんに、私にここで会ったと言おうと考えているかもしれない」

ヴァレリー・トウィッスルトンは短く、鋭い笑(え)みでほほえんだ。彼女のほほえみは可憐(かれん)であると同時に、執念深い性質のものだった。彼女はホーレスを愛していたし、この不正直者の伯父が彼に起こさせた警戒と落胆の件で、徹底的に懲(こ)らしめてやるつもりだった。彼女はイッケナム伯爵夫人ジェーン伯母さんが南フランスから帰ってきたら、彼女と楽しい会話をすることを、大いに胸膨(ふく)らませ、楽しみにしていたのだ。

「ええ」彼女は言った。「そうかもしれないわ」

イッケナム卿の態度はきわめて真剣だった。

「そんなことはしちゃいけない、姪っ子よ。そんな真似は致命的だ。君の伯母上が留守中に私がイッケナムに留まるよう強い希望を表明していたことを、おそらく君は知らないんだろう。もし私が彼女の指示に従わなかったと知ったら、私はこの話を洗いざらい妻に打ち明けざるを得ないだろう。そして我が愛する妻には」レディー・コンスタンスの方にくるりと向き直ると、イッケナム卿は言った。「一つだけ欠点があります。妻はゴシップ好きです。誰一人傷つけようなどとは思いもせずに、妻は話を繰り返すことでしょう。一週間もすれば、イングランド中に広がってしまいますよ」

百人の好戦的なご先祖様の尊大さは、レディー・コンスタンスに受け継がれていた。

「ミス・トウィッスルトン」彼女は言った。エムズワース卿ならばこれにてこの件は落着と認識したであろう声でもってだ。「ここでイッケナム卿に会われたことは、レディー・イッケナムに、一言もお話しになられませんわね」

一瞬、ヴァレリー・トウィッスルトンには、この女性に反論する狂気じみた試みをしようとする気配があった。それから二人の目が合い、彼女はぐったりしたようだった。

「わかりましたわ」弱々しく、ヴァレリーは言った。

イッケナム卿の目に優しい賛成の笑みが浮かんだ。彼は姪の肩に優しく手を置き、そっと叩いた。

「ありがとうよ、かわい子ちゃん。私のお気に入りの姪っ子」彼は言った。

そしてイッケナム卿は、天国から受け取ったお金のお蔭様で、自分はポリー・ポットの複雑な問題を解決したのみならず、ポンゴといっしょにロンドンで三週間過ごせる立場にあると甥っ子に伝えに去っていった——その上、たとえばドッグレースにまたでかけるといった、さまざまなささやかなお楽しみに支出する金はポケットの中にある。

階段を上がってゆくハンサムなイッケナム卿の顔には、優しげな表情があった。甘美と光明(こうみょう)を振り撒(ま)けることはなんという喜びだろうと彼は感じていた。とりわけ彼自身が指摘したように、自分が最高の状態である春どきのロンドンにおいて。

ゆけゆけ、フレッド伯父さん

ドローンズ・クラブでもてなしていた客人に昼食後のコーヒーを平安のうちにてお楽しみいただこうと、クランペット氏は彼を二つある喫煙室のうちの小さい、人の来ない方へと案内した。もう一方の部屋においては、常に会話は格別に至高の領域に達するものの、あまりにも多くの砂糖がバラ撒（ま）かれがちな傾向にあるのだと彼は説明した。

客人は、了解したと言った。

「若き血潮、ということですかな?」

「ええ、まさしく。若き血潮なんですよ」

「野獣のごとき精神と」

「おっしゃるとおり、野獣のごとき精神なんです」クランペット氏は同意して言った。「この界隈（かいわい）には、そうしたものが横溢（おういつ）しています」

「しかしながら、私の見る限り、さような苦言は、普遍的なものではないようですな」

「へっ?」

客人は招待主の注意を入り口へと向けた。そこには身体にぴったりしたツイードのスーツを着た青年がたった今、姿を現したところだった。その青年の横顔にはやつれた色があった。彼の双眸（そうぼう）は野性的にぎらぎらと輝き、また彼は空っぽの巻きタバコ用ホルダーをちゅうちゅう吸っていた。もし彼の人に心あらば、そこにては何事かが懸案中であるのだろう。クランペット氏が彼に声をかけ、仲間に入らないかと呼びかけた時、彼はただ心ここになしといった風情（ふぜい）で首を横に振り、姿を消した。あたかも運命の女神たちに追われるギリシャ悲劇の登場人物のごとくに。

クランペット氏はため息をついた。「哀れなポンゴの奴！」

「ポンゴですって？」

「今のはポンゴ・トウィッスルトンです。フレッド伯父（おじ）さんの件ですっかり意気消沈してるんですよ」

「亡くなられたのですか？」

「そんなにうまい話じゃないんです。明日またロンドンにやってくるんですよ。ポンゴは今朝、電報を受け取ったんです」

「それでご動揺されてらっしゃる？」

「当然ですよ。前回の件がありますからね」

「どういうことです？」

「ああ！」クランペット氏は言った。

「前回は何があったというんです？」

「まあ、お訊ねでしたらお話ししましょう」

「是非ともお願いします」

「ああ！」クランペット氏は言った。

可哀想なポンゴの奴は（クランペット氏は語った）、しょっちゅうあいつのフレッド伯父さんの話を僕にしてくるんですが、その時奴の目に涙が浮かんでいなかったと言うなら、僕には涙がどんなものか、そいつを見てもわからないってことでしょう。ハンプシャー州イッケナム、イッケナム・ホールのイッケナム伯爵は、一年の大半はほとんどその田舎（いなか）で過ごすんです。ですが時々、いやらしい具合に首輪をすり抜けて逃げ出して、アルバニーのポンゴのフラットを襲撃するんです。それでそのたび毎回、あの哀れな青年は何かしらの魂の試練にさらされるんですよ。あの伯父さんの問題っていうのは、御年（おんとし）六十何歳かになってはいるんですが、帝都に到着するやいなや弱冠二十二歳の若造みたいな気分になっちゃうところなんです。「過剰」って言葉の意味をご存じかどうかわかりませんが、それが田舎から出てきたポンゴのフレッド伯父さんがロンドンにいるとき、必ずしでかすことなんですよ。

　とはいえ、ここのクラブの中だけでやってくれてる分には、大した問題じゃあないんです。僕たちはごく心が広いですし、ピアノをぶち壊しさえしなかったら、ドローンズクラブで眉（まゆ）を上げられたりハッと息を呑（の）まれたりされるようなことは、そうはないんです。問題は彼がポンゴを屋外に引きずり出して、公衆の面前で、高く、広く、大きく歩み出すことなんです。

　ですから、僕が今お話ししている一件の際、彼がポンゴのうちの暖炉の前の敷物の上に顔を紅潮させてニコニコして立ち、ポンゴの昼飯で腹をいっぱいにして、ポンゴの葉巻をくゆらせながら、「さてと、坊や、快適でためになる午後のひとときを過ごすとしよう」と言った時、この不幸な青年が、二ペニー分のダイナマイトに目の前で火が点（つ）くのを見るような目で彼を見つめたのがなぜかを、容易にご理解いただけることでしょう。

「何ですって?」ひざをがくんと震わせ、日焼けの下でちょっぴり青ざめながら、ポンゴは言った。

「快適でためになる午後だとも」イッケナム卿は繰り返して言った。舌先でその言葉を転がしながらだ。「君のことは全部俺にまかせて、計画は全面的に俺にまかせてもらいたい」

さてと、折節にこれなる齢(よわい)重ねた親類のあばらに食らいついては、必要な一〇ポンドを無理やり引っぱり出す必要があるような状況だったから、ポンゴとしては親爺(おやじ)さんに鉄腕を揮(ふる)えるような立場にはなかった。だがこの言葉に、奴は男らしく強硬な態度で接した。

「もうドッグレースには行きませんよ」

「違う、違うさ」

「去年の六月にあったことは覚えてらっしゃいますね」

「もちろん」イッケナム卿は言った。「もちろんだとも。とはいえ俺としてはもっと頭のいい治安判事なら、ただの譴責(けんせき)で済んでたはずだと思ってる」

「それに僕は……」

「もちろんだとも。全然そんなことじゃない。本日午後に俺がしようとしてるのは、君にご先祖様の館を訪問させたいってことなんだ」

ポンゴにはわからなかった。

「イッケナムが僕のご先祖様の館だと思ってましたが」

「それは君のご先祖様の館の一つだ。ご先祖様たちは帝都近く、ミッチング・ヒルってところにも住んでたんだ」

「郊外にってことですか?」

「確かにその界隈は今は郊外だ。俺が子供時代に遊んだ草地は売られて区画されて宅地になった。だが俺の少年時代、ミッチング・ヒルは未開の原野だったんだ。お前のマーマデューク大伯父さんの所有する、広大でゆるやかに起伏した地所だった。その大伯父さんってのはお前みたいに純真な心の持ち主には信じられないような性質の頰ひげを生やかしていた人で、懐かしきあの場所が今はどうなっているかこの目で見たいっていう感傷的な衝動に、俺はずっと駆られてきてたんだ。とんでもなくイヤったらしいことだろう。それでも敬虔な聖地巡礼をすべきだと俺は思う」

ポンゴは心の底から、もちろんですよ、を言った。奴はこの計画に大賛成だった。胸の上の重荷が転がり落ちたような気分だった。彼の見るところ、いくら病院送りすれすれの伯父でも、郊外でなら大した問題に巻き込まれようはあるまい。つまり、郊外がどんなところかはご存じだろう。要するに、そういうところにそんな機会はない。無論、人は理性に従うのである。

「素敵です！」奴は言った。「最高です！　素晴らしい！」

「それじゃあ帽子をかぶってロンパースを着るんだ、坊や」イッケナム卿は言った。「そしたら出かけよう。バスに乗れば着くはずだ」

さてと、ポンゴはミッチング・ヒルを見て精神的昂揚といったようなものを覚えることは期待していなかったし、実際に覚えもしなかった。奴の話では、バスを降りると、その身は二軒一棟式の家、家、家のまっ只中にあり、各家はそれぞれ完全に同一に見える。さらに歩を進めればさらに二軒一棟式の家が続き、それらも皆完全に同一に見えるのだ。それでもなお、奴は失望しなかった。その日は突然冬ど真ん中に変わるような早春の日で、奴はコートを持たずに出てきてしまっていた。

雨になりそうな天気だったが、傘を持っていなかった。しかしそれにもかかわらず、奴の気分は混じり気なしの有頂天だった。時は過ぎ、我が伯父はまだバカな真似をやらかしてはいない。ドッグレースの時には、開始十分後には官憲の手のうちにあったのだから。

ポンゴには、うまくいけば御大を夕暮れまで無害なまま歩き回らせることができるかもしれないと思えてきた。そうなればあとはちょいと夕食を押し込んで寝床で眠らせるだけの話だ。また、イッケナム卿が特に明言したところでは、彼の妻、すなわちポンゴのジェーン伯母さんは、明日の昼食時までにイッケナム・ホールに戻らなければ、なまくらなナイフで頭皮を剝ぎ取るとの意図を表明したとのことで、彼は公共の福祉への重大な侵害行為ひとつ犯すことなく、この訪問をやり過ごすことが本当にできそうな具合になってきたのである。そう思いながらポンゴは笑ったと記すのは興味深いことである。なぜなら奴がその日笑ったのは、それが最後であったのだから。

この間ずっと、イッケナム卿はそこここでポインター犬みたいに立ち止まっては、自分が庭師のズボンのお尻に弓矢で射掛けたのはちょうどこの辺に違いないとか、初めて葉巻を吸って吐いたのはあそこだったとか言っていた。そしてただいま彼は何らかの伺い知られぬ理由で自らを『シーダーズ』と称する住宅の前で立ち止まった。彼の顔は優しく、もの思うげだった。

「俺の記憶が正しければ、まさしくこの場所で」少々ため息をつきながら、彼は言った。「まさしくこの場所で、五十年前の収穫祭前夜、俺は……コン畜生、なんてこった！」

この最後の言葉は、それまで持ちこたえていた雨が、突然シャワーのようにザーザー降り始めたという事実によって発された。それ以上何も言わず、二人はその住宅のポーチに飛び込み、窓の内側に掛かった鳥かごの中の灰色のオウムと視線を交わしながら雨やどりした。

　正直それは雨やどりとは言えないものだった。二人は上から降る雨からは保護されたが、今や雨は一種の旋回行動を伴って降下中で、ポーチの横から叩きつけ、二人をしっかりくすぐっていた。そしてポンゴが襟を立て、ドアにもたれかかったところで、そのドアが開いた。よろず引き受け女中風の女性がそこに立っていたという事実から、奴は我が伯父上が呼び鈴を押したに違いないと理解した。

　その女性は長いマッキントッシュコートを着ており、イッケナム卿は上品さ満載で彼女にほほ笑みかけた。

「こんにちは」彼は言った。

　女性はこんにちはと言った。

「こちらは『シーダーズ』ですな?」

　女性ははい、こちらは『シーダーズ』ですと言った。

「皆さんはご在宅ですかな?」

　女性は誰もいないと言った。

「ああ?　いや、ご心配なく。こちらには」にじり入りながら、イッケナム卿は言った。「オウムの爪を切りに伺いました。こちらは助手のウォルキンショー君で、麻酔をかけてくれます」ポンゴを身振りで示しながら、付け加えて彼は言った。

「小鳥店からいらしたのですか?」

「大当たりですよ」

「いらっしゃるとは、どなたからも伺っておりませんわ」

「こちらの皆さんはあなたに隠し事をされると、そういうことですかな？」イッケナム卿は同情するげに言った。「残念なことです」

にじり入りを続け、彼はすでに応接室に入り込んでいた。ポンゴは夢見るように後に続き、女性はポンゴに続いた。

「では、もうよろしいですわね」彼女は言った。「わたくしは帰るところでしたの。午後休みですから」

「どうぞお出かけください」イッケナム卿は愛想よく言った。「断然お出かけになってください。全部こちらで片付けておきますから」

そしてただいま女性は、相変わらずやや疑わしげな素振りながら、出ていった。そしてイッケナム卿はガスの火を点け、椅子を引いた。

「やれやれ、坊や」彼は言った。「少々の機転、少々の手際のよさのお陰様で、われわれはここにこうして暖かく心地よく快適でいられ、死ぬような風邪を引かずに済むわけだ。俺様にまかせておけば大間違いはない」

「ですが、なんてこった。このままここに留まるわけにはいきませんよ」ポンゴは言った。

イッケナム卿は眉を上げた。

「ここに留まらない？　君はこの雨の中に出てゆけと言うのかい？　この件の重大性に君は気づいていないようだ。今朝、家を出てくる際、俺と君の伯母上との間に痛ましい意見の相違があったんだ。彼女は当てにならない天気だからウールのマフラーを持ってゆくよう言った。俺は当てにならない天気なんかじゃないし、ウールのマフラーなんて持っていくもんかと応えて言った。やがて鉄の意志を発揮して、俺は自分の決意を貫いた。というわけで坊や、俺が頭の風邪をひいて帰ったらどうなるかを想像してみるんだ。第五階級にまで身分を落とすハメになるはずだ。次回ロンドンに来るときには、肝臓に当て布して人工呼吸器を着けてることになるだろうな。ダメだ！　俺はつま先をこの素敵な火にあぶりながらここにいる。ガスの火がこんなに暖かいとは知らなかった。全身がぽっぽとするな」

　ポンゴもそうだった。奴のひたいは正直な汗に濡れていた。奴は司法試験の勉強中だった。また自分が大英帝国法典の完璧な足がかりを得ていないことを一番最初に認める人物でありはするが、とはいえオウムの爪切りを口実に赤の他人の二軒一棟型住居に忍び込むことが実際の海員非行や封土における庸役やらではないにせよ、不法行為か軽犯罪を構成するという漠とした観念は持ち合わせていた。また本件の法律的側面は別にしても、こうすることには困惑があった。正しきこと、すべきでないことに関してポンゴは人後に落ちる者ではないから、ただいま置かれたこの状況は奴に下唇を噛み締めさせ、またすでに述べたように、大汗をかかせていたのだった。

「だけどこの家の持ち主が戻ってきたらどうするんです？」奴は訊ねた。「想像しろって言うなら、伯父さんのピアノーラ頭で弾いてみてくださいよ」

　そして彼がこう言う間に、玄関ドアのベルが鳴ったのだった。

「ほうら！」ポンゴは言った。

「『ほうら！』なんて言うんじゃない、坊や」イッケナム卿は非難するげに言った。「そういうのは君の伯母上の言い方だ。俺には警戒する理由がわからないな。明らかにこいつはただの気楽な訪問者だ。住民税納税者ご本人だったら自分の鍵を使うだろう。注意してそこの窓からのぞいて、誰がいるか見てみるんだ」

「ピンク色の男ですね」外をのぞいた後、ポンゴが言った。

「どれくらいピンクだ?」

「かなりピンクです」

「ふむ、それじゃあ決まりだ。言ったろう。そいつは大酋長様じゃあない。こういう家の持ち主ってのは、青白く不健康な黄色い顔をしている。毎日会社で朝から晩まで働いてるせいだ。出ていって何の用か聞いてくるんだ」

「伯父さんが出ていって聞けばいいでしょう」

「じゃあ二人で行って用を聞こう」イッケナム卿が言った。

それで二人は出ていって玄関ドアを開けた。そこにはポンゴの言ったとおり、ピンク色の男がいた。小柄で若いピンク色の男で、肩甲骨のあたりがちょっと濡れていた。

「失礼します」ピンク色男は言った。「ロディス氏はご在宅ですか?」

「いません」ポンゴが言った。

「いますとも」イッケナム卿が言った。「バカ言うんじゃない、ダグラス。もちろん私はここにいるとも。私がロディスです」彼はピンク色の男に言った。「こちらは息子のダグラスです。それで貴方は?」

「ロビンソンという名です」

「それがどうしました?」

「私の名前がロビンソンなんです」

「ああ、貴方のお名前がロビンソンですか？　それではっきりしました。お目にかかれて大変嬉しいですよ、ロビンソンさん。どうぞお入りになってブーツをお脱ぎください」

彼らは全員応接室にしたたり戻った。イッケナム卿は道すがら男に注目に値する物品を指摘し、ポンゴは空気を求めてあえぎながら、このシナリオの新展開に遅れぬようがんばっていた。奴のハートは悲哀の重みにますますうなだれるばかりだった。奴は麻酔担当者ウォルキンショー君でいるのが好きではなかったが、ロディス氏の息子でいるのは同じくらいやだった。要するに、奴は最悪を恐れていた。これまでのところ奴の伯父さんが鼻の上まですっかり浸かって、彼の素敵な午後にしっかり取り組んでいることは明らかだったし、あまりにしばしば自問してきたように、奴はこの収穫はいかなる次第となるものかと自問していた。

応接室に到着すると、ピンク色の男は片足立ちしてはにかんだ風情になった。

「ジュリアはいますか？」ちょっと作り笑いしながら彼は訊いたと、ポンゴは言っていた。

「いるかね？」イッケナム卿はポンゴに向かって言った。

「いません」ポンゴが言った。

「いませんな」イッケナム卿は言った。

「今日ここに来ると、彼女から電報があったんです」

「ほう。でしたら四人でブリッジができますな」

ピンク色の男はもう一方の足で片足立ちした。

「皆さんがジュリアにお会いになられたことはないと思います。一族にちょっと揉め事があるんだと、彼女が言っていました」

「しばしばそういうものですな」

「僕の言っているジュリアというのは、貴方の姪御さんのジュリア・パーカーのことです。あるいは、貴方の奥方の姪御さんのジュリア・パーカーかもしれません」

「妻の姪は皆、私の姪ですよ」イッケナム卿は心から言った。「我々はすべてを、同じように分かち合うんです」

「ジュリアと僕は、結婚を望んでいます」

「ほう、どうぞ進めてください」

「ですが、僕たちを結婚させてくれないんです」

「誰がです?」

「ジュリアのご両親です。それとチャーリー・パーカー伯父さんとヘンリー・パーカー叔父さんとその他全員です。僕じゃふさわしくないとお考えなんです」

「現代の若者の道徳性は、弛緩していることで悪名高いですからな」

「階級が釣り合わないってことです。連中はひどく高慢なんです」

「どういうわけで高慢なんです? 伯爵だとでも?」

「いいえ、伯爵じゃありません」

「だったらいったい全体」イッケナム卿は熱くなって言った。「どうして高慢でなんかいられるんです? 高慢でいる権利があるのは伯爵だけです。伯爵といえば、大変なものですからね。伯爵を捕まえたら、そりゃあたいしたものですよ」

「その上、僕たちは口論をしたんです。僕と彼女の父上がってことです。ああ言えばこう言うで、最終的に僕は彼をくたばり損ない呼ばわりしました――ああ！」突然言葉を止め、ピンク色男は言った。

それまで窓のそばに立っていた彼はただいま部屋の真ん中に敏捷に飛び込みをやって、すでに神経系をワイン酒類リスト内で断然下位に下降させており、この種のアダージョダンスは予期していなかったたポンゴに、だいぶひどく舌を噛ませる次第となった。

「連中が玄関に来てます！　ジュリアとご両親です。みんなでやってくるだなんて、思ってなかった」

「皆さんにお会いになりたいのですか？」

「いえ、会いたくありません」

「でしたらソファの後ろにもぐり込んでください、ロビンソンさん」イッケナム卿は言った。そして、この助言を考量して正当と認めたピンク色男は、そのとおりにした。彼が姿を消すと、ドアベルが鳴った。

再びイッケナム卿は、玄関ホールまでポンゴを誘った。

「あのですねえ！」ポンゴが言った。また注意深い観察者ならば、奴がポプラのように震えていたことに気づいたことだろう。

「話しておくれ、坊や」

「つまりですねえ、何なんです？」

「何とは？」

「連中を入れるつもりじゃないでしょうねえ？」

「もちろん入れるとも」イッケナム卿は言った。「我々ロディス家の者はいつだって客人を歓待するんだ。また連中はおそらくロディス氏に息子がいなかったはずなのに気づくだろうから、我々は最初の段取りに戻ったほうがいいように思う。君は地元の獣医師で、うちのオウムの世話をしに来たんだ。俺が戻ったら、君には鳥かごの横に立って、オウムを科学的な具合に見つめていてもらいたい。時折鉛筆を歯にコツコツ当てて、ヨードホルムの匂いをさせるんだ。俺が説得力を加える手伝いをする」

そしてポンゴはオウムの鳥かごのところにさっと戻り、ごく真剣に見つめたから、「さあて！」という声がするまで、誰かが室内に入ってきたことに気づかずにいた。振り返ると、奴はハンプシャー随一の災いの元がご一行様を連れて戻ってきたことを知った。

ご一行の内訳は、いかめしい顔つきの痩せた中年女性、中年男性、娘さんだった。

ポンゴの女性を見る目は大抵信頼できる。また、奴がこの娘さんは素晴らしいと述べるときには、その言葉をきわめて厳格な意味で用いていると承知していい。彼女の年頃は十九歳と奴は思った。また彼女は黒いベレー帽をかぶり、深緑色の皮コートを着て、短めのツイードのスカートを履き、シルクのストッキングを穿いてハイヒールの靴を履いていた。彼女の目は大きくきらきら輝き、彼女の顔は六月の朝の夜明けの露に濡れたバラの蕾のようだった。と、ポンゴは話してくれた。奴が六月の朝の夜明けにバラの蕾を見たことがあると思うわけではない。なぜって常の奴は九時半の朝食に間に合うようにベッドから引きずり出すのがやっとことさだからだ。とはいえ、言いたいことはわかる。

「さあて」その中年女性は言った。「きっとあたくしが誰かをご存じないことでしょう。あたくしはローラの姉のコニーですわ。こちらはクロード、あたくしの夫です。それでこちらが娘のジュリア。ローラはいるの?」

「残念ながらおりません」イッケナム卿は言った。

中年女性は彼を、あたかも思い描いていた仕様書と違う、とでも言いたげに見た。

「もっと若い方だと思ってましたわ」彼女は言った。

「何より若いと?」イッケナム卿は言った。

「あなたよりもお若いと」

「人が自分より若いということはあり得ないのですよ、残念ですが」イッケナム卿は言った。「とはいえ、人は最善を尽くすのみです。また、私はかなりうまくやってきたつもりだと言わねばなりません」

女性はポンゴに目を留めた。奴もまた彼女に好印象を与えなかったようだ。

「あれは誰?」

「地元の獣医です。うちのオウムの世話をしてくれております」

「あの方のいらっしゃる所では、お話できませんわ」

「まったく大丈夫ですよ」イッケナム卿は彼女に請け合った。「かわいそうなあの男は、まったく耳が聞こえないんです」

そして娘さんではなくオウムをもっと見るようポンゴに尊大な身振りで伝えると、彼は一同に着席を促(うなが)した。

「さてと、それでは」彼は言った。

しばらく沈黙があり、それから一種の押し殺したすすり泣きがあった。ポンゴはそれを、娘さんから発されたものと考えた。無論、奴からは見えなかった。つまり奴は背を向けてオウムを見ていたわけだから。また、オウムの方も奴を見ていた——オウムというものは片目しか使わずにものを見るから、奴によると、それはものすごく侮辱的だったそうだ。

　女性は再び活動開始した。

「ローラは」彼女は言った。「あの子の結婚式にあたくしたちを招待せず、そのためあたくし五年間、あの子とは交際せずにまいりましたが、本日は必要に迫られてこちらの敷居を跨(また)がせていただくことになりましたの。意見の相違はいったん忘れ、親類同士が肩を並べて立ち上がらねばならぬ時というものがございますわ」

「おっしゃりたいご趣旨はわかります」イッケナム卿は言った。「騎兵隊仲間のようなものですな」

「あたくしが申し上げておりますのは、過ぎたことは過ぎたこととして、ということですわ。こちらのお宅にお邪魔する気は毛頭なかったのですが、必要に迫られた、ということです。あたくしは過去のことは忘れて、あなたのご同情におすがりしたいんですの」

　これはポンゴには、金を借りたいという話らしく見えてきた。またオウムも同じ考えだと奴は確信した。なぜならそいつはウインクして、咳払(せきばら)いをしたからだ。しかしどちらも間違っていた。女性は話を続けた。

「あなたとローラに、お宅様でジュリアを一週間かそこら預かっていただきたいんですの。この子のために別の手配が済むまでのことですわ。ジュリアはピアノの勉強をしていて、二週間後に試験がございますの。ですからそれまではロンドンにいなければなりません。問題は、この子が恋に落ちたということなんですの。と申しますか、恋に落ちたとこの子は考えている、ということですわ」

「わたしが恋してるってこと、わたしにはわかってますわ」

彼女の声はあまりにも魅力的だったから、ポンゴは振り返って彼女をもういっぺん見ずにはいられなかった。彼女の目は双子の星のように輝き、その顔には「魂のめざめ」のごとき表情があったと奴は言った。それであのピンク色男みたいにピンク色で、こいつに比べたら世の中じゅうのピンク色男のどいつもこいつもピンク色味が足りないって勢いのこの男のいったい全体どこに、彼女にあんな顔をさせるようなところがあるというのかは、正直言ってポンゴには理解の外だったそうだ。この一件は奴を困惑させた。奴は答えを求めようと無益にあがいた。

「昨日、クロードとあたくしはベクスヒルの家からロンドンに着きましたの。ジュリアをうれしく驚かせてあげようと思って。当然、あたくしどもはジュリアがこの六週間住んでいた下宿に滞在いたしました。そこで何を発見したと思われまして?」

「虫ですか」

「虫ではありませんわ。手紙ですの。若い男からでした。恐ろしいことに、あたくしどもの全く知らない若い男が、娘と結婚を計画していたんですの。あたくしただちにその男を呼び出しまして、そしてまったくあり得ない人だと知りましたの。その男は、ウナギのゼリー寄せを作っているんですのよ!」

「何をしているですって?」

「その男は、ウナギのゼリー寄せ店の助手なんです」

「ですがそれなら」イッケナム卿は言った。「その方が結構な人物だという話になりませんか。ウナギのゼリー寄せを作る能力とは、きわめて高度の知性を要求するものと私には思われます。誰にでもできるような仕事じゃ絶対にありません。誰かがやってきて、『このウナギをゼリーにしてくれ！』と言ったとしたら、私は途方に暮れるはずですからね。私に誤りなくば、ラムゼイ・マクドナルドもウィンストン・チャーチルだってそうでしょう」

女性の見解は彼とは同一ではないようだった。

「フン！」彼女は言った。「姪っ子がウナギのゼリー作り男と結婚するのをあたくしが許したりしたら、夫の兄のチャーリー・パーカーは何と言うと思われまして？」

「ああ！」クロードが言った。簡単に述べておくと、彼は赤いスープこしみたいな口ひげの、長身でうなだれた男だった。

「あるいは夫の弟のヘンリー・パーカーが何と言うことかですわ」

「ああ！」クロードが言った。「いとこのアルフ・ロビンズだって何と言うことか」

「そのとおりですわ。いとこのアルフレッドは恥辱のあまり死んでしまいますわ」

ジュリア嬢は激しくしゃくり上げた。あまりに強烈で、ポンゴが言うには、間に割って入って彼女の手を取りなでさするのを自制するのがやっとだったそうだ。

「何百回も言ったはずよ、お母様。ウィルバーフォースがウナギのゼリー寄せを作っているのは、何かもっといい仕事が見つかるまでだって」

「ウナギよりいいものなんて何かありますか？」イッケナム卿は訊いた。彼はこの議論に然るべく厳重な注目を投じつつ聞き入っていた。「ゼリー寄せにする目的では、ということですが」

「彼には野心があるの。もうしばらくしたら」娘さんは言った。「ウィルバーフォースは突然世界に飛びだす」

彼女の言葉ほど真実な言葉もあり得なかった。まさしくこの瞬間、彼はソファーの後ろから、ジャンプするサケみたいに姿を表したのだ。

「ジュリア！」彼は叫んだ。

「ウィルビー」娘さんはきゃんきゃん言った。

それでポンゴの言うところでは、彼女がこの野郎の腕の中に身を投じ、古い庭園の壁のツタみたいにまとわりついたその様くらいに気分の悪いものを、生まれてこのかた見たことがなかったそうだ。このピンク色男に対して何か特別に反感を覚えていたわけではないが、この娘さんが奴に深い印象を与えていたから、彼女がこんな風に別の男にピッタリくっつくのに腹を立てたんだな。

ジュリアの母親は、ソファの後ろからウナギのゼリー寄せ作り男が飛びだしてくるのを見た当然の驚きから回復するのに要する短い時間が経過した後、動きだすとウェルター級のレフリーみたいに彼女を引き剝がした。

「ジュリア・パーカー」彼女は言った。「あなたのことを恥ずかしく思ってよ！」

「わしもじゃ」クロードが言った。

「あなたには赤面させられたわ」

「わしもじゃ」クロードが言った。「自分の父親をくたばり損ないのダンゴ鼻野郎呼ばわりした男に抱きついてキスするとは」

「私が思うところ」イッケナム卿が割って入って言った。「これ以上話を進める前に、その点について指摘しておくべきでしょう。もし彼があなたをくたばり損ないのダンゴ鼻野郎呼ばわりしたというのであれば、最初にすべきは彼の発言の当否を決定することのように思われます。そして、率直に申し上げて、私の意見では……」

「ウィルバーフォースは謝罪するわ」

「もちろん謝罪します。一瞬の昂ぶりゆえにあんな発言を、あなたのような方に対して……」

「ロビンソンさん」女性は言った。「発言が適当かどうかなんてどうでもいいことだってことは完全におわかりでしょう。あたくしが申し上げたことを聞いてらしたら、ご理解いただけるはずですわ……」

「ええ、わかってます、わかってますよ。チャーリー・パーカー伯父さんにヘンリー・パーカー叔父さんに、いとこのアルフ・ロビンズとか、そんなことでしょう。俗物連中が！」

「なんですって！」

「高慢でうぬぼれた俗物ですよ。連中と連中の階級差なんてコン畜生だ。金があれば偉いと思ってる。どういう金の儲け方をしたものか、僕は知りたいですね」

「何が言いたいの？」

「僕が何を言いたいかなんて、お気になさらず」

「もしあなたが当てこすりを言ってるなら――」

「いや、もちろんわかっているだろう、コニー」イッケナム卿は穏やかに言った。「彼の言うとおりだ。その事実からは逃れようがない」

ブルテリアがエアデールテリアと喧嘩しようとして、うまく行ったと思ったら突然思いもかけずケリーブルー・テリアが後ろから忍び寄ってきてお尻に嚙み付いたところを見たことがあるかどうかは知らないが、そういう時に、ブルテリアはエアデールテリアを放して旋回し、間に入ってきた犬にものすごく嫌な目を向ける。イッケナム卿がこの言葉を発した時のコニーが、まったくそれと同じだった。

「なんですって！」

「チャーリー・パーカーがどうやって一財産築いたかを、お忘れじゃないかと思っただけですよ」

「あなた、何の話をしてらっしゃるの？」

「お辛いとは思いますよ」イッケナム卿は言った。「また、そのことはいつもは言わないのが約束です。ですが、触れてしまったことですから、二五〇％の利息で金を貸すのが、上等なお仲間の間で許されることでないとは、お認めいただかねばなりません。ご記憶でしょうが、裁判の際、裁判官がそう言っていたことです」

「そんなこと、まったく知らなかったわ！」ジュリア嬢が叫んだ。

「ああ」イッケナム卿は言った。「お嬢さんには内緒でしたか？　そうでしょうな、そうでしょう」

「嘘よ！」

「それにヘンリー・パーカーが銀行とあんないざこざを起こした時には、もう少しで刑務所に行くところだったんでしたな。ここだけの話だが、コニー、いくら君のご主人のご兄弟だとしても、グランドナショナルで百対一に全部賭けるために銀行員が銀行の金を五〇ポンドちょろまかす権利はないだろう？　真っ当な態度じゃあないな、コニー。ストレートバットじゃない。確かにヘンリーは五千ポンドも大勝ちして、その後もずっと順調だった。だが、彼の競馬予想の才能を称賛はするものの、彼の金儲け手法には非難の目を向けなきゃならない。いとこのアルフ・ロビンズと言えば……」

女性はおかしなどもるような音を発していた。ポンゴは以前ポメリーセヴンに乗っていた時があって、そいつは高い丘に登らせようとすると同じ調子で自己表現したものだったそうだ。うがい声と爆発音の混ざったようなやつだ。

「一言たりとも本当のことはございませんわ」なんとかかんとか声帯のこんがらがりをほどき、ようやく彼女はあえぎあえぎ言った。「一言たりともですわ。あなた、お気が違われて？」

イッケナム卿は肩をすくめた。

「言いたいように言うがいいさ、コニー。私が言おうとしたのはただ、いとこのアルフ・ロビンズがクスリの密売で捕まった時、陪審は提出された証拠じゃあ合理的疑いを越えた証明にならないとせざるを得なかったとはいえ、誰だってあいつが長年ああいう仕事をしてたのは知ってるってことだ。いや、彼を責めようっていうんじゃない。コカインの密売をやってそれでパクられずにきたなら、そりゃあ幸運ってものだろう。ただ私が言いたいのは、うちは娘の求婚者に犬をけしかけてせせら笑うような真似ができる一族じゃないってことだ。私の意見を言わせてもらえば、ウナギのゼリー寄せ作りのお仲間とだって結婚できるもんなら、大した幸運だと思っている」

「わたしもよ」ジュリアはきっぱり言った。

「あなた、この男の言うことを信じてるんじゃないでしょうね？」

「一語一句すべて信じるわ」

「僕もです」ピンク色男が言った。

女性はふんと鼻を鳴らした。緊張が極限に達したようだった。

「ふん」彼女は言った。「あたくし、ローラのこと一度だって好きだったことはございませんけど、あなたみたいな人があの子の夫だなんて思いませんでしたわ」

「夫ですと?」イッケナム卿は困惑したふうに言った。「ローラと私が結婚しているなどと、どうしてお思いです?」

重たい沈黙があった。その間、オウムはナッツをご一緒しませんかと広く呼びかけていた。それからジュリア嬢が話し始めた。

「もうわたしをウィルバーフォースと結婚させてくれないといけないわ」彼女は言った。「彼、うちのこと、知り過ぎてしまったもの」

「私もそう思っていたところですよ」イッケナム卿が言った。「唇を封印すべし、と」

「あなた、下劣な一族と結婚すること、お気になさらないわね、ダーリン?」やや不安げに、娘さんは訊いた。

「君のご一族なら、下劣なんてことはないよ、最愛の人」ピンク色男が言った。

「そうよね、会わなきゃいいんですものね」

「そのとおりさ」

「親戚なんて問題じゃない。大切なのはわたしたちだわ」

「そのとおりだとも」

「ウィルビー!」

「ジュリア!」

二人は再び古い壁のツタ場面を繰り返した。最初のに比べて改善された気配はなかったとポンゴは言っていた。だが奴の嫌悪の念はコニーなる女性のそれとは比べものにならなかった。

「それでは伺ってもよろしいかしら」彼女は言った。「結婚してどうやって暮らしてゆくおつもりですの?」

これで興が削がれたようだった。二人は身体を離した。二人は互いに顔を見合わせた。娘さんはピンク色男を見、ピンク色男は娘さんを見た。耳障りなきしみ音が発されたのが見てとれた。

「ウィルバーフォースは、いつかとってもお金持ちになるのよ」

「いつかですって!」

「もし僕に一〇〇ポンドあれば、明日サウスロンドンで一番いいミルクスタンドの二分の一共有権を買えるんです」

「もしですって!」女性は言った。

「ああ!」クロードが言った。

「どこからそのお金を手に入れるおつもり?」

「ああ!」クロードが言った。

「どこから」明らかにこの素敵な問題点に満足し、アンコールなしで済ませるのは惜しいと思った様子で、彼女は繰り返した。「そのお金を手に入れるおつもり?」

「そこが問題だ」クロードが言った。「どこから一〇〇ポンド手に入れるつもりだ?」

「いやはや、何てこった」イッケナム卿が陽気に言った。「もちろん私からですよ。他のどこからと?」

そして、ポンゴが目を丸くする真ん前で、彼は衣服の奥まったところからパリパリの札束を取り出し、それを手渡した。それでこのクソ親爺（おやじ）が今の今までこれだけの金を持っていて、自分はそのほんの一部をねだってすらいなかったことに気づいてしまった苦痛はあまりにも激烈だったから、自分でも何をしているのかわからないうちに、奴は鋭い、馬のいななくがごとき叫び声を発していて、その声は踏んづけられた子犬の悲しげなほえ声のように部屋じゅうに響き渡ったのだと、ポンゴは言っていた。

「ああ」イッケナム卿は言った。「獣医が私に何か言いたいようだ。なんだね、獣医？」

これは鮮紅色になっていた男を困惑させたようだった。

「あなたはこちらの方を息子さんだとおっしゃったと思いましたが」

「私に息子がいたとしたら」いささか傷ついたようにイッケナム卿は言った。「もっとずっとハンサムだったはずですよ。違います。こちらは地元の獣医です。彼のことを息子のように思っていると言ったかもしれませんが。おそらくそれでお間違えになられたんでしょう」

イッケナム卿は身体の向きを変えてポンゴのところに行き、もの問うげに両手をあれこれ動かした。ポンゴは口をぽかんと開けて彼を見つめていたが、その手があばら骨の下に勢いよく打ち込まれてみてようやく、自分は耳が聞こえないのだったと思い出し、手をあれこれ動かし返したのだった。奴は口がきけないことにはなってなかったわけだから、どうして両手をあれこれ動かさなきゃいけなかったのかはわからないが、とはいえ両手をあれこれ動かすのが最もふさわしく感じられる時というのはあるんだろう。ポンゴには少なくとも十時間と思われたくらいの時間、とてつもない精神的ストレスに耐えてきたんだし、おしゃべり好きでなかったからって奴を責めることはできない。いずれにせよ、そんなようなわけで奴は両手をあれこれ動かしたんだ。

「彼が何と言っているのか私にはよくわからないのですよ」ようやくイッケナム卿が言った。「なぜなら今朝、彼はつき指をして、それで手話にどもりを生じてしまったのですな。しかしどうやら彼は私と二人きりで話がしたいらしい。おそらくうちのオウムには、結婚前の娘さんの前では手話ですら言いたくないような問題があるんでしょう。オウムがどんなふうかはご存じですな。二人でちょっと表へ失礼します」

「僕たちが外に出ますよ」ウィルバーフォースが言った。

「そうですわ」ジュリア嬢が言った。「わたし、歩きたい気分なの」

「それでは」イッケナム卿はコニーなる女性に向かって言った。彼女はモスクワ滞在時の女ナポレオンみたいな顔でいた。「貴女も散歩仲間に参加されますか？」

「あたくしはこちらで、お茶を頂いてますわ。お茶を出し惜んだりはなさらないでしょうね？」

「もちろんですとも」イッケナム卿は真心込めて言った。「ここは自由の館ですよ。居残って目から泡が立つまでやっつけちゃってください」

家の外では、これまで以上に露に濡れたバラの蕾らしく見える娘さんが、クソ親爺さんに途轍もない勢いでじゃれついていた。

「どう感謝していいかわかりませんわ」彼女は言った。そしてピンク色男も、自分もどう感謝していいかわからないと言った。

「まったく構わないさ、かわいい子ちゃん、まったく構わないとも」

「貴方って本当に素敵！」

「いやいや」

「本当よ。信じられないくらいに素敵だわ」

「いやいや」イッケナム卿は言った。「その件についてはもう気にしないことだ」

彼は彼女の両頬、あご、ひたい、右の眉、そして鼻の頭にキスした。ポンゴは終始困惑し、不満げな体でそれを見ていた。

やがて、この品位を貶める光景は終わりを告げ、娘さんとピンク色男はとっとと行ってしまった。そしてポンゴは、くだんの一〇〇ポンド問題を取り上げることができるようになった。

「どこから」彼は訊いた。「あの金を手に入れたんです？」

「さあて、どこだったかな？」イッケナム卿は考え込んだ。「君の伯母上が何かしらの目的でって俺にくれたんだが。何だったかなあ？　何かどうかの請求書の支払いだったと思うんだが」

それを聞いてポンゴの気分は少し明るくなった。

「帰ったら伯母さんにものすごくとっちめられますよ」少なからずうれしげに、奴は言った。「僕は伯父さんの立場になりたくないな。ジェーン伯母さんに言ったら」確信を持って奴は言った。「彼女の激情的な性格のことはよく知っていたからだ。「伯母さんの金を全額あの娘さんにやってしまったってこと、それで彼女がとてつもなく可愛らしい娘さんだってことを――上等なビューティー・コーラスの一員みたいな娘さんでしたよ――説明したら、伯母さんは壁に掛かった先祖伝来の大斧をひっぱり降ろして、頭のてっぺんに振り下ろすと思いますよ」

「心配は無用だ、坊や」イッケナム卿は言った。「心やさしき君が心配してくれるのはありがたいが、心配御無用だ。君がスペイン人の商売女から来た不名誉な手紙を買い戻すために、全額渡さざるを得なかったと言うつもりだ。お気に入りの甥っ子を女冒険家の毒牙から救出したんじゃ、俺を責められるわけがない。しばらくの間君に対する彼女の態度が少々厄介になるかもしれないし、イッケナムにまた行かれるようになるまでにはいくらか時間の経過が必要だろうが、しかしネズミ捕りの季節まで君にイッケナムに来てもらう必要はないわけだから、全部大丈夫だ」

　この瞬間、『シーダーズ』の門のところに、大柄で赤ら顔の男がおっちらおっちらやってきた。イッケナム卿が彼を呼びとめた時、彼はちょうど中に入ろうとするところだった。

「ロディスさんでいらっしゃいますか？」

「さて？」

「私がお話ししているのは、ロディスさんでよろしいでしょうか？」

「私だが」

「私はこの通りの先に住むJ・G・バルストロードと申します」イッケナム卿は言った。「こちらは妹の夫の弟でパーシー・フレンシャムと申しまして、ラードならびに輸入バターを商売しております」

　赤ら顔の男はお会いできて嬉しいと言った。彼はポンゴに、ラードならびに輸入バター商売は繁盛しているかと聞き、ポンゴは順調ですと言い、赤ら顔の男はそう聞いて嬉しいと言った。

「ロディスさん、私たちは一度もお目にかかったことはないのですが、つい先ほど二人の怪しげな人物がお宅様に入ってゆくのを見たとお知らせするのがご近所精神だと思いまして」

「うちの家にですって？　いったい全体どこから入ったものでしょう？」

「裏の窓に違いありません。連中はねこ泥棒のように見えました。こっそり近づけば、二人が見えるかもしれません」

赤ら顔の男はそっと近づき、戻ってきた時には厳密に言って口から泡を吹いていたわけではないが、もうちょっとで泡を吹きそうな男の気配をたたえていた。

「おっしゃるとおりです。連中はうちの応接間に涼しい顔で座って、うちのお茶をがぶがぶ飲んでうちのバタ付きトーストをがつがつ食っておりますぞ」

「そうじゃないかと思いましたよ」

「うちのラズベリージャムを開けておりましたぞ」

「ああ、それなら現場を押さえられますな。私が警官を呼びましょう」

「わしが呼びます。ありがとうございます、バルストロードさん」

「お役に立てて嬉しいですよ、ロディスさん」イッケナム卿は言った。「さてと、それじゃあ行かなければ。約束がありまして。雨上がりで気分がいいですあ。パーシー、おいで」

彼はポンゴを促した。

「これにて一件落着だな」満足げに彼は言った。「なあ坊や、俺は帝都を訪う時にはいつだって、できる時には甘美と光明を振りまくことを目標にしてるんだ。俺は辺りを見回す、ミッチング・ヒルみたいなうす汚い穴ぼこにおいてすらだ。そして俺は自問する。――どうやったらこのうす汚い穴ぼこを、俺が見つけた時よりもより優れ、より幸福なうす汚い穴ぼこにできるだろう、ってな。それでチャンスを見つけたら、そいつを引っつかむ。さあ、あのバスだ。飛び乗るんだ、坊や、そしたら帰りの道中、今宵の計画を大雑把に練り上げるとしよう。懐かしのレスターグリルがまだあるようなら、覗いてみるとしよう。レスターグリルから最後に放り出されてから三十五年になるはずだ。今あそこの用心棒は、誰がやってるんだろうなあ」

ポンゴのフレッド伯父さんが田舎から出てくると、こんな具合なんですよ（と、クランペット氏は話を終えた）。で、帝都に彼の到着を宣言する電報が届くと、ポンゴが身体の芯まで恐怖におののき、あわてて一、二杯やっつけようとするのはなぜか、だいたいのところはおわかりいただけたんじゃないでしょうか。

全体的状況はひどく複雑なんだと、ポンゴは言うんです。一方向から見ると、親爺さんが一年のほとんどは田舎で暮らしてるってのは結構なことです。そうじゃなかったら、ポンゴは一年中いっしょにいなきゃならないわけだから。その一方で、田舎暮らしをしてる間に、親爺さんは頭のおかしさ具合を莫大に貯め込んで、たまの帝都訪問の際には恐るべき暴力的な勢いで使い切るんですよ。

要するにこういうことです——いつでも頭のイカれ具合を発出準備万端なイカれた伯父さんに、まあいわゆるですが薄く振り撒いてもらうか、遠く離れたハンプシャーで一年の三六〇日はじっとしていてもらって、残りの五日はロンドンでやりたい放題やってもらうか、どっちがマシかって話なんです。もちろんどっちとも言えない問題ですし、ポンゴはその点についてどちらとも決められずにいるようです。

当然ながら、理想的なのは誰かがあの老害犬を鎖で繋いで元旦から大晦日まで一切危害が及ぼせない場所、つまり、小鋤と小作人の間に、一年中押さえつけておくことなんでしょう。ポンゴのジェーン伯母さんくらいこの目的がため精励努力してる人もないいんですが、やりとおせた試しはないんですよ。

訳者あとがき

〈ウッドハウス名作選〉の二番手を飾る本書は *Uncle Fred in the Springtime*（1939）の翻訳である。名作の誉れ高き本作は、「フレッド伯父さんもの」としては一冊目、「ブランディングズ城もの」としては、五冊目の長編作品となる。

本シリーズ第一作の『ボドキン家の強運』（原著は一九三五年刊）も『ブランディングズ城は荒れ模様』（原著は一九三三年刊）の主要登場人物モンティ・ボドキンが大西洋上航海へとスピンオフする物語であったから、ゆるやかな意味ではブランディングズ城シリーズの仲間と言えなくはないのだが、惜しむらくはブランディングズ城もエムズワース卿もエンプレスも登場せず、ただ大西洋の大海原が広がるばかりであった。本書はお待ちかね太古の平安の息づくシュロップシャーの古城に、伯爵、女帝豚以下この大河小説になくてはならぬ面々が勢揃いするばかりか、そこにサー・ロデリック・グロソップを名乗るフレッド伯父さんとその甥、ポンゴまで加わった豪華版である。とはいえシリーズ第五冊と知って、果たしてここから読み始めてよいのだろうかと、はじめてウッドハウスを手に取られた読者の皆さんが一瞬躊躇されたならば、本書との幸福な出逢いを心底より寿ぐとともに、名工ウッドハウスはどこから読んでも面白い匠の技の造り手だから安心してお読みくださいと、まずは太鼓判をどんと押しておきたい。

今回初めてご紹介するフレッド伯父さんあるいはイッケナム卿こと、第五代イッケナム伯爵フレデリック・アルタモント・コンウォーリス・トウィッスルトンの初登場は、本書収録短編「ゆけゆけ、フレッド伯父さん Uncle Fred Flits by（*Young Men in Spats*［1936］に収録）においてであった。長身痩軀、頭の回転の速さと進取の気性をうかがわせる目と粋な口ひげを持つ、鉄灰色の髪の、威厳に満ちた人物とされ、「少なくとも御年六十何歳かになってはいるんですが、帝都に到着するやいなや弱冠二十二歳の若造みたいな気分」になってしまうのが問題なのだと語られる。なお、この「ゆけゆけ」は、フレッド伯父さん作品中唯一の短編であるのみならず、ウッドハウス短編中でも名高き名作である。イギリスウッドハウス協会編集の名作選、堂々五六〇ページの *What Ho!*（2000）の巻頭を「ウッドハウス協会の一推し」として飾ったのが本作品で、どうしても訳したかったのだが、本書に収録できて夢がかなった。ちなみにこの短編中で「ミッチング・ヒル」として登場する郊外住宅地は、『春どき』内では「ヴァレー・フィールド」として語られるが、ウッドハウスの魂の故郷、母校ダリッジ・カレッジの所在地ダリッジをモデルとする、ウッドハウス作品ではおなじみの聖地である。

本書に続く三篇のフレッド伯父さん長編に記されたところでは、イッケナム卿はトウィッスルトン家の伯爵位継承者ランキングの最下位近辺で生まれ育ったため、新大陸に渡って身を立てようと若年のみぎりはアメリカで二十年ほど暮らし、その間カウボーイ、ソーダ水売り、モハヴェ砂漠の試掘調査屋、新聞記者など数多の職業を転々とした。さらには愛妻ジェーンと幸福な結婚もしている。不幸にも伯爵位継承者たちが次々と帰天したため想定外の爵位継承をし、一族の館ハンプシャー州イッケナムのイッケナム・ホールの当主となった、「かつて宝冠を戴いた貴族中で最高にホットな伯爵」である。モットーは「甘美と光明を振り撒くこと」。その才覚は結ばれるべきカップルをしかるべく結びつけ、社会内に不公正に配分された財をしかるべく再分配することにおいて目覚ましい働きを見せる。

ポンゴのジェーン伯母さんこと、イッケナム伯爵夫人は、常に言及されるのみで登場はせず、不在により却ってその存在を際立たせている。夫を愛してやまないが、帝都において過剰な逸脱行為を恣（ほしいまま）にさせることを是（ぜ）とせず、年に数度の訪問を許す他はロンドン行きを厳しく禁じている。また夫にはタバコ、自尊心、ゴルフボールくらいを維持するのに必要な小遣いを渡すのみで、自らイッケナム伯爵家の財政を全権掌握している。しかしイッケナム卿は妻を深く愛し、また畏れてもいるから、過剰な逸脱行為の一切合切は愛妻には内緒で、秘密裏に遂行されている。

ポンゴ、ことレジナルド・トウィッスルトンについては、バーティー・ウースターが幾度となく彼の名前に言及してきたから、すでにおなじみの方も多いだろう。『よしきた、ジーヴス』でバーティーが金ボタンのついた白いメスジャケットを着て出かけた先が、ポンゴ・トウィッスルトンの誕生日パーティーであった。他にもたとえば『お呼びだ、ジーヴス』第四章では、ビル・ロースターの知的レベルを評するに際して、「ドローンズ・クラブにおいて、知性に関して彼はフレディー・ウィジョンとポンゴ・トウィッスルトンの間のどこかしらに位置すると評価されていた。これはリストのかなり下位にあたる」と引き合いに出されていた。また、年に一度のドローンズ・クラブ・スモーキング・コンサートにおいてはキャッツミート・パーブライトの演出の下、相方バーミー・ファンゲイ・フィップスとパットとマイクの掛け合いどつき漫才をするのが恒例であり、目の肥えたドローンたちから常に高い評価を獲得している。なお、最後に述べた一件については、『がんばれ、ジーヴス』（二〇一〇、国書刊行会）に収録された本人登場短編「灼熱の炉の中を通り過ぎてきた男たち」（原作は「ゆけゆけ」と同じく短編集 ***Young Men in Spats*** に収録）に詳細に記されたところである。

バーティーの友人ドローンとしては、人類を仰天させるほどの規模で自分の誕生パーティーを開催し、掛け合いどつき漫才で観客のハートをわしづかみにするお洒落で華麗な青年紳士として言及されるポンゴであるが、イッケナム卿の甥っ子という資格で登場する姿からは、陰気で憂鬱な悲観主義者、フレッド伯父さんに振り回されるばかりの受け身で気弱な青二才という印象を受けてしまう。偉大な伯父との、ひとえに恐ろしい比較の力というべきだろう。また、知的レベルにおいてはドローンズ内でもだいぶ下位に位置づけられるとされるポンゴだが、ドローンとしては珍しいキャリア志向で、法曹を目指して司法試験受験準備中と向上心もある感心な好青年である。

ところで、フレッド伯父さん初登場短編時にはすでに「去年の六月にポンゴを連れてドッグレース場に向かい、到着十分後には官憲の手の内にあった」とされ、本書内でも度々言及される「ドッグレース」であるが、いったい全体ドッグレース場で何があったのかはいたずらに興味のかき立てられるばかりで、全シリーズを通じて詳細が明らかにされることはない。しかし、ウッドハウス研究の泰斗、故ノーマン・マーフィーが著した偽書『ギャラハッド・スリープウッド閣下の回想録（***The Reminiscences of the Hon. Galahad Threepwood***, 1993）』には、「バーミー」ことイッケナム卿が、胡乱な男から中で何かしらがうごめく袋を二袋受け取って金を支払い「ささやかな科学実験」を行おうとする姿が記録されている。すなわちそれは、よく訓練されたグレイハウンド犬は、電気ウサギだけを追いかけるのか、それとも自然の本能が勝り、目の前を走るものなら何でも追いかけるのか?という疑問に実証で答えようとする科学的探究心に衝き動かされた行為であった。

フレッド伯父さんに袋を二つ渡した男は「ロンドン最高のネズミ捕り」で、一方の袋には一ダースのネズミが、もう一方の袋には丈夫なウサギが二匹入っていた。レース開始後、グレイハウンドたちが走り出すと、イッケナム卿は二つの袋の内容物をコース上に空け、そこから発生した混乱と騒擾、暴徒と化した観客たちによる暴力沙汰の結果、ポンゴは目の周りに黒あざをこしらえ、帽子とカラーと上着を失くした挙句に伯父とともに官憲に捕縛される仕儀となった。フレッド伯父さんがとっさの機転でイーストダリッジ、ナスタチウムロード十四番のジョージ・ロビンソンを名乗り、罰金を支払って翌日には晴れて自由の身となったため、グレイハウンドの行動に関する科学的真理が明らかにされたばかりか、ポンゴにはためになるいい経験をさせてやれたし、またこの一件がジェーン伯母さんの知るところとなって余計な心配をさせることもなく、イッケナム卿には満足のゆく次第となったというのがこの偽書の伝えるところである。

ところで、この『回想録』の筆者とされるギャリー叔父さんことギャラハッド・スリープウッド閣下とフレッド伯父さんは、年頃も経歴も風貌も性格もよく似ている。二人は同じ学校で学び、どちらも伯爵家の生まれだが長男ではなく、二人ともアメリカに渡って、同地で再会を果たした。ディクスン・カー／カーター・ディクスンにおけるギデオン・フェル博士とヘンリー・メルヴェール卿のような関係といえそうな二人が作品中で顔を合わせることはなく、したがって本書でギャリー叔父さんは旅行中でご不在である。

　しかし、人を見る鑑定眼においてはごくごく厳しいギャリー叔父さんが、イッケナム卿のことは「並外れた傑物（ホットスタッフ）」と手放しで絶賛しており、それゆえ誰一人頼るべき者なき窮地にあって、エムズワース卿は全幅の信頼を置いてこの人を頼った。さてとわたしたちもギャラハッド・スリープウッド閣下の折り紙つきのこの好人物に、幼子のごとく身を委ねるとしよう。そしてこの人の振り撒く甘美と光明が、この身にゆたかに降り注ぐのを楽しみ、よろこぼう。

森村たまき

二〇二一年七月

森村たまき（もりむら・たまき）
1964年生まれ。著書に『ジーヴスの世界』。訳書に「ウッドハウス・コレクション」（全14冊）、「ウッドハウス・スペシャル」（全３冊）ほか。

ウッドハウス名作選

春どきのフレッド伯父さん

2021年９月17日　　初版第１刷印刷
2021年９月22日　　初版第１刷発行

著者　P・G・ウッドハウス

訳者　森村たまき

発行者　佐藤今朝夫

発行　株式会社国書刊行会
東京都板橋区志村1-13-15
電話03(5970)7421　FAX03(5970)7427
https://www.kokusho.co.jp

装幀　山田英春

印刷　三松堂株式会社

製本　株式会社ブックアート

ISBN978-4-336-07224-5

ボドキン家の強運

P・G・ウッドハウス
森村たまき訳

＊

豪華客船を舞台に
いつもの奇人怪人たちが大活躍
爆笑保証付きの至高の名作

ジーヴスの世界

森村たまき

＊

作者の生涯、背景豆知識等々
入門者からマニアまで待望の
ウッドハウス・ガイドブック

ウッドハウス・コレクション
［全14冊］

P・G・ウッドハウス
森村たまき訳

＊

天才執事ジーヴスとご主人バーティー
ウッドハウスが創造した最高傑作
ジーヴス・シリーズ14冊を完訳